古田敬一 主編

拍案驚奇訳注

唐賽児の乱始末記

（第一冊）

汲古書院

『拍案驚奇』（夾版　全十二冊）

封面

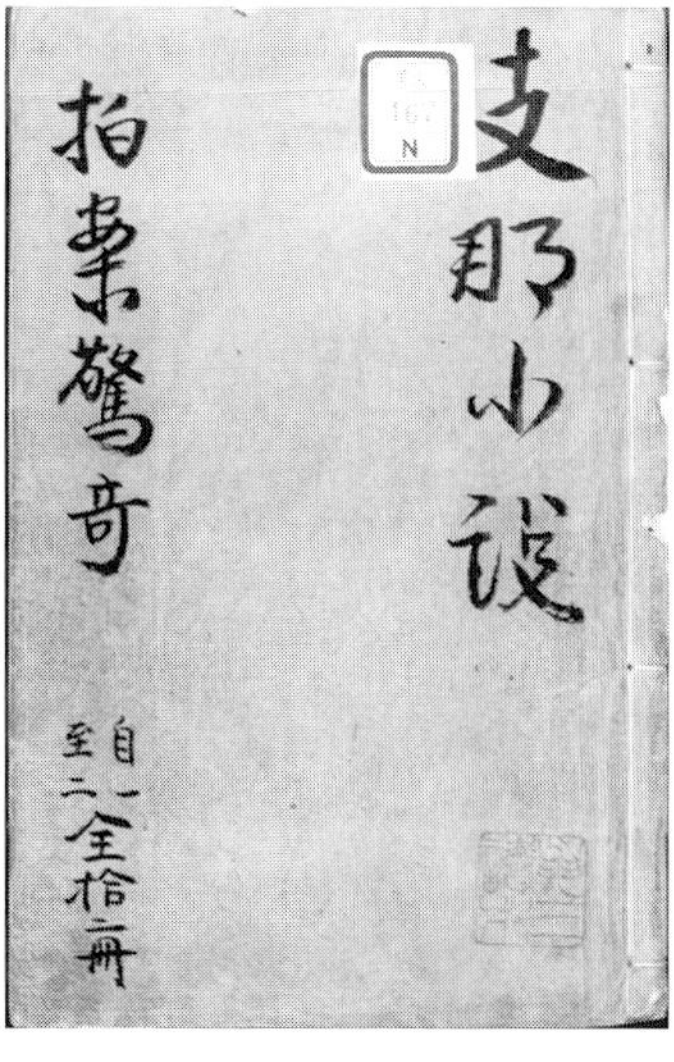

第一冊表紙（右下に「申三／讀本」の朱色方鈐がある）

巻三十一挿絵（第一冊　二枚の内第一枚）

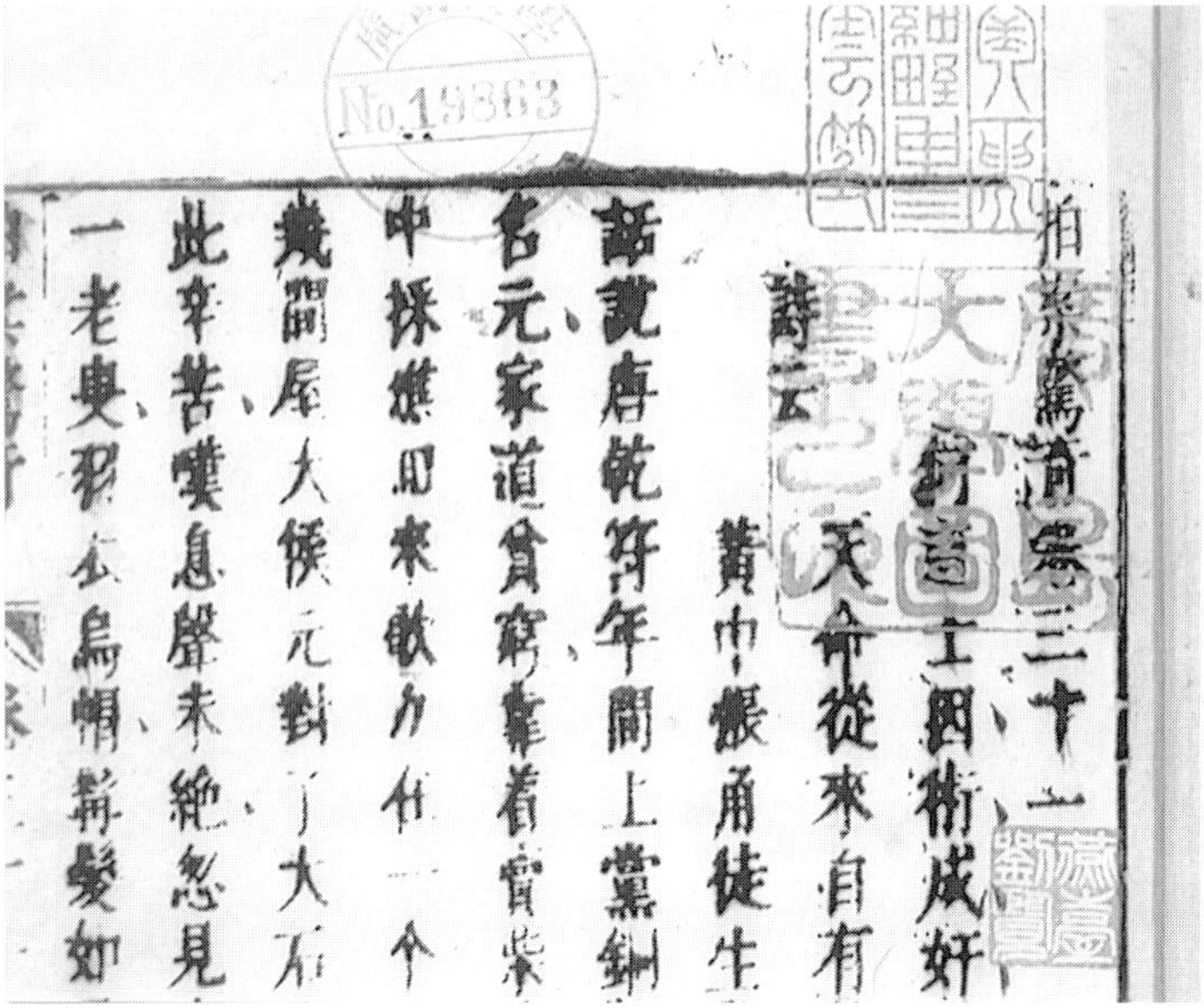

巻三十一巻頭（第十冊　前所有者細野申三の鈐が二種ある）

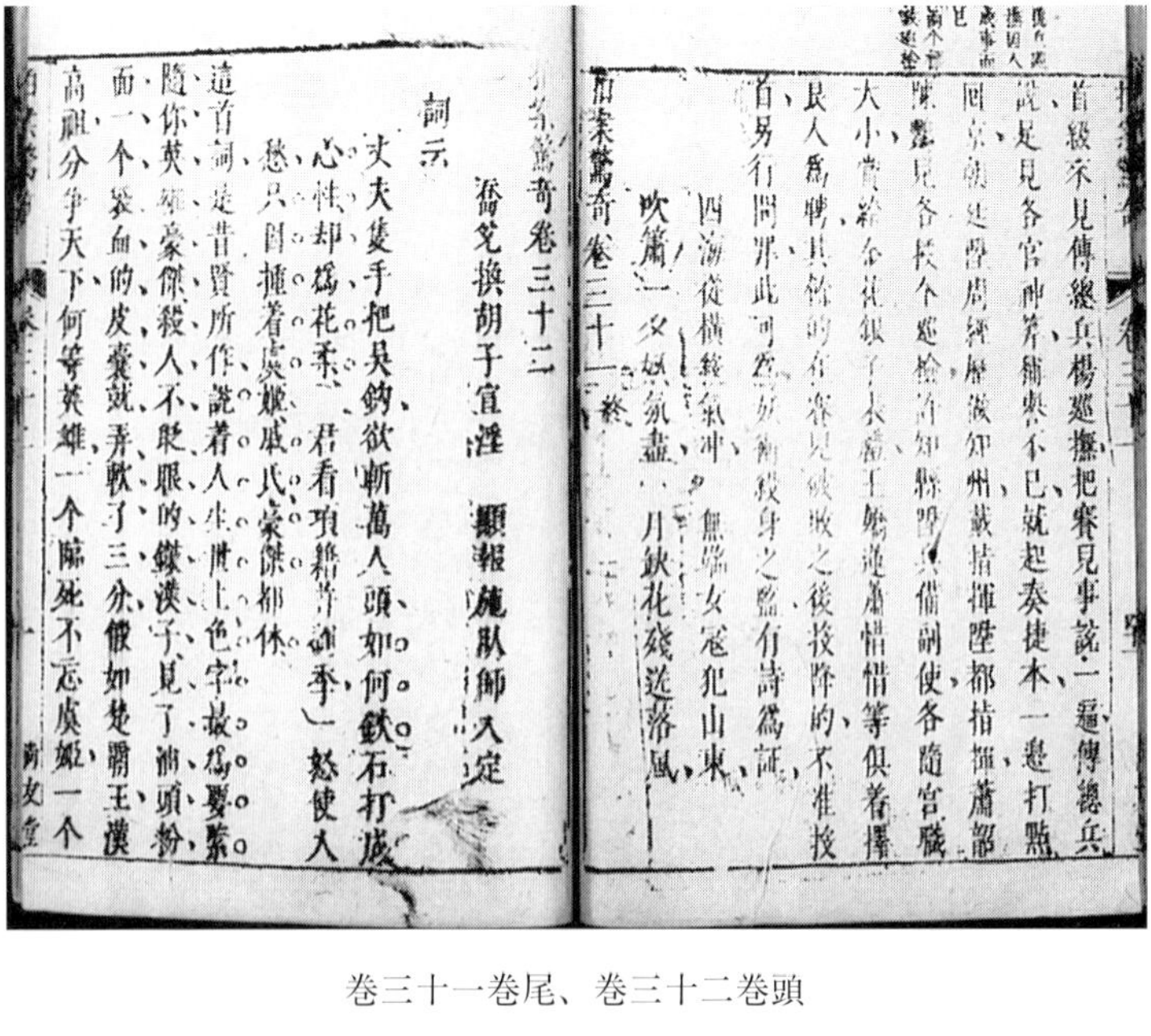

巻三十一巻尾、巻三十二巻頭

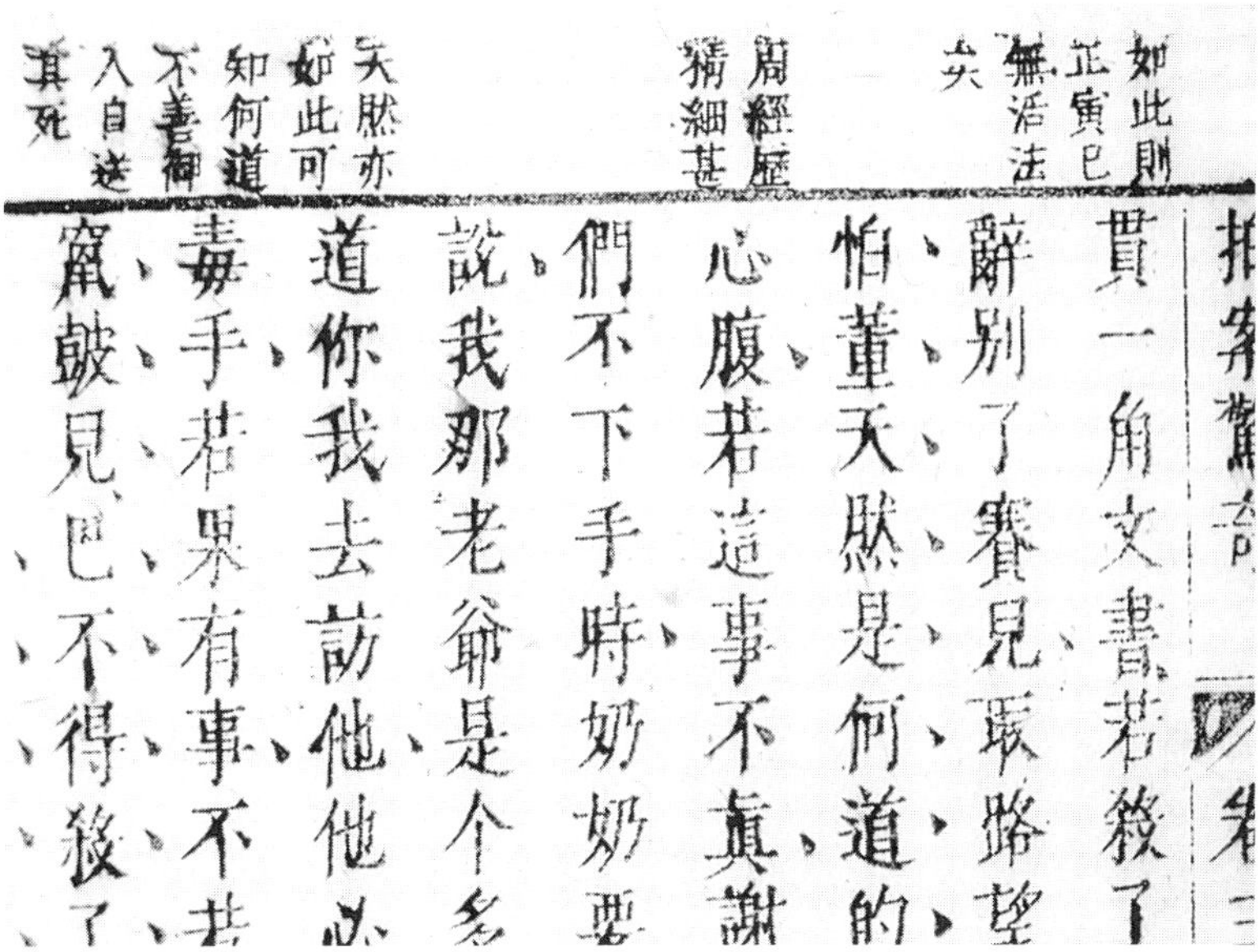
如此則正寅巳無活法矣
周經歷猜細甚
矣然亦如此可知何道不善御入自送其死

貫一角文書若殺了
辭別了賽兒張路望
怕董天然是何道的
心腹若這事不真謝
們不下手時奶奶要
說我那老爺是个多
道你我去訪他他必
毒手若果有事不若
竄皴見巳不得發了

眉批（第三十二葉裏）

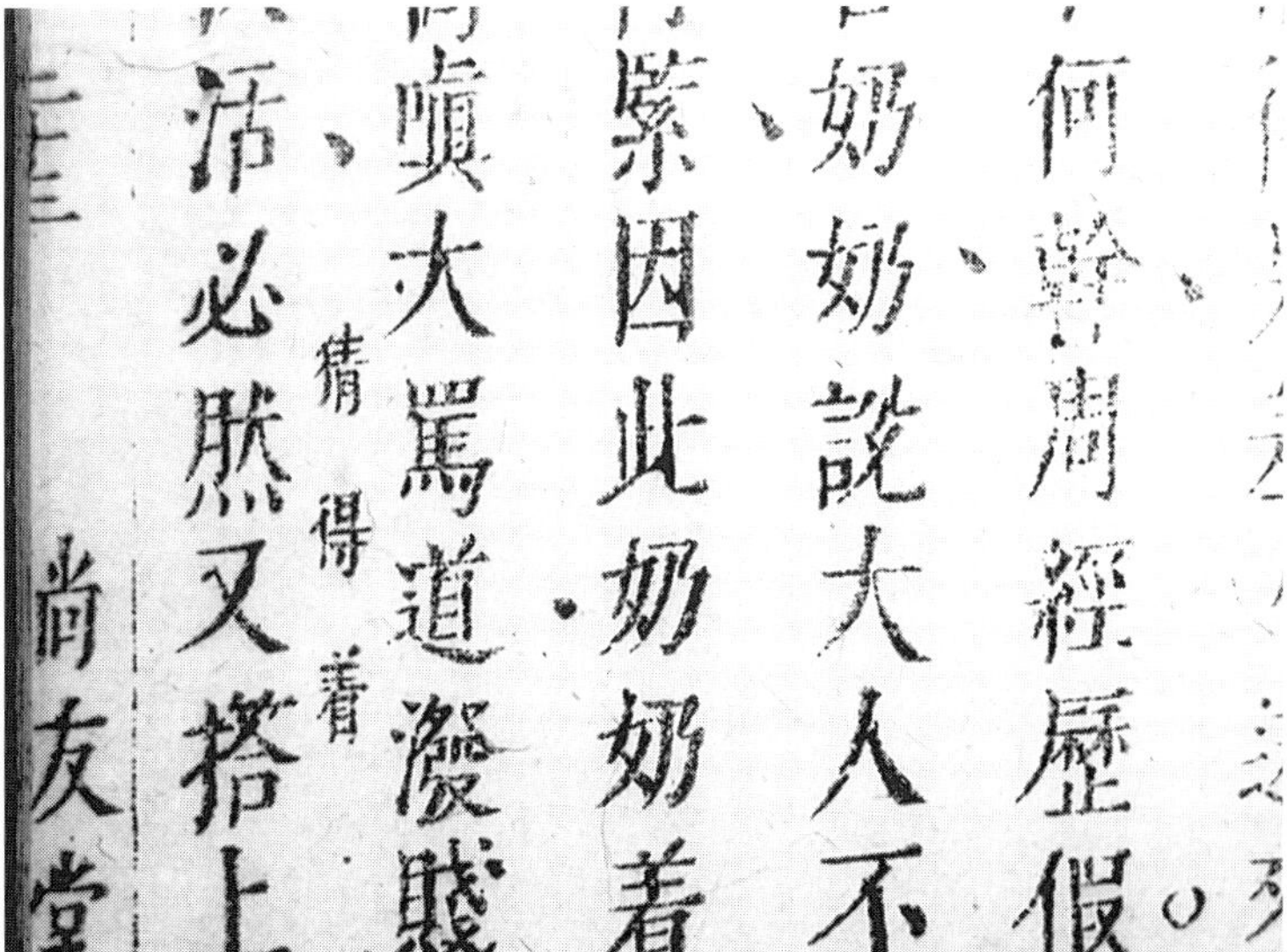
何幹周經歷假
奶奶說大人不
察因此奶奶着
嘖大罵道潑賊
猜得着
活必然又搭上
尚友堂
二十三

夾批（第三十三葉表　版心の「二十三」は誤刻）

序にかえて

人間の記憶には、不思議な現象がある。ずいぶん古いことでも、ある場面、ある情景が、鮮明に記憶に残っていることがある。その時期の全般的な情況は、茫洋として、かすんでいても、其の一場の光景だけは、はっきりと思い浮かべることができるのである。今から、丁度半世紀も前のことになるが、当時、東京大学の教養学部長をしていた麻生磯次教授が、公用のため広島大学来訪の折、文学部中国文学研究室に斯波六郎先生を訪ね、広島大学所蔵の三十九巻本『拍案驚奇』を閲覧した。

当時、筆者は研究室の助手をしていたので、その書物を書架から取出すなどして、少し離れたところから、お二人の対談の様子を眺めていた。その場面の情景は、今も明瞭に脳裏に焼付いている。麻生教授は、もともと江戸文学の権威であるが、中国文学にも精しく、その著『江戸文学と支那文学』は名著の誉れが高い。この著書の中で、例えば「馬琴の読本《よみほん》に及ぼせる中国文学の影響」を詳細に述べており、『拍案驚奇』についても具体的に例を挙げて比較文学的に考察している。

ところで、麻生教授の来訪は、昭和二十七年（一九五二）である。この『拍案驚奇』が、広島文理科大学に入ってからまだ時間はあまり経っていなかった。当時は学制改革のさなかであり、旧制の広島文理科大学漢文学教室から新制の広島大学文学部中国哲学中国文学教室への移行時期であった。この『拍案驚奇』は文理科大学の予算で購入された。今、大学図書館で物品管理簿を調べると、二十六年八月十一日付で購入している。因に、納入業者は山本敬太郎である。即ち、東京神田の山本書店主である。それでは、山本書店は一体誰からこの本を入手したのであろうか。白木直也教授が『広島大学文学部紀要』第二十号（一九六二）登載の「本学蔵三十九巻本拍案驚奇について」の「追記」に於て、昭和三十六年（一九六一）九月二十七日附の朝日紙上の訃報を引き、この本の前所有者細野燕臺について「九月二十四日死去、本名申三、石川県出身、陽明学者」と記すだけで、それ以外のことは何もわからないとしている。筆者は最近細野燕台を主題とする著書を見出したので、その書物に拠りながら、旧蔵者の人物像を寸描してみよう。その書物というのは、北室南苑著『雅遊人　細野燕台』（平成元年　里文出版）である。

燕台は号であり、本名は申三である。篆刻家として有名な桑名鉄城の作品に、燕台の為に刻された「吾生也年月日皆属申」（吾ガ生ルルヤ年月日ミナ申ナリ）というのがある。申の年、申の日、申の刻に生まれたので申三と名付けられた、と云うのである。具体的には明治五年七月二日金沢市で商家の長男として生れた。燕台というのは、本来金沢の地形を意味する雅名である。金沢の街を山の高みに立って眺めると、燕の飛ぶさまをなしているから名付けられたのである。これは中国の北京が燕京と呼ばれるのに倣ったのである。

この書籍の旧蔵者細野が石川県人であり、新所蔵者となった広島文理科大学漢文学教室の教室主任、斯波も石川県人であった。奇しき因縁と言うべきか。さて、この『拍案驚奇』には「細野申三」「燕臺劉覽」という篆刻の蔵書印が押されている。燕台も篆刻をよくしたが、この本の著者、北室女史も篆刻家にして、石川県人である。

申三は父も漢学の素養があり、藩主前田邸に出仕して、藩士の子弟に漢籍の素読を教えた。申三は子供の頃、泉鏡花や徳田秋声と机を並べて学んだ。申三が少年になると、父親は四書五経を教えようとしたが、申三は之を拒み『伝習録』に興味を持った。やがて申三は青年となり、父の勧めで郷土の漢学者、五香屋休哉の門をたたいた。休哉は中国小説に精しかった。その後、兼六園近くの常福寺の住職、北方心泉について書道や篆刻を学んだ。やがて、壮年になった申三は、中国の骨董類や古美術の収集を始めた。その頃、王治本という、旧知の中国籍の放浪詩人が、細野家を頼ってやって来たので、半年間逗留させている。その間、申三は漢詩について王治本から多くのことを学ぶとともに、真の文人の学問や書物に対する姿勢についても多大の感化を受けた。その後、昭和三年四月、燕台五十七歳の時、北大路魯山人の勧めで、長年暮した金沢を後にして、鎌倉に移住した。燕台が世に出した魯山人は、当時鎌倉で星岡茶寮や星岡窯の事業を展開していた。茶寮には政財界の名士が招かれ、茶会の後、燕台が陽明学の講話をするのが、御決まりのコースであった。政財界の名士にとって、燕台の講話は非常に魅力的で好評を博した。

それは、当時形骸化した倫理道徳を説く朱子学が、人間の心に訴える力が弱いのに対し、知や行を本音《ほんね》で語り、心に直截的に迫る陽明学は、人の胸にこたえ共感をよぶものがあったからである。その講話は、やがて、何時とはなしに、猥談に入って行って、終幕を迎えるのが常であったと云う。中国小説に精しい燕台は、話の種に事欠くことは無かったのである。燕台が中国小説のエロスの通人であったのは、彼が陽明学を信奉したことと無関係ではない。現代中国に於ける小説学の大家、章培恒教授は、「影印《拍案驚奇》序」で、著者凌濛初を評して次の如く言う。

> 其ノ思想ハ、実ニ頗ル李贄ヲ以テ代表トナス晩明進歩思潮ノ影響ヲ受ク。故ニ『拍案驚奇』及ビ其ノ続篇『二刻拍案驚奇』中ニ於テ、明顕ナル封建ノ糟粕有リト雖モ、マタ民主性ノ精華ニ乏シカラズ。作品裡《リ》ノ人道主義精神ト、封建礼教ニ対スル某些方面ノ反抗ト、程朱理学ニ対スル嘲諷ヲ表現ス。当時ニ在リテ都《スベ》テ很《ハナハ》ダ重視スルニ値ス。

ここに程朱理学というのは朱子学のことである。形式的倫理道徳を説く形骸化した朱子学を嘲けり諷刺するのは、陽明学の立場である。朱子学は、天理を存し人欲を去る、と言うのに対し、陽明学は人の物欲や性欲を肯定的に見るのである。『拍案驚奇』の作者凌濛初は、進歩思想の影響を受け、ヒューマニズムの精神と、封建的礼教に対するレジスタンスと、形骸化した朱子学への嘲けりと皮肉と、この三つのテーマを、この小説の中で表現している、と章培恒は言う。この見方には、本稿の筆者も、全面的に賛成である。燕台は陽明学を信奉する、従って物欲や性欲を肯定的にとらえる、そういう訳で精神構造が凌濛初の哲学と一致する。それ故その作品『拍案驚奇』に描かれる世界に何ら抵抗なく浸れるのである。こういうことで燕台が、この本を愛蔵し秘蔵していたのである、と言っても過言ではあるまい。

南苑女史は更に言う。「燕台の晩年は不遇であった。昭和二十五年一月、妻がこの世を去った。この時、燕台は七十九歳であった。その上、息子が病気であり、病院の入退院を繰返していた。一方、燕台は高齢のこともあって、以前のような収入は無くなっていた。」世の中は戦後がまだ終っていなくて、大多数の国民は、それぞれに苦しい生活を強いられていた時代である。そうした家庭環境、時代環境の中にあって、燕台は一家の家長として、生計を支えねばならなかった。生活不如意の中で厖大な量を誇っていた蔵書が売り払われつつあっただろうことは、想像に難くない。この頃に、この『拍案驚奇』も売りに出されたものと思われる。

以上は北室南苑女史の著書『雅遊人　細野燕台』を下敷にして、多少の私見を交えながら、燕台の生涯をピックアップ方式で素描したのである。南苑女史は、篆刻家であるが、文章も上手で、興趣尽きない話題を、つぎつぎと展開し、一気に読ませる魅力を持つ。その源泉は、燕台その人の持つ魔力に根ざしているのであろう。

燕台は郷里金沢では「支那小説の通」と評されており、そこにこそ、燕台の真骨頂があると思う。筆者は、『拍案驚奇』の「まえがき」にしては燕台を語り過ぎた嫌いがある。それにしても、燕台の横顔が明かになった今となっては、正直言って、ほっとした安堵感に包まれる。と言うのは、三十九巻本『拍案驚奇』は、何と言っても「天下の孤本」であるから、広島大学に入る前の所有者が、この本を所有するにふさわしい人であってほしい、と願ったからである。それが、判ってみれば「支那小説の通」が家蔵していたのであるから、まさにお誂え向きの持ち主であった。

この『拍案驚奇』には、細野燕台の所蔵印のほかに、もう一つ小ぶりの押印がある。蔵書印というよりは、所謂蔵書票といった感じのものである。それは、開巻第一葉表、序文の右下方に小さく押されていて「北畠千鐘房章」と明瞭に読める。この人物は、書肆「須原《すはら》屋茂兵衛」の別名であり、この名称は代々襲名している。ところで、この須原屋は代々江戸日本橋で書肆を開業しており、同業者の中で、出版点数は突出して多かった。この書物にこの印章が押されていることは、この本屋が或時期この『拍案驚奇』を所有していたことを示す。ところで、『広島大学斯波文庫漢籍目録』小学類『操觚字訣』の項を見ると、「明治十八年東京千鐘房北畠茂兵衛刊本」という説明がある。即ち北畠千鐘房とは須原屋茂兵衛のことである。これらの書誌から考えると、「北畠千鐘房章」という印章が押印された時期、換言すれば千鐘房が、この『拍案驚奇』を所蔵していた時期は、大凡明治中葉の頃ではなかろうか。中国小説に精しい燕台は、この頃に須原屋からこの『拍案驚奇』を手に入れたのではないかと推測される。

さて、今日、江戸期出版の和刻本の中で奥附に「江戸日本橋通一丁目　須原屋茂兵衛」の記入を見出すことは、さほど困難ではない。筆者も、今たまたま机辺にある、家蔵の小型和刻本『小説字彙』の刊記を見たところ、ここにも、他の同業者と並んで須原屋茂兵衛の名まえが見える。この袖珍本には、凡例の末尾に「天明甲辰孟春　秋水園主人識」とある。そしてその凡例の一条に、

此書蒐輯スル所ノ文字、盡《コトコト》ク咸《ミナ》出所アリ、各其書目ヲ字ノ傍ニ附ベケレドモ、此書専ラ簡便ヲ尚《タツト》ヘハ、其援引スル所ノ書目ハ是ヲ巻首ニ附ス、覧者胡乱ニ輯録セリト思フベカラズ、

と述べて、『金瓶梅』『三国志演義』『今古奇観』『醒世恒言』『警世通言』『女仙外史』『聊斎志異』等々百六十種の小説を「援引書目」として掲げている。そして、その中に『拍案驚奇』も挙げているのである。但だ、この字彙の編者

が、これだけ多くの小説のテキストを、実際に見たか、ということになると、直感的に言って、疑義をはさまざるを得ない。秋水園主人によって、この凡例が書かれたのは、前に引くように、天明四年（一七八四）である。『拍案驚奇』が世に出たのは、明崇禎元年（一六二八）であるから、『小説字彙』が世に出る迄の間に百五十年の時間がある。何れにしても、その時代に、中国の夥しい白話小説が舶載され、長崎経由で日本に入ってきたのである。『拍案驚奇』も、その中の一つであったのである。

さて、与えられた紙数も尽きたので、今回は、この辺で筆を擱きたいと思う。広大本『拍案驚奇』の二つの蔵書印の解明を以て序にかえる次第である。

本書出版に当り、企画については、前社長坂本健彦氏より好意的ご助言を賜り、実務については、小林詔子さんより親切なご協力を頂いた。ここに記して心から感謝申し上げる。

※この「序にかえて」を草するに当っては、北室南苑著『雅遊人　細野燕台』（里文出版　平成九年三月二十四日改訂）を利用させて頂いた。ここに記して著者並に出版社に対し感謝申し上げる。

（二〇〇二年十一月　古田敬一記）

目次

凡例

一　本書は、『拍案驚奇』巻三十一の原文（眉批・夾批を含む）に、句読点等を加え、校勘、注釈、現代日本語訳を施したものである。

二　底本は広島大学所蔵尚友堂刊本『初刻拍案驚奇』三十九巻本（以下、底本と略記する）を用いた。なお、底本の影印版は、『拍案驚奇』上下（［上海］上海古籍出版社、一九八五年）として出版されている。

三（1）原文部分の字体は原則として底本に従ったが、機械処理の都合上、底本の字体を忠実に再現していない個所がある。

（2）底本の不明字・缺字については、尚友堂刊本の日光山輪王寺慈眼堂所蔵『初刻拍案驚奇』四十巻本の影印版である『初刻拍案驚奇』巻一～三（ゆまに書房「白話小説三言二拍」5、一九八六年）を参照した。

（3）眉批は、底本における該当箇所を、原文の各段落行頭から数えて「第〇行」の形で示した。

四（1）校勘に用いたテキストは以下の通りである。なお、参考のために近人の校訂本も校勘に用いた。（以下、〈　〉内の略記を用いる）

［木版本］

消閑居刊本『拍案驚奇』三十六巻本（東京大学東洋文化研究所双紅堂文庫所蔵高崎藩大河内家旧蔵本）〈消本〉

［排印本］

王古魯蒐録編註『初刻拍案驚奇』（［上海］古典文学出版社、一九五七年）〈王本〉

李田意輯校『拍案驚奇』上下（［香港］友聯出版社有限公司、一九六七年）〈李本〉

章培恒整理『拍案驚奇』上下（［上海］上海古籍出版社、一九八二年）〈章本〉

（2）校勘にあたって、俗字・異体字などについては、校勘の対象としなかったものがある。

例：「算」「筭」、「个」「個」「箇」。

（3）消本に頻出する固有名詞の文字の混用については、校勘の対象としなかった。

例：「賽兒」〈底本〉「塞兒」〈消本〉、「傅総兵」〈底本〉「付総兵」〈消本〉。

（4）底本の字を誤りであると判断した場合、及び底本の字が諸テキストの字と異なっていても音義が同じ場合は、校勘においてその旨を記した。

五

（1）注の見出し語は、原文部分の字体をそのまま用いているため、用例文中の字体と一致しない場合がある。

例：（見出し語）殯塟

（用例）『拍案驚奇』巻十六「又隔了兩月、請個地理先生、擇地殯葬了王氏巳訖。」

（2）注の見出し語は、校勘において底本の字を誤りであると判断した場合には正しい字を（ ）で示し、また底本の字体が一般的でない場合にも、音義が同じで一般的な字体を（ ）で示した。

例：里（黑）洞洞…まっくら。

例：湧（擁）入…どっと入る。

（3）注は、広範な読者層を想定し、比較的平易と思われる語彙も取り上げてある。

（4）用例は可能な限り辞書類に採録されていない、同時代のものを選定した。
（5）用例文は、適宜主語を（　）で補い、省略した部分を「……」で表した。
（6）用例に用いた文献については、巻末に「引用書目一覧」として記した。

拍案驚奇卷三十一

何道士因術成奸　周經歷因奸破賊

詩云

　天命從來自有眞、豈容奸術恣紛紜。
　黄巾張角徒生亂、大寶何曾到彼人。

話說唐乾符年間、上黨銅鞮(一)縣山村有个樵夫、姓侯、名元、家道貧窮、靠着賣柴爲業。己亥歲、在縣西北山中採樵回來、歇力在一个谷口。傍(二)有一大石、嶄(三)然、像幾間屋大。侯元對(四)了大石自言自語道、「我命中直如此辛苦。」嘆息聲未絶、忽見大(五)石砉然豁開如洞。中有一老叟、羽衣烏帽、鬚髮如霜、拄杖而出。侯元驚愕(六)、急起前拜。老叟道、「吾神君也。你爲何如此自苦(七)。學吾法(八)、自能取富。可隨我(九)來。」老叟復走入洞、侯元隨他走去。走得數十步、廓然(十)清朗、一路奇花異艸、脩竹喬松。又有碧檻朱門、重樓復榭(十一)(十二)。老叟引了侯元、到別院小亭子坐了。兩个童子請他進食。食畢、復請他到便室、具湯沐浴、進新衣一襲。又命他冠帶了、復引至亭上。老叟命僮設席于地、令侯元跪了。老叟授以秘訣數萬言、多是變化隱秘之術。侯元素性蠢戇、到此一聽不忘。老叟誡他道、「你有些小福分、該在我至法中進身。却是面有敗氣未除、也要謹愼。若圖謀不軌、禍必喪生。今且歸去習法。如欲見吾、但至心叩石。自當有人應門、與你相見。」元因拜謝而出。老叟仍令一(十三)童送出洞門。既出來了、不見了洞穴、依舊是塊大石、連(十四)樵採家火多不見了。

【眉批】第十二〜十三行
知其無成、何爲傳之以法。豈有緣而數復不可逃乎。

【校勘】
(一)「鞮」、消本「鞭」。
(二)「傍」、章本「旁」。
(三)「巋」、消本、王本「巍」。
(四)「了」、王本無し。
(五)「大石砉然豁開如洞」、消本「大石岩豁然開門洞」、王本「大石巖豁然開了洞」。
(六)「愣」、消本、王本「駭」。
(七)「苦」、王本「古」。
(八)「法」、消本、王本「術」。
(九)「我」、消本、王本「吾」。
(十)「廓」、消本、王本「豁」、李本「廊」。

（十一）「復」、消本、王本「複」。
（十二）「榭」、消本「謝」。
（十三）「令」、王本「命」。
（十四）「樵採」、王本「採樵」。

【注】

黄巾張角…後漢末、霊帝の時に、鉅鹿《きょろく》の張角が、黄老を奉じて太平道を創設し、蜂起した。皆黄巾を着けたために、黄巾の乱と呼ばれる。この反乱は、一年足らずで平定された。

大寶…天子の位。
『三國演義』第六十九回「晃曰、『吾聞魏王早晩受禪、將登大寶、公與王長史必高遷、望不相棄、曲賜提携、感德非淺。』」

乾符年間…唐の僖宗の年号。八七四～八七九年。

上黨銅鞮縣…上党郡銅鞮県。潞州に属する。潞州は今の山西省長治市。
『新唐書』巻三十九地理志「潞州上黨郡、大都督府。……縣十。……銅鞮、……。」

己亥歳…乾符六年、八七九年のこと。

巋然…一つだけ高く聳え立つさま。

砉然…もとは骨と皮とが離れる音。ここでは大岩にぽっかりと洞穴が出来る時の音。
『莊子』養生主「庖丁爲文惠君解牛、手之所觸、肩之所倚、足之所履、膝之所踦、砉然嚮然、奏刀騞然、莫不中音。」

羽衣…鳥の羽で作った衣服。仙人、道士などが空を飛ぶために着る衣。

『西遊記』第二十四回「道服自然襟遶霧、羽衣偏是袖飄風。」

烏帽…隠者がかぶる黒い帽子。

『金瓶梅詞話』第十三回「不見登高烏帽客、還思捧酒綺羅娘。」

廓然…空っぽで広々したさま。

陶潜「祭従弟敬遠文」(「全晉文」巻一百十二)「庭樹如故、齋宇廓然。」

檻…欄干。手すり。

『水滸傳』第八十一回「到的門前看時、依舊曲檻雕欄、綠窓朱戸、比先時又修的好。」

朱門…朱塗りの門。貴族などの豪華な邸宅を指す。

『警世通言』第三十六巻「侵雲碧瓦鱗鱗、映日朱門赫赫。」

重樓…幾層にもなっている楼閣。立派な建物。

『三國演義』第一百六回「爽又選善歌舞良家子女三四十人爲家樂。又建重樓畫閣、造金銀器皿、用巧匠數百人晝夜工作。」

榭…水亭。『中国古代建築』(清華大学建築系編、精華大学出版社、一九八五年)に「古代園林建築の中で、一部分が水中に入っているものを多く榭と称する」とある。水面にせり出す形の建物を言う。

『醒世恆言』第二十四巻「又鑿北海、周環四十里、中有三山、效蓬萊、方丈、瀛洲、其上皆臺榭迴廊、其下水深數丈。」

便室…くつろぐための部屋。別席。居間。

『三水小牘』（『太平廣記』卷四十九神仙・溫京兆）「溫聞吏至、驚起、於便室召之。」

設席…むしろを敷く。

變化…変身。

『西遊記』第二回「這猴王也是他一竅通時百竅通、當時習了口訣、自修自煉、將七十二般變化都學成了。」

隱秘…神秘な。

蠢戇…愚かである。

至法…優れた仏法、或いは方術。

宗炳「明佛論」（「全宋文」卷二十一）「今曾無暫應、皆各在無緣、而反誣至法空構。」

進身…立身出世する。

『三國演義』第六回「誰想内中一軍、是袁紹鄉人、欲假此爲進身之計、連夜偸出營寨來報袁紹。」

圖謀不軌…謀反を企む。

『逸史』（『太平廣記』卷一百二十二報應・宋申錫）「(王璠）乃僞作申錫之罪狀、令人告人云、以文字結於諸王、圖謀不軌。」

喪生…命を失う。

樵採…木こり。

『金瓶梅詞話』第六十五回「黃土墊道、鷄犬不聞、樵採遁迹。」

家火…器具。道具。

『金瓶梅詞話』第三十一回「至晩、酒席上人散、査收家火、少了一把壺。」
多…全て。「都」に同じ。
『二刻拍案驚奇』巻十三「直生一一牢記、恐怕忘了、又叫他說了再說、說了兩三遍、把許多數目欵項、倶明明白
白了。直生道、『我多已記得、此事在我、不必多言。……。』」

【訳】

拍案驚奇巻三十一
「何道士　術に因りて姦を成し、周経歴　姦に因りて賊を破る」

詩にこのように云っております。

天命　従来　自ずから真有り
豈に　姦術の　恣に紛紜たるを　容れんや
黄巾の　張角　徒らに乱を生ずとも
大宝　何ぞ曽て　彼の人に到らんや

さて唐の乾符年間、上党《じょうとう》の銅鞮《どうてい》県の山村に一人の木こりがいて、姓を侯《こう》、名を元《げん》と言い、暮らし向きは貧しく、柴を売ってなりわいとしていました。己亥の年の事、侯元は県の西北の山中で薪を採った帰り、ある谷の入り口で一休みしました。傍らには幾部屋もある屋敷の如き、大きな岩が聳え立っています。侯元は大きな岩に向かって、「俺はずっとこんな苦労ばかりする運命なんだなあ。」と、独り言を言いました。ため息がまだ終わらぬ内に、不意にそ

の大きな岩がざざーっと音を立てて洞穴のような口を開けました。中には羽の着物に黒い帽子、髯《ひげ》も髪も霜のように白い老人が一人いて、杖をついて出て参りました。侯元は驚いて、慌てて立ち上がると進み出てお辞儀をします。老人は言いました。「わしは神君じゃ。お前はなに故かように苦しんでおるのじゃ。わしの方術を学べば、自ずと富を手に入れる事が出来ようぞ。ついて来るが良い。」老人は再び洞穴の中に入って行き、侯元も後について行きました。数十歩進むと、広々と明るく開け、路沿いには珍しい花や変わった草、長い竹や高い松の木が続いていました。また碧色の手すりや朱塗りの門、幾重にも重なる高殿や幾つもの水亭がありました。老人は侯元を離れの小さなあずまやに連れて行って、腰を下ろさせました。二人の童僕が侯元に食事を勧めます。食べ終わると、更に居間へと彼を招き入れ、湯を用意して沐浴させ、新しい衣服一揃いを差し出しました。更に冠を戴き帯を着けるようにと命じてから、再びあずまやへと案内致しました。老人は童僕に命じて地面に敷物を敷かせると、侯元を跪かせました。老人は方術の奥義数万言を授けましたが、全てが変身などの神秘の術でした。侯元は生来愚かだったのですが、こうなると一度聴いたら忘れません。老人は侯元を戒めて、「お前には幾分かの福運というものがある故、我が至高の方術によって出世する事であろう。しかしながら、お前の面相からは失敗の気が取り除かれておらぬ故、慎重にせねばならぬ。もし謀反を企てようものなら、禍が起こって必ずや命を落とす事になるであろう。いま一先《ひとま》ずは戻って方術を稽古する事じゃ。もしわしに会いたいと思えば、ただ心を込めてこの岩を叩くが良い。誰か門番の者が居って、お前に会うであろう。」と言いました。侯元は恭しく礼を申し述べて退出しました。老人はまた元のように、童僕一人に洞穴の入り口から彼を送り出させました。一旦出てしまうと、洞穴は見えなくなってしまい、元の通りの大岩で、薪を採る道具さえも全て見えなくなっていました。

【眉批】
その反乱が成功しないと知っていながら、なぜ方術を伝えたのだろうか。因縁で逃れられない運命なのだろうか。

到得家裡、父母兄弟多驚喜道、「去了一年多、道是死于虎狼了、幸喜得還在。」其實、侯元只在洞中得一日。家裡又見他服裝華潔、神氣飛揚、只管盤問他。他曉得瞞不得、一一説了。遂入靜室中、把老叟所傳術法盡行習熟。不上一月、其術已成。變化百物、役召鬼魅、遇着艸木土石、念念有詞、便多是歩騎甲兵。神通既已廣大、傳將出去、便自有(一)人來扶從。於是收好些鄉里少年勇悍的爲將卒、出入陳旌旗、鳴鼓吹、宛然像个小國諸侯、自稱曰「賢聖(二)。」設立官爵、有三老、左右弼、左右將軍等號(三)。每到初一、十五、即盛飾往謁神君。神君(四)每見必戒道、「切勿稱兵。若必欲舉事、須待天應。」侯元唯唯。

【眉批】第六～七行
不反不能矣。

【校勘】
(一)「自有」、消本、王本「有多」。

(二)「賢聖」、消本「垁聖」、李本「聖賢」。
(三)「號」、王本「官」。
(四)「神君」、王本無し。

【注】

盤問…問い詰める。尋問する。

『古今小説』第二十七卷「敎管家婆出去、細細把家事盤問。」

静室…座禅を組む部屋。出家した人が過ごす部屋。庵室。

『水滸傳』第五十三回「公孫勝先扶娘入去了、却出來拜請戴宗、李逵、邀進一間靜室坐下。」

念念有詞…お経や呪文を口の中でぶつぶつと唱える。

『水滸傳』第五十二回「(高廉)言罷、把劍一揮、口中念念有詞、喝聲道、『疾。』黑氣起處、早捲起怪風來。」

三老…漢代に地方で教化を司った長老を指す。教化を司る官。

『漢書』卷一高帝紀「(二年)二月癸未、……擧民年五十以上、有脩行、能帥衆爲善、置以爲三老、鄕一人。擇鄕三老一人爲縣三老、與縣令丞尉以事相敎、復勿繇戍。」

左右弼…「弼」は、(天子の)補佐役を言う。

『禮記』文王世子「設四輔及三公」孔穎達疏「其四輔者、案尚書大傳云、古者天子必有四隣、前曰疑、後曰丞、左曰輔、右曰弼。」

擧事…挙兵する。

『三國演義』第六十九回「今日約定、至期二更擧事、勿似董承自取其禍。」

天應…天帝が感応する。人間界の事に対する天の応報、同意。

『幽明錄』(『太平廣記』巻三百二十二鬼・王志都)「婦曰、『天應令我爲君妻。』遂成夫婦。」

【訳】

家に着くと、父母兄弟は皆驚いて言いました。「お前が出て行ってから一年余りも経ったから、虎か狼に襲われて死んだんだろうと言っていたのだが、よくぞ今まで生きていたものだ。」ところが実際は、侯元は洞穴の中で一日を過ごしたに過ぎなかったのでした。更に家の者は、侯元が身なりは華やかで清潔な上、様子がはつらつとしているのを見て、どこまでも侯元を問い詰めました。侯元はごまかしきれないと悟って、あった事を逐一話しました。そのまま庵室に入り、老人が伝授してくれた方術を悉く行って習熟します。それから一と月も経たない内に、その術は早くも完成しました。あらゆる物を変化させ、妖怪を召し出して使い、草木土石に向かって、ぶつぶつと呪文を唱えれば、すぐにこれら全てが武装した歩兵や騎兵となるのです。神通力がかなりのものになると、それが周囲に伝わって、自ずと彼に従おうとやって来る者が出て来るようになりました。そこで侯元は、村の勇猛果敢な若者達を大勢集めて将兵の頭とし、出入りの際には旗を立て並べ、笛や太鼓を打ち鳴らし、あたかも一小国の諸侯であるかの如き有様で、自ら「賢聖」と名乗りました。官職と爵位を設け、その中には三老、左右弼、左右将軍などの称号がありました。毎月一日と十五日には、盛装して神君に拝謁に参ります。神君は侯元に会うたびに「決して挙兵してはならぬ。もしも是が非でも兵を挙げたければ、天の同意を待たねばならぬぞ。」と必ず戒めるのでした。侯元は、かしこまりましたと答えます。

【眉批】

反乱を起こさないでいる事など出来ようものか。

到庚子歳、聚兵已有數千人了。縣中恐怕(一)妖術生變、乃申文到上黨節度使高公處、說他行徑。高公令潞州郡將以兵討之。侯元已知其事、即到神君處問事宜。神君道、「吾向已說過。但當偃旗息鼓以應之。彼見我不與他敵、必不亂攻。切記不可交戰。」侯元口雖應着、心裡不伏、想道、「出我奇術、制之有餘。且此是頭一番小敵、若不能當抵、後有大敵來、將若之何。且衆人見吾怯弱、必不伏我。何以立威。」歸來不用其言、戒(二)令黨與(三)(四)勒兵以待。是夜潞兵離元所三十里、據險扎營。侯元用了術法、潞兵望來、步騎戈甲、蔽滿山澤、儘有些膽怯。明日、潞兵結了方陣前來。侯元領了千餘人、直突其陣、銳不可當。潞兵少却。侯元自恃法術、以爲無敵、且吽、「拿酒來喫。以壯軍威。」誰知手下之人、多是不習戰(五)陣烏合之人、毫無紀律。侯元一个喫酒、大家多亂攛(六)起來。潞兵乘亂、大隊趕來。多四散落荒而走、剛剩得侯元一个。帶了酒性、急念不出呪語、被擒住了。送至上黨、發在潞州府獄、重枷枷着、團團嚴兵衞守。

【校勘】

（一）「怕」、王本「有」。
（二）「戒」、消本「遂」。
（三）「與」、消本、王本「羽」。
（四）「勒」、王本「伏」。
（五）「戰陣」、李本「陣戰」。
（六）「攙」、章本「竄」。音義同じ。

【注】

庚子歲…広明元年、八八〇年のこと。

生變…変事が起きる。

『三國演義』第七十八回「兵部尚書陳矯曰、『王薨於外、愛子私立、彼此生變、則社稷危矣。』」

申文…長官への上申書を提出する。

『警世通言』第三十五卷「況爺念了審單、連支助亦甘心服罪。況爺將此事申文上司、無不誇奬大才。」

行徑…行為。

『金瓶梅詞話』第五十七回「那長老就開口說道、『老檀越在上、不是貧僧多口、止是我們佛家的行徑、多要隨緣喜捨、終不强人所難。……。』」

偃旗息鼓…旗を伏せて太鼓を打ち鳴らすのを止《や》める。静かにする。鳴りを潜める。

『三國演義』第八十五回「於是傳令、敎衆軍偃旗息鼓、只作無人守把之狀。」

伏…服従する。納得する。

『水滸傳』第十二回「梁中書見他勤謹、有心要擡舉他、欲要遷他做個軍中副牌、月支一分請受。只恐衆人不伏、因此傳下號令。」


當抵…防ぎ止《と》める。持ち堪える。

『水滸傳』第七十一回「如此之爲、大小何止千百餘處。爲是無人可以當抵、又不怕你叫起撞天屈來、因此不曾顯露、所以無有說話。」


立威…威厳を確立する。

『醒世恆言』第三十卷「那些酷吏、一來仗刑立威、二來或是權要囑托、希承其旨、每事不問情眞情枉、一味嚴刑鍛錬、羅織成招。」


黨與…一味。手先。

『古今小說』第三十九卷「那領兵官無非是都監、提轄、縣尉、巡檢之類、素聞汪革驍勇、黨與甚衆、人有畏怯之心。」


勒兵…兵を統率する。

『三國演義』第六十七回「孔明曰、『……今我若分江夏、長沙、桂陽三郡還吳、遣舌辨之士陳說利害、令吳起兵襲合淝、牽動其勢、操必勒兵南向矣。』」


據險…要害の地に拠る。

『三國演義』第一百十回「征西大將軍張翼曰、『蜀地淺狹、錢糧淺薄、不宜遠征。不如據險守分、恤軍愛民、此乃保國之計也。』」

扎營…駐屯する。

『水滸傳』第九十九回「宋江等軍馬、只就城外屯住、扎營于舊時陳橋驛、聽候聖旨。」

鋭不可當…阻止出来ないほどの勢いがある。

亂攛…あちこち逃げ回る。

『水滸傳』第四十八回「四下裏埋伏軍兵不見了那碗紅燈、便都自亂攛起來。」

趕…急いで行く。駆け付ける。

『三國演義』第六十二回「黃忠一枝軍、救了魏延、殺了鄧賢、直趕到寨前。」

落荒而走…荒野へと落ち延びて逃れる。闘争に失敗すること。

『水滸傳』第六十八回「且說史文恭得這千里馬行得快、殺出西門、落荒而走。」

發…処分する。送還する。

『拍案驚奇』巻三十「大守叫再去探聽、只見士眞剛起身來、便問道、『昨晚李某今在何處。』左右道、『蒙副大使發在郡獄。』」

【訳】

庚子の年になると、集まった兵は既に数千人になっていました。県内の人々は侯元が妖術によって何か不吉な事を起こすのではないかと恐れ、上党節度使である高公《こうこう》の元へ文書を奉って、侯元の行為を知らせました。高公は潞州《ろしゅう》の将校に命じて出兵させ、侯元を討たせようとしました。侯元はその事を知り、すぐさま神君の元に行って、事をどう収めたら良いものかと尋ねました。神君は言います。「わしはかねてから言っておった。戦う事をしないで対処すべきだ。彼らはこちらが刃向かわぬと分かれば、むやみに攻めたりはすまい。戦ってはならぬという事をくれぐれも肝に銘じておくのじゃ。」侯元は口では承知したものの、腹の内では納得せず、「俺のとびきりの術を使えば、奴らなど余裕綽々で押さえられるわ。それにこれは最初の小敵で、もし持ち堪えられないようなら、後で大敵が来た時には、一体どうするというんだ。その上皆が俺の事を臆病者だと思ってしまっては、もう俺の言う事など聴かないだろう、どうして威厳を保てようか。」と考えました。戻ると神君の言った事は聴かず、手下の者に兵士達を統率して待機させました。この夜、潞州の兵は侯元の所から三十里離れて、要害の地に拠って陣を張っていました。侯元が術を使うと、潞州の兵には武装した歩兵や騎兵が、山沢を覆い尽くしているように見え、皆はいささか怖じ気付きました。あくる日、潞州の兵は方形の陣を組んで前進して来ました。侯元は千人余りの兵を従えて、その陣に真っ直ぐ突っ込んだのですが、正に当たるところ敵なしといった勢い。潞州の兵はやや退却しました。侯元は自分の方術に自信満々、自分の敵となる者は無いと思い込み、そこで「酒をもって来い。飲んで我が軍の威勢を盛り立てるのだ。」と叫ぶのでした。ところが意外や、侯元の手下となっている連中は、皆戦場に慣れていない烏合の衆ばかりで、少しも規律がありません。侯元が一人で酒を飲んでいると、手下の者は皆あちこちに逃げ出しました。潞州の兵はこの混乱に乗じて、大部隊で攻め込んで来たのです。侯元の兵は皆散り散りばらばらに逃げ去ってしまい、残されたのは侯元ただ一人。しかも酒が回っていたので、焦って呪文が唱えられず、捕らえられてしまいました。そして上党へ護送され、潞州府の獄に送還され、重い首かせをはめられたまま、ぐるりと取り囲んだ兵士に厳しく見張られたのでした。

天明看枷中、只有燈臺一个、已不見了侯元。却連夜遁到銅鞮、徑到大石邉、見神君謝罪。神君大怒、罵道、「庸奴不聽吾言。今日雖然幸免、到底難逃刑戮。非吾徒也。」拂衣而入、洞門已閉上(一)、是塊大石。侯元悔之無及、虔心再叩、竟不開了。自此、侯元心中所曉符呪、漸漸遺忘、就記得的、做來也不十分靈了。却是先前相從這些黨與(二)、不知緣故、聚着不散、還推他爲主。自(三)恃其衆、是秋率領了人、在并州大谷地方劫掠。也是數該滅了、恰好并州將校、偶然領了兵馬經過。知道了、圍之數重。侯元極了(四)、施符念呪、一毫不靈、被斬于陣、黨與(五)遂散。不聽神君說話、果然没个收場。

【眉批】第三行

猶可及止。

【校勘】

(一)「上」、章本「止(上)」。

(二)「與」、消本、王本「羽」。

(三)「自」、消本、王本「日」。

(四)「極了」、王本無し。

(五)「與」、消本、王本「羽」。

【注】

庸奴…愚かな者。

『逸史』(『太平廣記』巻一百二十二報應・華陽李尉)「適李尉愚而陋、其妻每有庸奴之恨、遂肯。」

拂衣…衣の裾を払う。ここでは怒りと俗塵を払う意味を兼ね備える。

『二刻拍案驚奇』巻十九「(萬延之)性素剛直、做了兩三處地方州縣官、不能屈曲、中年拂衣而歸。」

符呪…「符」は道家が法を行う時に用いる文字や図形、「呪」はまじないの言葉。道教では、まじないの言葉に、奇怪な図形の符を添えるので、「符呪」と言う。これをもって鬼神を操ったり、病を治療する事が出来るとされる。

『拍案驚奇』巻三十九「本州有箇無賴邪民、姓郭、名賽璞、自幼好習符呪。投着一箇幷州來的女巫、結爲夥伴。」

并州…今の山西省太原市。

『新唐書』巻三十九地理志「太原府太原郡、本幷州、開元十一年爲府。」

數…定まった運命。

『警世通言』第三十五巻「也是數該敗露、邵氏當初做了六年親、不曾生育、如今纔得三五月、不覺便胸高腹大、有了身孕。」

極…焦る。「急」に同じ。

『警世通言』第二十四巻「却說亡八惱恨玉姐、待要打他、倘或打傷了、難教他掙錢、待不打他、他又戀着王小三。十分逼的小三極了、……。」

没个收場…良くない結末となる。「没收場」で、結末が良くないこと。「收場」は結末。

『拍案驚奇』巻二十六「不像婦女彼此興高、若不滿意、半途而廢、没些收場、要發起極來的、故此支吾不過、不如男風自得其樂。」

【訳】

夜が明けて首かせの中を見てみると、明かりの台座が一つあるばかりで、侯元は既に姿を消していました。何と、侯元はその夜の内に銅鞮県まで逃げ延びて真っ直ぐ大岩の所に行き、神君にまみえて自分の罪を詫びたのでした。神君はかんかんに怒って、罵りました。「この馬鹿者め、わしの言う事を聴かなかったな。今日のところは運良く逃げおおせたようじゃが、結局は処刑を免れまい。もうわしの弟子ではないわ。」衣の裾を払って洞穴の中へと入るや、洞門は閉ざされてしまい、大きな岩が一つあるばかりです。侯元は悔やみましたが後の祭りで、慎んでもう一度岩を叩きましたが、岩は終に開きませんでした。それからというもの、侯元が心の中で知っていたはずの符と呪文は、次第に忘れ、たとえ覚えていたものでも、やってみると、大して効き目が無くなっていました。ところが以前から侯元についてきた手下の者達は、どういう訳か、集まったままどこへも行こうとはせず、なおも侯元を首領に推していました。大勢をいい事に、侯元はこの年の秋に彼らを率い、并州《へいしゅう》の大谷《だいこく》地方で掠奪を働きました。これも滅ぶべき運命というものだったのでしょう。折しも并州の将校が、偶然にも兵馬を率いて通りかかりました。そしてこの事を知ると、侯元らを幾重にも取り囲みました。侯元は焦って符を用い、呪文を唱えましたが、少しも効き目が無いままに、陣中で斬られてしまい、手下の者達も終に散り散りになりました。神君の話を聴かなかったために、果たせるかな、ろくな結末を迎えなかったのでした。

【眉批】

この時ならまだ止めるのに間に合った。

可見悖叛之事、天道所忌。若是得了道術、輔佐朝廷、如張留侯、陸信州之類、自然建功立業、傳名後世。若是萌了私意、打點起兵謀反、不成(一)見有妖術成功的。從來張角、徽側、徽二、孫恩、盧循等、非不也是天賜的兵書法術、畢竟敗亡。所以『平妖傳』上也說道「白猿洞天書後邉深戒着謀反一事」的話。就如侯元、若依得神君分付、後來必定有好處、都是自家弄殺了。事體本如此明白、不知這些無主意的愚人、住此清平世界、還要從着白蓮教、到處哨聚倡亂、死而無怨、却是爲何。而今說一个得了妖書、倡亂被殺的、與看官聽一聽。有詩爲証。

(二)蚤通武藝殺親夫、　反獲天書起異圖。
擾亂青州旋被戮、　福兮禍伏理難誣。

【校勘】

(一)「成」、消本、王本、章本「曾」、是《ぜ》なり。

(二)「蚤」、章本「早」。音義同じ。

【注】

悖叛…謀反を起こす。

張留侯…漢の張良。ある時、自らを済北の穀城山の麓にある黄色い石と名乗る老人から兵書を授けられた。後、張良は漢の高祖を輔けて建国に功があり、留侯に封じられた。

『史記』巻五十五留侯世家「留侯張良者、其先韓人也。……良嘗閒從容歩游下邳圯上、有一老父、……有頃、父亦來、喜曰、『當如是。』出一編書、曰、『讀此則爲王者師矣。後十年興。十三年孺子見我濟北、穀城山下黄石卽我矣。』遂去、無他言、不復見。旦日視其書、乃太公兵法也。……(高帝)乃封張良爲留侯、與蕭何等倶封。」

陸信州…陸法和。北斉の人。梁の元帝の時に侯景の乱が起き、陸法和は信州刺史として、侯景の将である任約を破った。道術を善くし、予言を行ったとされる。

『梁書』巻五元帝本紀「大寶二年。……五月癸未、世祖遣游擊將軍胡僧祐、信州刺史陸法和帥衆下援巴陵。任約敗、景遂遁走。以王僧辯爲征東將軍、開府儀同三司、尚書令、胡僧祐爲領軍將軍、陸法和爲護軍將軍。」

『北齊書』巻三十二陸法和傳「陸法和、不知何許人也。隱於江陵百里洲、衣食居處、一與苦行沙門同。耆老自幼見之、容色常不定、人莫能測也。……梁元帝以法和爲都督、郢州刺史、封江乘縣公。法和不稱臣、其啓文朱印名上、自稱司徒。梁元帝謂其僕射王褒曰、『我未嘗有意用陸爲三公、而自稱何也。』褒曰、『彼旣以道術自命、容是先知。』」

打點…準備する。用意する。

『水滸傳』第四十七回「楊林道、『好、好。我和你計較了、今夜打點、五更起來便行。』」

不成（曾）…まだ～した事が無い。

徴側、徴二…後漢の人。徴側、徴二（貳）は姉妹。後漢の建武十六年（四〇年）に交阯において挙兵し、徴側は王を名乗ったが、乱は建武十九年に平定され、二人とも斬殺された。ベトナムでは、この二人を英雄として語り伝えている。

『後漢書』巻八十六南蠻列傳「(建武) 至十六年、交阯女子徵側及其妹徵貳反、攻郡。(徵側) ……於是九眞、日南、合浦蠻里皆應之、凡略六十五城、自立爲王。……十八年、遣伏波將軍馬援、樓船將軍段志、發長沙、桂陽、零陵、蒼梧兵萬餘人討之。明年夏四月、援破交阯、斬徵側、徵貳等、餘皆降散。」

孫恩…東晋の末に、天師道（五斗米道）教徒を率いて華中華南にかけて反乱を起こした。やがて敗戦の後、海に身を投じた。

『晉書』巻一百孫恩傳「孫恩字靈秀、琅邪人、孫秀之族也。世奉五斗米道。……及元顯縱暴吳會、百姓不安、恩因其騷動、自海攻上虞、殺縣令、因襲會稽、害内史王凝之、有衆數萬。……及桓玄用事、恩復寇臨海、臨海太守辛景討破之。恩窮慼、乃赴海自沈、妖黨及妓妾謂之水仙、投水從死者百數。」

盧循…孫恩の妹を娶り、孫恩と共に乱を起こした。孫恩の死後、九年間にわたって天師道信徒を率い、計十余年にわたって反乱を続けた。最後には交州刺史杜慧度に追いつめられ、海に身を投げて死んだ。

『晉書』巻一百盧循傳「(盧) 循娶孫恩妹。及恩作亂、與循通謀。……恩亡、餘衆推循爲主。……循勢屈、知不免、先鴆妻子十餘人、又召妓妾問曰、『我今將自殺、誰能同者。』多云、『雀鼠貪生、就死實人情所難。』有云、『官尚當死、某豈願生。』於是悉鴆諸辭死者、因自投於水。」

平妖傳…小説の名。二十回本と、明末の馮夢龍補作による四十回本があり、ともに羅貫中の編とされる。袁公が白雲（猿）洞の中で壁に彫ってある天書の法を見ていると、中に人を害する術が書いてあるのに気付き、筆を執ってその天書の最後の部分に謀反を戒める文を書き添えた。

『平妖傳』第二回「心中懊悔無及、取筆添數行字於石壁之後云、『……弟子某修持道法、於今若干年、竝無過失、倘生事害民、雷神殛之。』」

天書…道教で、神仙の言葉を記したとされる書物。

『水滸傳』第四十二回「青衣去屏風背後玉盤中托出黄羅袱子、包着三卷天書、度與宋江。」

主意…考え。意見。

『水滸傳』第十二回「……王倫指着林冲對楊志道、『……不如只就小寨歇馬、大秤分金銀、大碗吃酒肉、同做好漢、不知制使心下主意若何。』」

清平世界…太平な世界。

『水滸傳』第七回「林冲見說、吃了一驚、也不顧女使錦兒、三步做一步跑到陸虞候家、搶到胡梯上。却關着樓門、只聽得娘子叫道、『清平世界、如何把我良人妻子關在這裏。』」

白蓮教…元末に盛んになった秘密宗教。祈祷、符呪による治病などを掲げて勢力を広め、元末から明清の時代にかけてしばしば反乱を起こした。

哨聚…集う。

『水滸全傳』第一百二十回「（宋江）『……我死不爭、只有李逵現在潤州都統制、他若聞知朝廷行此奸弊、必然再去哨聚山林、把我等一世清名忠義之事壞了。……。』」

倡亂…反乱を起こす。

『三國演義』第九十三回「朗曰、『天數有變、神器更易、而歸有德之人、此自然之理也。曩自桓、靈以來、黄巾倡亂、天下爭横。……。』

死而無怨…死んでも怨まない。「死而不怨」に同じ。

『水滸傳』第十三回「(索超)『……如若小將折半點便宜與楊志、休敎截替周謹、便敎楊志替了小將職役、雖死而不怨。』」

看官…読者、聴衆のみなさん。呼び掛ける言葉。

『古今小說』第一巻「看官、我再說一個與你聽。」

青州…青州府。今の山東省青州市。

福兮禍伏…禍福が互いに入れ代わる事を言う。

『老子』第五十八章「禍、福之所倚。福、禍之所伏。熟知其極。」

【訳】

ここから謀反を起こすという事は、天道の忌むものである事が分かります。もし道術を身につけて朝廷を補佐したのであれば、かの張留侯《ちょうりゅうこう》や陸信州《りくしんしゅう》といった人々のように、功業を立て、名を後世に伝える事となったでしょう。もし私心が芽生えて、兵を挙げ謀反を企んだとなると、妖術で成功した者はおりません。これまでにも、張角《ちょうかく》、徴側《ちょうそく》、徴二《ちょうじ》、孫恩《そんおん》、盧循《ろじゅん》といった人々も皆、天から賜った兵書方術を用いたのですが、結局は失敗して滅びてしまいました。ですから、『平妖伝』にも「白猿洞の天書の最後に謀反の一事を深く戒める」という話を載せています。侯元にしても、もし神君の言い付け通りにしていれば、後にはきっと良い事があったはずなのですが、結局は自業自得だった訳です。物事の道理は固よりこのように明らかですが、なぜかこういった分別のつかない愚かな人々が、太平の世界に住みながらも、なおも白蓮教に従って至る所で集結しては反乱を起こし、死んでも怨まず、などと言っているのは、一体どうした訳でしょう。さて、ただ今より妖書を手に入れ、反乱を起こして殺された人のお話を致しましょう。どうか皆様ご拝聴のほどを。ここに証しとなる詩がございます。

蚤《つと》に　武芸に通じて　親夫を殺され
反って　天書を獲て　異図を起こす
青州を　擾乱して　旋《たちま》ち戮《ころ》され
福に　禍伏して　理誣《し》い難し

話說　國朝永樂中、山東青州府萊陽縣有个媍人、姓唐、名賽兒。其母少時、夢神人捧一金盒、盒内有靈藥一顆、令母呑之。遂有娠、生賽兒。自幼（一）乖覺伶俐、頗識字、有姿色、（二）嘗剪紙人馬廝殺爲兒戲。年長、嫁本鎭石麟街王元椿。這王元椿弓馬（三）熟閒、武藝精通、家道豐裕。自從娶了賽兒、貪戀女色、毎日飲酒取樂。時時與賽兒說些弓箭刀法、賽兒（四）又肯自去演習戲耍。光陰撚指、不覺（五）陪費五六年、家道蕭索、衣食不足。

【眉批】第二行
本有宿根。

第二～三行
便露頭角。

【校勘】
(一)「乖」、章本無し。
(二)「嘗」、王本「常」。
(三)「熟閒」、王本「嫺熟」、章本「熟嫺」。
(四)「又肯」、消本、王本「又會肯」。
(五)「陪」、章本「賠」。

【注】

國朝…本朝。この話では明代。

永樂…明の成祖の年号。一四〇三～一四二四年。

萊陽縣…今の山東省萊陽市。

乖覺…機敏で頭の良いこと。

『拍案驚奇』巻之八「王生自幼聰明乖覺、嬸母甚是愛惜他、不想年紀七八歳時、父母兩口相繼而亡。」

厮殺…殺し合う。

『三國演義』第四十一回「却說趙雲自四更時分與曹軍厮殺、往來衝突、殺至天明、尋不見玄德、又失了玄德老小。」

熟閒…熟練している。

『古今小說』第六卷「次日、教場演武、誇他弓馬熟閑、補他做個虞候、隨身聽用。」

貪戀…未練を持つ。執着する。

『金瓶梅詞話』第十二回「話說西門慶在院中貪戀住桂姐姿色、約半月不曾來家。」

戲耍…戯れる。

『金瓶梅詞話』第五十九回「(西門慶) 夜間百般言語溫存、見官哥兒的戲耍物件都還在根前、恐怕李瓶兒看見思想煩惱、都令迎春拏到後邊去了。」

撚指…指をこすり合わせる。時間が忽ち過ぎて行くこと。「捻指」に同じ。

『古今小說』第三十七卷「光陰捻指、不覺又是週歲。黃員外說、『我曾許小兒寄名出家。』」

陪費…時間、金を費やすこと。「賠費」に同じ。

『水滸傳』第五十一回「朱仝囊篋又有、只要本官見喜、小衙內面上抵自賠費。」

蕭索…さびれる。不景気である。

『二刻拍案驚奇』卷三十二「滁州荒僻、庫藏蕭索、別不見甚好物、獨內中存有大銀盒二具。」

宿根…前世から備わった素質や能力。仏教用語。

『水滸傳』第九十回「本人宿根、還有道心、今日起這箇念頭、要來參禪投禮本師。」

【訳】

さて、明朝の永楽年間の事、山東《さんとう》の青州《せいしゅう》府萊陽《らいよう》県に一人の婦人がいて、姓を唐《とう》、名を賽児《さいじ》と言いました。その母親が若い頃夢の中で、神仙が金の箱を一つ捧げ持ち、その箱の中には霊薬が一粒あって、母親に飲ませたのを見ました。かくて妊娠し、賽児を産み落としました。賽児は幼い時から機敏で賢く、字がよく読めて、器量に恵まれていましたが、いつも紙で人や馬の形を切り抜いて戦さごっこをして遊んでいました。年頃になって同郷の石麟街《せきりんがい》の王元椿《おうげんちん》の元に嫁ぎました。この王元椿は弓馬に熟達し、武芸に精通しており、暮らし向きも裕福でした。賽児を妻に迎えてからは、その魅力に溺れ、毎日酒を飲んでは楽しく過ごしておりました。常々賽児に弓術や剣術について話してやると、賽児は自ら進んで武術の稽古をして楽しんでいました。月日は忽ち流れ、知らぬ間に五、六年が過ぎ、暮らし向きはわびしくなって、食うのも着るのもままならなくなりました。

【眉批】
元々前世からの根があった。

さっそく頭角を現した。

賽兒一日與丈夫說、「我們枉自在此(一)忍饑受餓、不若將後面梨園賣了、買匹好馬、幹些本分求財的勾當、却不快活。」王元椿聽得、說道、「賢妻何不早說。今日天晚了、不必說。」明日、王元椿早起來、寫個出帳、央李媒爲中、賣與本地財主賈包(二)、得銀二十餘兩。王元椿就(三)去靑州鎭上、買一匹快走(四)好馬回來。弓箭腰刀自有。

【眉批】第一～二行

賊心早定。

【校勘】

(一)「此」、消本「恁」。
(二)「包」、王本「包家」。
(三)「去」、消本、王本無し。
(四)「快走」、消本、王本「快走的」。

【注】

枉自…むだに。

『拍案驚奇』巻十八「(富翁)但自悔道、『……多是自己莽撞了、枉自破了財物也罷。只是遇着眞法、不得成丹、可惜。可惜。』」

忍饑受餓…飢えをしのぐ。

『平妖傳』第十八回「媽媽道、『……我共你曾豐衣足食、享用過來、便今日忍饑受餓、也是合當。』」

勾當…こと。仕事。良くない事に用いる。

『拍案驚奇』巻三十五「渾家李氏、却有些短見薄識、要做些小便宜勾當。」

快活…楽しい。

『醒世恆言』第二十巻「楊洪伸開手、兩個大巴掌、罵道、『你這强盗。還要問甚。你打劫許多東西、在家好快活、却帶累我們、不時比捕。』」

出帳…品物の状態や価格を記した書き付け。

中…周旋人。媒介人。「中人」「中間人」に同じ。

『拍案驚奇』巻十三「考事已過、六老又思量替兒子畢姻、却是手頭委實有些窘迫了。又只得央中寫契、借到某處銀四百兩。」

財主…金持ち。

『拍案驚奇』巻之二「過得一日、汪錫走出去、撞見本縣商山地方一個大財主、叫得吳大郎。」

兩…重さの単位。約三十七・三グラム。また、その重さに相当する銀を貨幣として数える単位。

【訳】

賽児はある日、夫に向かって「私達はここでむざむざ飢えをしのいでいるよりも、裏の梨園を売って良い馬を買い、分相応の儲け仕事をした方が楽しくはないかしら。」と言いました。王元椿はそれを聞くと「お前は頭のいい奴だな。なぜ早く言わなかったんだ。今日はもう遅いから、またにしよう。」と言いました。翌日、王元椿は朝早く起きると、売り出し書を書き、仲介役の李に仲立ちを頼んで、当地の財産家である賈包《かほう》に梨園を売り、銀二十両余りを手に入れました。王元椿はすぐに青州鎮に行き、駿馬を一頭買い入れて帰って来ました。弓矢や腰刀の方は、固より持っております。

【眉批】
悪だくみは早くも定まった。

揀个好日子、元椿打扮做馬快手的模樣、與賽兒相別、說、「我去便回。」賽兒說、「保重。保重。」元椿叫聲、「慚愧。」飛身上馬。打一鞭、那馬一道烟去了。來到酸棗林、是瑯琊後山、止(一)有中間一條路。若是(二)阻住了、不怕飛上天去。王元椿只曉得這條路上好打劫人、不想着來這條路上走的人、只貪近、都(三)不是(四)依良本分的人、不便道白白的等你拏了財物去。

【眉批】第一行
日子未必好。

【校勘】
(一)「止」、王本「只」。

(二)「是」、消本、王本無し。
(三)「都」、王本「便」。
(四)「依」、王本「善」。

【注】


馬快手…馬に乗った捕り手、捕吏。捕り手の中でも、馬に乗る事が多かった者を指して言う。「馬快」に同じ。

『清史稿』巻一百二十食貨志「凡衙署應役之皁隷、馬快、步快、小馬、禁卒、門子、弓兵、仵作、糧差及巡捕營番役、皆爲賤役、長隨與奴僕等。」

『説唐』第六十三回「唐璧聽了此番言語、不覺怒氣沖天、大喝道、『胡講、自古道、天下者乃天下人之天下、非一人之天下也。孤家爭取江山、那管什麼有響無響。妳這個馬快手、曉得什麼。』」

慚愧…有り難い。かたじけない。

『拍案驚奇』巻三十五「(賈仁) 喫了一驚道、『神明如此有靈。已應着昨夢。慚愧。今日有分做財主了。』」

一道烟…あっという間に。動作の速い事を表す。

『古今小説』第四十卷「李萬得了廣捕文書、猶如捧了一道赦書、連連磕了幾個頭、出得府門、一道煙走了。」

酸棗林…サネブトナツメの林。

瑯琊…青州府諸城県の東南にある琅琊山。

打劫…強盗を働く。追い剥ぎをする。

『水滸傳』第十六回「那七人道、『我等弟兄七人、是濠州人、販棗子上東京去、路途打從這裏經過。聽得多人說、

訳注

　這裏黄泥岡上如常有賊打劫客商。……。』

依良本分…善良な本分をわきまえる。「依本分」は本分をわきまえる。

『水滸傳』第三十二回「那大漢跳起身來、指定武松道、『你這個鳥頭陀好不依本分、却怎地便動手動脚的。却不道是出家人勿起嗔心。』」

不便道…まさか〜という訳でもあるまい。

【訳】

吉日を選んで、元椿は捕り手の役人の格好に扮すると、賽児に別れを告げ、「行ってすぐに戻って来るからな。」と言いました。賽児が「どうぞお気を付けて。」と言うと、元椿は「かたじけない。」と声を掛け、ひらりと馬に飛び乗りました。鞭を一打ちくれると、その馬は一筋の煙の如くあっという間に走り去ってしまいました。棗《なつめ》林まで行きましたが、そこは琅琊山《ろうやさん》の後ろ側で、中に一本道があるだけでした。もしここに立ち塞がれば、たとえ相手が空を飛んでも心配はありません。王元椿は、この道は強盗を働くにはうってつけだという事だけは知っていましたが、この道を行く人は、ただ近道を通りたいだけで、いずれも善良で本分をわきまえた人ではなく、まさかみすみす金品を持って行くに任せるはずも無いとは思いもよりませんでした。

【眉批】

日は必ずしも良くはない。

也是元椿合當悔氣、却好撞着這一起客人。望見褡連頗有些油水、元(一)椿自道、「造化了。」把馬一攛(二)、攛風的一般、前後左右都(三)跑過了、見没人。元(四)椿就扯開弓、搭上箭、飄(五)(六)地一箭射將來。那客人夥(七)裡有個叫做孟德(八)、看見元椿跑馬時、早已防備、拏起弓稍(九)、撥過這箭、落在地下。王元椿見頭箭不中、殺(十)住馬、又放第二箭來。孟(十一)德又照前撥過了、就叫、「漢子、我也回禮。」把(十二)弓虛扯一扯、不放。王元椿只聽得弦响、不見箭、心裡想道、「這男女不會得弓馬的、他只是虛張聲勢。」只有五分防備、把馬慢慢的放過來。孟德又把弓虛扯一扯、口裡叫道、「看箭。」又不放箭(十三)來。王元椿不見箭來、只道是眞不會射箭的、放心趕來。不曉(十四)得孟德虛扯弓時、就(十五)乘(十六)勢搭上(妙)箭、射將來、正對元椿當面。說時遲、那時快、元椿却好擡頭看時、當面門上中一箭、從腦後穿出來、畨(十七)身跌下馬來。孟德趕上、拔出刀來、照元椿喉嚨(十八)裡連槊(十九)上幾刀、眼見得元椿不活了。詩云、

劒光動處悲流水、羽簇飛時送落花。
欲寄蘭閨長夜夢、淸魂何自得還家。

孟德與同夥這五六个客人說、「這个男女也是纔出來的、不曾得手。我們只好去罷。不要擔悞(二十)了程途。」一夥人自去了。

【眉批】第六～八行
是个江湖上老手段、元椿新試、落其彀中。

【夾批】

妙。

【校勘】

(一)「元椿」、消本、王本「王元椿」。
(二)「撲」、消本、王本、章本「拍」。
(三)「都」、消本、王本「俱」。
(四)「元椿」、消本、王本「王元椿」。
(五)「飄」、王本「颯」。
(六)「地」、王本「的」。
(七)「夥裡」、消本「裏」、王本「裏面」。
(八)「德」、消本「得」。
(九)「稍」、王本、章本「梢」。
(十)「殺」、消本、王本「煞」。
(十一)「德」、消本「得」。
(十二)「把」、王本「扯」。
(十三)「箭」、李本「過」。

（十四）「得」、王本無し。
（十五）「就」、李本「便」。
（十六）「勢」、王本「便」。
（十七）「畨」、王本、章本「翻」。
（十八）「裡」、王本無し。
（十九）「槊」、章本「搠」、是なり。
（二十）「擔」、章本「耽」。

【注】

悔氣…運が悪い。
『拍案驚奇』巻之二「也是姚滴珠合當悔氣、撞着他獨自个溪中乘了竹筏、未到渡口、望見了个花朶般後生婦人、獨立岸邊、又且頭不梳裹、滿面涙痕。」

却好…丁度。
『拍案驚奇』巻二十「明日當眞先去拆了壁、却好那蕭秀才踱將來、店主邀住道、『官人有句説話、請店裏坐地。』」

一起…一群の。一組の。
『警世通言』第二十四巻「劉爺沈吟了一會、把皮氏這一起分頭送監、叫一書吏過來、……。」

褡連…肩に掛けたり、腰に着けたりする布袋。外出時に携帯した。銭などを入れる。「搭連」に同じ。
『金瓶梅詞話』第三十三回「西門慶道、『這銀子我兌了四百五十兩、敎來保取搭連、眼同裝了。……。』」

油水…儲け。うまみ。甘い汁。

『拍案驚奇』巻二十一「元來京裏部官淸澹、見是武官來見、想是有些油水的、不到得作難、就叫請進。」

造化…運がいい。

『拍案驚奇』巻二十一「(興兒)解開一看、乃是二十多包銀子。看見了、伸着舌頭縮不進來道、『造化。造化。

我有此銀子、不憂貧了。……。』」

攢風…風のように速い。迅速な喩え。「追風」に同じ。

扯…引っ張る。

『二刻拍案驚奇』巻十七「俊卿道、『我借這業畜卜我一件心事則个。』扯開弓、搭上箭、口裡輕輕道、『不要悞我。』

颼的一聲、箭到處、那邊烏鴉墜地。」

搭上箭…「搭箭」は矢をつがえること。

『水滸傳』第三十五回「花榮在馬上看見了、便把馬帶住、左手去飛魚袋内取弓、右手向走獸壺中拔箭、搭上箭、
拽滿弓、覷着豹尾絨絲較親處、颼的一箭、恰好正把絨絲射斷。」

弓稍…弓はず。或いは弓全体を言う。「弓梢」に同じ。

『水滸傳』第十三回「楊志聽得第二枝箭來、却不去鐙裏藏身。那枝箭風也似來、楊志那時也取弓在手、用弓梢只
一撥、那枝箭滴溜溜撥下草地裏去了。」

殺住…停止する。

漢子…やい。男性に呼び掛ける語。

『水滸傳』第十二回「却說牛二搶到楊志面前、就手裏把那口寶刀扯將出來、問道、『漢子、你這刀要賣幾錢。』」

男女…こいつ。罵って言う。

『水滸傳』第四十九回「毛太公、毛仲義自回莊上、商議道、『這兩個男女却放他不得。……。』」

虚張聲勢…虚勢を張る。

『三國演義』第二十二回「忠曰、『焉敢有詐。奉命敎我虚張聲勢、以爲疑兵。丞相實不在此。』」

說時遲、那時快…此の時遅く、彼の時早く。とたんに。

『醒世恆言』第十七卷「過遷回頭一看、原來是父親、嚇得雙脚俱軟、寸步也移不動。說時遲、那時快、過善趕上一步、不由分說、在地下拾起一塊大石、口裏恨着一聲、照過遷頂門擘將去、咶剌一聲響、只道這畜生今番性命休矣。」

面門…顔面。

『三國演義』第七回「孫策望見、按住手中鎗、扯弓搭箭、正射中陳生面門、應弦落馬。」

搠（捌）…とがった物で突き刺す。

『古今小說』第三十八卷「任珪性起、從牀上直爬上去、將刀亂砍、可憐周得從梁上倒撞下來。任珪隨勢跳下、踏住胸脯、捌了十數刀。」

眼見得…明らかに。見る見る。

『拍案驚奇』卷三十六「縣令道、『眼見得西廊僧人見在、有何怪物來院中。……。』」

羽簇…矢。「羽」は矢の羽。「簇」はやじり。

蘭閨…婦人の寝室。

『西廂記』第一本「張君瑞鬧道場雜劇」第三折「〔小桃紅〕（旦念詩云）『蘭閨久寂寞、無事度芳春。料得行吟者、應憐長嘆人。』」

訳注

同夥…仲間。

『拍案驚奇』巻之二「却說汪錫自酒店逃去之後、撞着同夥程金、一同作伴、走到歙縣地方、……。」

擔悞…暇どる。「耽誤」に同じ。

『警世通言』第二十一巻「景淸道、『一馬不能騎兩人、這小娘子弓鞋襪小、怎跟得上、可不擔誤了程途。從容覓一輛車兒同去却不好。』」

程途…旅路。

『水滸傳』第五十三回「那老人道、『客官不知、老漢路遠、早要喫了麵回去、聽講長生不死之法、遲時誤了程途。』」

【訳】

元椿も運が悪かったというものでしょう、折しも旅人の一団に出くわしました。眺めますと、銭袋にはたんまり儲け分が入っているようで、「運がいいぞ。」と独り言を言いました。そして馬に鞭を一つくれると、風のように速く彼らの前後左右を駆け抜けましたが、他に人影は見えませんでした。そこで元椿は弓を引き絞り矢をつがえると、矢はひょうと放たれました。(ところが)例の旅人の一団の中に孟徳《もうとく》と申す者がいて、元椿が馬を駆けさせるのを見た時に早ばやと用心をしていて、弓を持ち上げると、この飛んで来た矢を地面にはじき落としました。王元椿は最初の矢が当たらなかったのを見ると、馬を停めて更に第二の矢を放ちました。孟徳は先ほどと同じように矢をはじき飛ばしてから、「やい、こちらも礼をさせてもらうぞ。」と叫び、弓を少し素引きして矢を放ちませんでした。王元椿は弓音が聞こえるばかりで矢が見えないものですから、心の中で「こいつめ、弓馬の術が苦手な奴で、ただ空威張りしているだけなのだ。」と考えました。それで半ば警戒心を解いて、ゆっくりと馬を進めました。孟徳はまた弓を少し素引きし、口では「矢を見ろ。」と叫びつつも、またしても矢を放ちませんでした。王元椿は矢が飛んで来るのが見えませんから、ただ相手が本当に弓矢が下手なのだと思い込み、安心して追い掛けて来ました。ところが何と、孟徳は弓を素引きした時に、すぐその勢いで矢をつがえて射かけようとし、まさしく元椿の真正面にねらいが定まっていたのでした。と言うが早いか、元椿が丁度顔を上げて見た時には、顔面に矢が命中して後頭部から突き抜け、身はもんどり打って馬から転げ落ちていました。そこに孟徳が追い着いて、刀を抜き払うと、元椿の喉元めがけて続けざまにぐさりぐさりと突き刺し、元椿は見る間に息絶えたのでした。詩にこのように云っております。

剣光　動く処　流水を悲しみ
羽簇　飛ぶ時　落花を送る
蘭閨に　寄せんと欲す　長夜の夢
清魂　何に自《よ》りて　家に還るを得んや

孟徳は仲間の五、六人の旅人に向かって「こいつは出て来たばかりの奴で、うまくやった事が無かったのだな。仕方ない、行こう。旅路に暇どってはならん。」と言うと、一行は去って行きました。

【眉批】
これはこの道（渡世の世界）では昔からある手段なのだが、元椿は初めて試みて、その罠にかかったのである。

【夾批】

うまい。

且說唐賽兒等到天晚、不見王元椿囬來、心裡記掛、自說道、「丈夫好不了事。這早晚還不回來。想必發市遲、只叫我記掛。」等到一二更、又不見王元椿回來。只得関上門、進房裡、不脫衣裳去睡、只是睡不着。直等到天明、又不見回來。賽兒正心慌撩亂、沒做道理處、只聽得街坊上說道、「酸棗林殺死个兵快手。」賽兒又驚又慌、來與間壁賣荳腐的沈老兒、叫做沈印時、兩老口兒說這個始末（一）根由。沈老兒說、「你（二）不可把眞話對人說。大郎在日、原是好人家、又不慣做這勾當的、又無贓証。只說因無生理、前日賣個梨園、得些銀子、買馬去青州鎮上販賣、身邊止（三）有五六錢盤纏銀子、別無餘物。且去酸棗林看得眞實、然後去見知縣相公。」

【校勘】

（一）「末」、消本「未」。

（二）「你」、消本、王本「切」。

（三）「止」、消本、王本「只」。

【注】

記掛…心配する。気に掛ける。

『醒世恆言』第十九巻「只是心中記掛着丈夫、不知可能勾脫身走逃。」

早晚…ころ。時。

『西遊記』第二十八回「却說長老在那林間、耳熱眼跳、身心不安、急回叫沙僧道、『悟能去化齋、怎麼這早晚還不回。』」

想必…思うにきっと。

『醒世恆言』第三巻「心上又苦、腹中又饑。望見土房一所、想必其中有人、欲待求乞些湯飲。」

發市…初めての商い。最初の取引。

『拍案驚奇』巻之一「豈知北京那年自交夏來、日日淋雨不晴、並無一毫暑氣、發市甚遲。」

心慌撩亂…心が乱れる。

『二刻拍案驚奇』巻之三「那孺人出于不意、心慌撩亂、沒個是處、好像青天裡一個霹靂、不知是那裡起的。」

沒做道理處…どうしていいか分からない。

『水滸傳』第三十五回「宋江聽了、心中疑影沒做道理處。」

街坊…隣近所。

『警世通言』第三十五巻「却說隣近新搬來一個漢子、姓支、名助、原是破落戶。平昔不守本分、不做生理、專一在街坊上趕熱、管閒事過活。」

兵快手…捕り手役人。「馬快手」と同じ。

『拍案驚奇』巻二十四「縣令隨卽差了一隊兵快、到彼收勘。」

訳注

間壁…隣家。

『金瓶梅詞話』第二回「那人一面把手整頭巾、一面把腰曲着地還喏道、『不妨、娘子請方便。』却被這間壁住的賣茶王婆子看見。」

老兒…老人。爺さん。

『金瓶梅詞話』第五十八回「磨鏡老兒放下擔兒、見兩個婦人在門裏首、向前唱了兩個喏、立在旁邊。」

老口兒…老人。

『二刻拍案驚奇』巻之二「不說他老口兒兩下唧噥、且說這邊立出牌來、早已有人報與妙觀得知。」

始末根由…事の次第。顛末。

『古今小說』第二十八巻「兩人對坐了、善聽將十二歳隨父出門始末根由、細細述了一遍。」

大郎…若い男性の尊称。

『水滸傳』第二回「衆人道、『我等村農、只靠大郎做主。梆子響時、誰敢不來。』」

贓証…物証。

『水滸傳』第三十回「(張都監)『……原來你這廝外貌像人、倒有這等賊心賊肝。既然贓證明白、沒話說了。』」

生理…生計。

『古今小說』第二十九巻「又無生理、一住八年、囊篋消疎、那僕人逃走。」

盤纏…旅費。路銀。

『醒世恆言』第二十巻「取出一兩銀子、送與种義、爲盤纏之費。」

知縣…県の長官。県下の行政、民事、訴訟、賦税などの任務を執り行う。

相公…長官などに対する尊称。

『拍案驚奇』巻二十九「只聽得喝道之聲、牢中人亂攛了去、喊道、『知縣相公來了。』」

【訳】

さて、唐賽児は日暮れまで待っても王元椿の帰って来る姿が見えないので、心中気になり、「あの人は全然仕事が片付いていないのだわ。こんな時間になってもまだ帰ってこないなんて。きっと初仕事が遅くなっているのだわ。私に心配ばかりさせて。」と独り言を言いました。夜まで待ちましたが、王元椿の帰って来る姿は全く見えません。仕方なく戸を閉めて家に入り、服を脱がずに眠りましたが、寝付けるものではありません。そのまま夜明けになっても、帰って来る姿は全く見えませんでした。賽児が焦って取り乱し、どうしていいか分からなくなっていた丁度その時、近所の者が「棗林で捕り手役人が殺された。」と言っているのがふと耳に入りました。賽児は驚きもし、慌てもして、隣家の豆腐売りの沈《しん》爺さん――沈印時《いんじ》と申します――の老夫婦の所にやって来て、この事の次第を話したのでした。沈爺さんは「お前さんは本当の事を他人に話してはいかん。旦那は普段からいい人で、こんな仕事をするのには慣れていなかったし、盗品の証拠だってありゃしないんだ。生活の手段が無くて、先日梨園を売って某《なにがし》かの銀子を手に入れ、馬を買って青州鎮に行って商売をしようと、手元に僅か五、六銭の路銀を持っていただけで、他には何も持っていませんでした、とだけ言う事だ。まあ棗林に行ってありのままを見て、それから知県様にお目にかかりに行こうじゃないか。」と言いました。

賽兒就與沈印時一同來到酸棗林。看見王元椿屍首、賽兒哭起來。驚動地方里甲人等都來、說得明白。就同賽兒一干人都到萊陽縣、見史知縣相公。賽兒照前說一遍。知縣相公說、「必然是强盜刦了銀子并馬去了。你且去殯葬丈夫。我自去差人去捕緝强賊。拏得着時、馬與銀子都給還你。」

【校勘】

異同なし。

【注】

驚動…人を騒がせたり、驚かせたりする。

『醒世恒言』第二十八卷「早驚動後艙賀小姐、悄悄走至遮堂後、門縫中張望。」

里甲…明代に徴税を主な目的として編成された戸籍制度。

『明史』卷七十七食貨志「洪武十四年詔天下編賦役黃册、以一百十戶爲一里、推丁糧多者十戶爲長、餘百戶爲十甲、甲凡十人。」

『古今小說』第二十六卷「却說柳林裏無人來往、直至巳牌時分、兩個挑糞莊家、打從那裏過、見了這沒頭屍首、擋在地上、喫了一驚、聲張起來。當坊里甲隣佑、一時嚷動。」

一干…一群の。

『水滸傳』第二十二回「衆人登場了當、屍首把棺木盛了、寄放寺院裏。將一干人帶到縣裏。」

殯瘞…埋葬する。

『拍案驚奇』巻十六「又隔了兩月、請個地理先生、擇地殯葬了王氏已訖。」

捕緝…捕らえる。

『醒世恆言』第四巻「張委道、『見今貝州王則謀反、專行妖術。樞密府行下文書來、天下軍州嚴禁左道、捕緝妖人。……。』」

【訳】

そこで、賽児は沈印時と共に棗林まで行きました。王元椿の遺体を見ると、賽児は泣き出しました。騒ぎに驚いてその村の人達が皆やって来たので、はっきりと説明しました。そこで村人達は賽児ら一行と萊陽県にやって来て、史《し》知県様にお目通りしました。賽児は先ほど通りにもう一度話しました。知県は「きっと強盗が銀子と馬を強奪して行ったのであろう。お前は一先ず帰って亭主の葬式をするがよい。わしは人を遣わして強盗を捕らえさせよう。捕まえた時には、馬と銀子は全てお前に返そう。」と言いました。

賽兒同里甲(一)人等拜謝史知縣、自回(二)家裡來。對沈老兒公婆兩个說、「虧了乾爺、乾娘、瞞到瞞得過了。只是衣衾棺槨無從置辦、怎生是好。」沈老兒說道、「大娘子、後面園子既賣與賈家、不若將前面房子再去戥(三)典他幾兩銀子、來殯葬大郎。他必不推辭。」賽兒就央沈公、沈婆同到賈家、一頭哭、一頭說這緣故。賈包見說、也哀憐王元椿命薄、說道、「房子你自住着。我應付你飯米兩擔、銀子五兩。待賣了房子還我。」

【校勘】

(一)「甲」、李本「中」。

(二)「自」、消本、王本「俱」。

(三)「戥」、李本「盈」。

【注】

公婆…夫婦。

『金瓶梅詞話』第二十回「潘金蓮嘴快、便叫道、『……俺們剛纔替你勸了恁一日、你改日安排一席酒兒、央及央及大姐姐、教他兩個老公婆笑開了罷。』」

乾爺…義理の関係を結んだ父。

『水滸傳』第四十五回「却說海闍黎這賊禿、單爲這婦人、結拜潘公做乾爺、只吃楊雄阻滯礙眼、因此不能勾上手。」

乾娘…義理の関係を結んだ母。

『拍案驚奇』卷三十四「靜觀此時已是內家裝扮了。又道黃夫人待他許多好處、已自認義爲乾娘了。」

衣衾…死人のための衣服と寝具。

『警世通言』第四十卷「且說郭璞既死、家人備辦衣衾棺槨、殮畢。」

棺槨…棺桶。「棺木」とも言う。

『醒世恆言』第二十七卷「過了兩日、焦氏備起衣衾棺槨、將丈夫骸骨重新殮過。」

無從…～する方法が無い。

『醒世恆言』第十八卷「當下那後生躬身作揖道、『常想老哥、無從叩拜、不意今日天賜下顧。』」

置辦…購入する。

『醒世恆言』第二十卷「次日將餘下的銀兩、賃下兩間房屋、置辦幾件日用家火。」

怎生…どのようにして。

『水滸傳』第三十七回「宋江聽罷、對公人說道、『這般不巧的事、怎生是好。……。』」

大娘子…奥様。人の妻を呼ぶ呼称。

『水滸傳』第二十五回「這婆子却看着那婦人道、『大娘子、我教你下藥的法度。……。』」

戥…質に入れる。

一頭～一頭…～しながら～する。

『清平山堂話本』話本卷三「陳巡檢梅嶺失妻記」「巡檢一頭行一頭哭、『我妻不知着落。』」

見說…耳にする。

『拍案驚奇』卷二十四「夜珠見說心慌、不敢啼哭、只是心中默禱觀音救護、不在話下。」

命薄…運が良くない。

『拍案驚奇』巻二十二「豈知其人命薄、沒福消受、勅下之日、暴病卒死。」

應付…都合して与える。

『醒世恆言』第三十三巻「當下喫了午飯、丈人取出十五貫錢來、付與劉官人道、『姐夫、且將這些錢去、收拾起店面、開張有日、我便再應付你十貫。……。』」

擔…重さの単位。約七十一・六一八キログラム。『中国度量衡史』（呉承洛著、上海商務印書館、一九三七年）に拠れば、一担は一石。石は宋以後に担となった、とある。

『醒世恆言』第三十五巻「阿寄這載米、又值在巧裏、每一擔長了二錢、又賺十多兩銀子。」

【訳】

賽児は村の人達と共に史知県に謝意を述べると、家に帰って来ました。沈の老夫婦に向かって、「お義母様、お義母様のお蔭で、先ずは隠し通せたわ。ただ仏さんの装束や寝具、棺桶などは買い整える当てが無いのですが、どうすればいいかしら。」と言いました。沈爺さんは「奥さん、後ろの庭はもう賈の家に売ってしまったのだから、今度は前の家を抵当にして彼から銀を幾両か借りて、旦那さんの葬式をして上げればいい。彼はきっと断りますまい。」と言いました。賽児はそこで沈爺さん、沈婆さんに仲立ちを頼んで賈の家に行き、泣きながらその訳を話しました。賈包はそれを聞くと、やはり王元椿が不運であった事を憐れんで、「家はあなたが自分で住んでいなさい。私はあなたに米二石と銀五両を都合しましょう。家が売れてから返して下さい。」と言いました。

賽兒得了銀米、急忙買口棺木、做些衣服。來酸棗林盛貯王元椿屍首了當、送在祖墳（一）上安厝。做些羹飯、看匠人攢砌得了時、急急收拾回來、天色已又（二）晩了。與沈公、沈婆三口兒取舊路回家。

【校勘】

（一）「墳」、王本「墳山」。

（二）「又」、王本無し。

【注】

急忙…急ぐ。慌ただしい。
『拍案驚奇』巻之一「須臾之間、三停裏賣了二停、有的不帶錢在身邊的、老大懊悔、急忙取了錢轉來、……。」

盛貯…収めてしまっておく。
『二刻拍案驚奇』巻二十一「王惠急去買副棺木、盛貯了屍首、恐怕官府要相認、未敢釘蓋。」

了當…都合よく終了する。
『三國演義』第十四回「玄德吩咐了當、乃統馬步軍二萬、離徐州望南陽進發。」

安厝…棺を一時的に安置する。仮に埋葬する。
『拍案驚奇』巻二十五「不說小娟在牢中受苦、却說趙院判扶了兄柩、來到錢塘、安厝已了、奉着遺言、要去尋那蘇家。」

訳注

羹飯…あつものと飯。死者、祖先を祭る時に供える食物。

『水滸傳』第二十六回「那婦人開了門、武松叫土兵去安排羹飯、武松就靈牀前點起燈燭、鋪設酒肴。」

匠人…職人。棺を埋葬する人。

『儀禮』既夕禮「既正柩、賓出、遂匠納車于階間。」鄭玄注「遂匠、遂人、匠人也。遂人主引徒役、匠人主載柩窆、職相左右也。」

攢砌…積み重ねる。

【訳】

賽児は銀と米とを手に入れると、急いで棺桶を買い、死装束などを仕立てました。棗林に行って柩に王元椿の遺体をしっかりと収め、先祖の墓に運んで仮埋葬をしました。供え物の食事などを作り、職人が墓の土を盛り終えるのを見て、急いで片付けたところ、もう日はとっぷりと暮れておりました。賽児は沈爺さん、沈婆さんと三人で、もと来た道を家へと帰りました。

來到一個林子裡古墓間、見放出一道白光來。正値黄昏時分、照耀如同白日。三个人見了、喫這一驚不小。沈婆驚得跌倒在地下擂(一)、賽兒與沈公還耐得住。兩个人走到古墓中、看這道光從地下放出來、賽兒隨光將根竹杖頭兒拄將下去。拄得一拄、這土就似虚的一般、脱將下去、露出一个小石匣來。賽兒乘着這(二)白光看裡面時、有一口寶劍、一副盔甲、都叫沈公拏了。賽兒扶着沈婆、回家裡來。吹起燈火、開石匣看時、別無他物、止(三)有抄寫得一本天書。沈公、沈婆又不識字、說道、「要他做甚麽。」賽兒看見天書卷面上寫道『九天玄元混世眞經。』傍(四)有一詩、詩云、

　唐唐女帝州、賽比玄元訣。
　兒戲九環(五)丹、收拾朝天闕。

賽兒雖是識字的、急忙也解不得詩中意思。

【校勘】

(一)「播」、消本「惟」(加筆)。
(二)「這」、王本「溜」。
(三)「止」、王本「只」。
(四)「傍」、章本「旁」。
(五)「環」、王本「還」。

【注】

道…細長い物、長い線状の物を数える助数詞。
『警世通言』第二十八巻「那先生在人叢中看見許宣頭上一道黑氣、必有妖怪纏他、叫道、……。」

照耀…照り輝く。

『二刻拍案驚奇』巻三十七「忽地一室之中、豁然明朗、照耀如同白日、宮中器物之類、纖毫皆見。」

趺倒…つまずくように倒れる。

『警世通言』第二十七卷「說罷、魏公趺倒在地下。」

擂…驚きやおびえの余り、ぶるぶる震える。

拄…杖をつく。

『水滸傳』第六十六回「只見孔明披着頭髮、身穿羊裘破衣、右手拄一條杖子、左手拿個碗、腌腌臢臢、在那裏求乞。」

盔甲…兜と鎧。

『三國演義』第五十九回「許褚性起、飛回陣中、卸了盔甲、渾身筋突、赤體提刀、翻身上馬、來與馬超決戰。」

吹起燈火…明かりを点ける。「吹火」は灯火を吹いて起こす。

『醒世恆言』第二十七卷「那和尚住的是一座小茅菴。開門進去、吹起火來、收拾些飯食、與李承祖喫了。」

九天…天は九重になっていると考えられた、その最も高い天。九天玄女という仙女が住むとされる。

『西遊記』第二十三回「眞箇是九天仙女從天降、月裡嫦娥出廣寒。」

玄元…老子の尊称を玄元皇帝と言う。

『醒世恆言』第二十一卷「太公曰、『豈不聞白氏諷諫曰、……。何況玄元聖祖五千言、不言藥、不言仙、不言白日昇青天。』」

混世…世間を掻き乱す。世間を騒がせる悪人を混世魔王と言う。

『西遊記』第二回「衆猴叩頭、『告上大王、那厮自稱混世魔王、住居在直北上。』」

眞經…道教の教典。

『警世通言』第四十巻「長老也不答應、只管合掌拱手、口念眞經。」

唐唐…広大なさま。

李咸用「春雨」(『全唐詩』巻六百四十四)「濕塵輕舞唐唐春、神娥無跡莓苔新。」

賽比…匹敵する。

九環丹…これを服用すれば不老不死になるという九種の丹薬。「九転丹」に同じ。

呂溫「同恭夏日題尋眞觀李寬中秀才書院」(『全唐詩』巻三百七十)「願君此地攻文字、如煉仙家九轉丹。」

天闕…天上の宮殿。

趙宗儒「和黄門武相公詔還題石門洞」(『全唐詩』巻三百十八)「望日朝天闕、披雲過蜀山。」

『西遊記』第三十五回「只因錯念離天闕、致使忘形落此山。」


【訳】

ある林の中の古い墓場に来ると、そこから一条の白い光が差しているのが見えました。丁度黄昏時だったのですが、その目映い事といったら、まるで真昼のようです。三人はこれを見て、びっくり仰天しました。沈婆さんは驚きの余りよろめいて地面に倒れてぶるぶる震えましたが、賽児と沈爺さんはそれでもまだ持ち堪えました。二人は古い墓の中まで入り、この光が地下から差しているのを見ると、賽児は光に沿って竹杖の先を下へと突き刺しました。少し刺すと、その土はまるで何も無いかのように抜け落ちて、小さな石の箱が現れました。賽児がこの白い光に乗じて箱の中を見ると、宝剣一振りと鎧兜一具《ぐ》があり、それらを沈爺さんに持たせました。賽児は沈婆さんを支えながら、家へと帰りました。明かりに火を点《とも》し、石の箱を開いて見ると、他の物は何も無くて、ただ天書の書き物が一巻あるだけでした。沈爺さんと沈婆さんは全く字が読めないので、「それを手に入れてどうするのかね。」と言いました。賽児は天書の表に『九天玄元混世真経』と書いてあるのを見ました。脇には次のような詩がありました。

唐唐たる　女帝の州
賽比す　玄元の訣
児戯す　九環丹
収拾して　天闕に朝す

賽児は字は読めたのですが、すぐには詩の意味は解けませんでした。

沈公兩口兒辛苦了、打熬不過、別了賽兒自回家裡去睡。賽兒也関上了門睡。方纔合得眼、夢見一个道士、對賽兒說、「上帝特命我來、教你演習九天玄旨、普救萬民。與你宿縁(一)未了(二)、輔你做女主。」醒來猶有馥馥香風、記得且是(三)明白。次日、賽兒來對沈公夫妻兩个備細說夜裡做夢一節、便道、「前日得了天書、恰好又有此夢。」沈公說、「却不怪哉、有這等事。」

【眉批】第二～四行

救萬民、上天本旨也。若使之反而又敗、并天書多此一番出世矣。

【校勘】

(一)「宿」、消本、王本「夙」。

(二)「未」、王本「爲」。

(三)「且」、消本「甚」。

【注】

打熬…我慢する。

『醒世恆言』第八卷「玉郎道、『你想恁樣花一般的美人、同床而臥、便是鐵石人也打熬不住、叫我如何忍耐得過。你若不洩漏時、更有何人曉得。』」

玄旨…奥深い旨。奥深い筋道。

『法苑珠林』(『太平廣記』卷一百一十四報應・釋道積)「唐蒲州普濟寺釋道積、河東安邑縣人也。博通經教、洞明玄旨。」

普救…広く救う。

『三國演義』第一回「那張角本是箇不第秀才、因入山採藥、遇一老人、碧眼童顏、手執藜杖、喚角至一洞中、以天書三卷授之、曰、『此名太平要術。汝得之當代天宣化、普救世人。若萌異心、必獲惡報。』」

宿縁…前世からの因縁。宿縁。

『拍案驚奇』巻之五「詩曰、『毎說婚姻是宿緣、定經月老把繩牽。非徒配偶難差錯、時日猶然不後先。』」

女主…女帝。女王。

『西遊記』第五十四回「三藏聽說、道、『悟空、此論最善。但恐女主招我進去、要行夫婦之禮、我怎肯喪元陽、敗壞了佛家德行。……。』」

馥馥…馥郁たる。香気の濃厚な様子。

『醒世恆言』第十五巻「正中間供白描大士像一軸、古銅爐中、香煙馥馥、下設蒲團一坐、左一間放着朱紅廚櫃四個、都有封鎖、想是收藏經典在內。」

香風…かぐわしい風。人間世界と異なる、仏教世界、神仙世界等の場面に用いられる。

『續玄怪錄』(『太平廣記』巻十七神仙・裴諶)「行數百步、方及大門、樓閣重複、花木鮮秀、似非人境。煙翠葱籠、景色妍媚、不可形狀。香風颯來、神清氣爽、飄飄然有凌雲之意。」

【訳】

沈爺さん夫婦は疲れ果てて我慢しきれず、賽児と別れると家に帰って寝ました。賽児も戸締まりをして寝ました。すると、目を閉じたとたん、夢に一人の道士が現れ、賽児に向かって言いました。「天帝が特別にわしを遣わして、そなたに九天の奥義を訓練させ、広く万民をお救わせになる。そなたとの宿縁は尽きておらぬ。そなたを助けて女帝とするぞ。」目が覚めてみると、なお馥郁たる香りのする風が漂い、(夢の事を)はっきりと覚えていました。次の日、賽児は沈爺さん夫婦の所に行って、夜見た夢の一件をつぶさに話し、「昨日天書を手に入れたと思えば、今度はまたこの夢だわ。」と言いました。沈爺さんは「何と不思議な事じゃ、こんな事があるとは。」と言いました。

【眉批】
万民を救うのが、天の本来の意志である。（唐賽児が）もし天意に反すれば、また敗れるであろうし、その上天書は無駄に世に出現したことになるのだ。

元來世上的事最巧、賽兒與沈公說話時、不想有个玄武廟道士何正寅在間壁人家誦經、備細聽得。他就起心。因日常裡走過、看見賽兒生得好、就要乘着這機會來騙他。曉得他與沈家公婆往來、故意不走過沈公店裡、倒大寬轉往上頭走回玄武廟裡來。獨自思想道、「帝主[一]非同小可、只[二]騙得這个婦人做一處、便死也罷。」當晚置辦些好酒食來、請徒弟董天然、姚虛玉、家童孟靖、王小玉一處坐了、同喫酒。這道士何正寅殷富、平日裡作聰明、做模樣、今晚如此相待、四个人心疑、齊說道、「師傅若有用着我四人處、我們水火不避、報答師傅。」正寅對四个人悄悄的說唐賽兒一節的事、「要你們相幇我做這件事、我自當好看待你們、決不有負。」四人應允了、當夜盡歡而散。

【眉批】第三～四行
何道意止貪此、先已無大志。

【校勘】

（一）「主」、李本「王」。

（二）「只」、消本、王本「見」。

【注】

世上的事最巧…世の中の仕組みはうまく出来ている。後出の「世間事最巧」も同じ。

起心…ある考えを起こす。

『拍案驚奇』巻二十「那一千四犯、初時見獄中寬縱、已自起心越牢。」

大寬轉…大回りをする。回り道をする。

『水滸傳』第七十三回「燕靑和李逵不敢從大路上走、恐有軍馬追來、難以抵敵、只得大寬轉奔陳留縣路來。」

非同小可…尋常ではない。ただごとではない。

『拍案驚奇』巻十一「話說殺人償命、是人世間最大的事、非同小可。」

做一處…男女が交わる。

『金瓶梅詞話』第四回「那王婆子只管往來拏菜篩酒、那裏去管他閑事、由着二人在房内做一處取樂玩耍。」

孟婧…下文では全て「孟清」に作る。

殷富…栄えている。裕福である。

『二刻拍案驚奇』巻二十三「村人道、『金榮是此間保正、家道殷富、且是做人忠厚、誰不認得。你問他則甚。』」

作…装う。振りをする。

『古今小説』第三十八巻「那婦人氣喘氣促、做神做鬼、假意兒裝妖作勢、哭哭啼啼道、『我的父母沒眼睛、把我嫁在這里。……。』」

做模樣…威張る。もったい振る。

『西遊記』第二十二回「那怪道、『我自小生來神氣壯、乾坤萬里曾游蕩。英雄天下顯威名、豪傑人家做模樣。……。』」

師傅…お師匠様。僧侶道士に呼び掛ける尊称。「師父」に同じ。

『二刻拍案驚奇』巻十九「寄兒道、『夜裡快活、也是好的、怎不要學。師父可指教我。』道人道、『你識字麽。』」

水火不避…たとえ火の中水の中。危険を避けない喩え。

『二刻拍案驚奇』巻三十三「張千、李萬雖然推托、公人見錢、猶如蒼蠅見血、一邊接在手裡了道、『既蒙厚賞、又道是長者賜、少者不敢辭、他日有用着兩小人處、水火不避便了。』」

盡歡…十分楽しむ。交友、宴会等について言う。

『拍案驚奇』巻十五「賈秀才道、『此事一發不難、今夜且盡歡、明早自有區處。』當日酒散相別。」


【訳】

元々世の中の事はよくしたもので、賽児と沈爺さんが話をしている時、思いもよらない事に、玄武廟の道士何正寅《かせいいん》が隣の家でお経を唱えていて、その話をつぶさに聴いていていました。彼はある考えを起こしました。日頃通りがかりに賽児が美しいのを見ていたので、この機に乗じて彼女を騙そうと考えたのです。彼女が沈夫婦と行き来しているのを知って、わざと沈爺さんの店の所は通らず、逆にぐるりと大回りをして玄武廟に戻って来ました。そして独り考えました。「帝王とはただごとではないぞ、この女を騙してものに出来さえしたら、死んでも構わん。」その晩、酒と肴を買って来て、弟子の董天然《とうてんぜん》、姚虚玉《ようきょぎょく》、召使いの少年の孟靖《もうせい》、王小玉《おうしょうぎょく》を呼んで一緒に座り、共に酒を飲みました。この道士何正寅は金持ちで、平素は利口ぶって威張っているのに、この夜はこんな風にもてなすので、四人は怪しく思い、揃って言いました。「お師匠様が私ども四人にご用があるのでしたら、火の中水の中を厭わず、お師匠様（のご恩に）に報います。」正寅は四人にこっそりと唐賽児の一件を話し、「もしもお前達がわしのやる事に手助けしてくれるなら、わしは勿論お前達に目を掛けてやる、決して悪いようにはせん。」と言いました。四人は引き受けると、その夜は思い切り楽しんでお開きとなりました。

【眉批】
何道士のねらいはただこれを貪るだけで、元々大志がある訳ではない。

次日、正寅起來、梳洗罷、打扮做賽兒夢兒（一）裡說的一般、齊齊整整。且說何正寅如何打扮、

詩云、

秋水盈盈玉絕塵、簪（二）星閒雅碧綸巾。
不求金鼎長生藥、只戀桃源洞裡春。

何正寅來到賽兒門首、咳嗽一聲、叫道、「有人在此麼。」只見布幕内走出一个美貌年少的婦人來。何正寅看着賽兒、深深的打个問訊、說、「貧道是玄武殿裡道士何正寅。(三)昨夜夢見玄帝分付貧道說、『這里有个唐某、當爲此地女主、爾當輔之、汝可急急去講解天書、共成大事。』」賽兒聽得這話、一來打動夢裡心事、二來又見正寅打扮與夢裡相同、三來見正寅生得聰俊、心裡也歡喜、(四)說、「師傅眞天神也。前日送喪回來、果然掘得个石匣、盔甲、寳劍、天書、奴家解不得。望師傅指迷。請到裡邊看。」賽兒指引何正寅到草堂上坐了、又自去央沈婆來相陪。

【眉批】第十行

此時猶存別嫌之意。

【校勘】

(一)「兒」、王本「見」。

(二)「簪」、消本「舊」。

(三)「昨」、消本「時」。

(四)「歡喜」、李本「喜歡」。

【注】

秋水…清らかな美しい目を喩える。

『醒世恆言』第七巻「看看長成十六歳、出落得好箇女兒、美艷非常、有西江月爲證、面似桃花含露、體如白雪團成。眼横秋水黛眉淸、十指尖尖春笋。」

盈盈…水が満ちるさま。ここでは目が潤んでいる様子。

『西廂記』第三本「張君瑞害相思雜劇」第二折「〔二煞〕……放心去、休辭憚。你若不去呵、望穿他盈盈秋水、蹙損他淡淡春山。」

絶塵…世俗から離れること。

『西遊記』第二十三回「但見他、一個個蛾眉横翠、粉面生春。妖嬈傾國色、窈窕動人心。花鈿顯現多嬌態、繡帶飄搖迥絶塵。」

簪星…「簪」は挿す、の意。「星」は道士が挿すかんざしの比喩。頭にかんざしを挿すのは、道士の身なり。

褚載「贈道士」(『全唐詩』巻六百九十四)「簪星曳月下蓬壺、曾見東皐種白楡。」

綸巾…青い紐の付いた頭巾。或いは、青い糸で作られた頭巾。道士の身なり。

『西遊記』第二十六回「他怎生打扮、身穿道服飄霞爍、腰束絲絲光錯落。頭戴綸巾佈斗星、足登芒履游仙岳。」

金鼎…道士が丹薬を錬るのに用いる器。

『二刻拍案驚奇』巻十八「朱文公有感遇詩云、『飄搖學仙侶、遺世在雲山。盗啓元命祕、竊當生死關。金鼎蟠龍虎、三年養神丹。……。』」

桃源洞…男女が密会する場所に喩える。漢の劉晨と阮肇が天台山で道に迷い、そこで仙女二人と出会って共に過ごしたという物語に拠る。

『神仙記』（『太平廣記』巻六十一女仙・天台二女）「劉晨、阮肇、入天台採藥、遠不得返。……遂渡山、出一大溪。溪邊有二女子、色甚美。」

『劉晨阮肇誤入桃源雜劇』第一折「（太白星官）『有天台山桃源洞二仙子、……又見天台縣劉晨阮肇、此二人素有仙風道骨、……今日必上天台山採藥、不免將白雲一道、迷其歸路、却化一樵夫、指引他到那桃源洞去、與二仙子相見、成其良緣、多少是好。』」

問訊…道士或いは僧侶が人に向かって礼をする。

『醒世恆言』第十五巻「且說小和尚去非、聞得香公說是非空菴師徒五衆、且又生得標致、忙走出來觀看。兩下却好打個照面、各打了問訊。」

貧道…道士の謙称。

『拍案驚奇』巻十八「道人道、『貧道有的是術法、乃造化所忌、却要尋個大福氣的、承受得起、方好與他作爲。……。』」

玄帝…玄天上帝。真武神とも言う。道家が信奉する神。北方七宿星が神格化されたもの。

『西遊記』第五十回「三藏道、『你胡做呵。雖是人不知之、天何蓋焉。玄帝垂訓云、暗室虧心、神目如電。趁早送去還他、莫愛非禮之物。』」

打動…心を動かされる。

『金瓶梅詞話』第五十七回「不想那一席話兒、早已把西門慶的心兒打動了、不覺的歡天喜地接了疏簿、就叫小廝看茶。」

心事…考え事。気に病んでいること。

『拍案驚奇』巻十五「賈秀才疑惑、飲了數巡、忍耐不住。開口問道、『李兄有何心事、對酒不歡。……。』」

奴家…若い婦人の自称。

『拍案驚奇』巻十二「蔣震卿對女子低聲問他來歷、那女子道、『奴家姓陶、名幼芳、就是昨日主人翁之女、母親王氏。……。』」

指迷…過ちを指摘して教え導く。

『水滸傳』第七十一回「宋江道、『幸得高士指迷、拜謝不淺。若蒙先生見教、實感大德。……。』」

指引…案内する。

『古今小說』巻三十一「許復道、『當初韓信棄楚歸漢時、迷蹤失路、虧遇兩個樵夫、指引他一條徑路、往南鄭而走。……。』」

草堂…客間。

『醒世恆言』第二十一巻「先生墜下雲來、直到黃龍山下傅家庭前。正見傅太公家齋僧。直至草堂上、見傅太公。」

別嫌…嫌疑を避ける。

『拍案驚奇』巻三十四「因有豪家出告示、禁止游客閒人。就是豪家妻女在內、夫男也別嫌疑、恐怕罪過、不敢輕來打攪、所以女人越來得多了。」

【訳】

次の日、正寅は起きて、髪を梳かして顔を洗い終えると、賽児が夢に見たと言ったのと同じ扮装をして、身なりを整えました。さて何正寅はいかなる扮装をしたのか、詩で云えば、

秋水　盈盈として　玉　塵を絶ち
簪星《しんせい》　閑雅たり　碧綸巾《へきかんきん》
求めず　金鼎長生の薬
只恋う　桃源洞裡の春

何正寅は賽児の家の玄関口にやって来て、ゴホンと咳払いをすると、「どなたか居られますかな。」と声を上げました。見ると帳《とばり》の中から美しく若い女性が一人出て来ます。何正寅は賽児を見ながら、深々とお辞儀をして言いました。「貧道は玄武殿の道士何正寅という者。昨夜夢に玄帝が現れて私めに申し付けて、『ここに唐 某《なにがし》という者が居る、この地の女帝となるべき者である、汝はこれを補佐せねばならぬ、直ちに行って天書を講釈し、共に大事を成せ。』と仰せになりました。」賽児はこの話を聞いて、一つには夢の中の気がかりな出来事に思い当たり、二つには正寅の格好が夢の中と同じなのを見、三つには彼が賢そうなのを見て心の中で喜び、「道士様は真に天の神です。先日野辺の送りをした帰り道、果たして石の箱、鎧兜、宝剣、天書を掘り当てましたが、私には理解する事が出来ませんでした。道士様に教えて頂きたいと存じます。どうぞ中に入ってご覧下さい。」と言いました。賽児は何正寅を案内して奥の部屋に座らせると、自分は沈婆さんに相手をしに来てくれるよう頼みに行きました。

【眉批】
この時はまだ嫌疑を避ける気持ちがあった。

賽兒忙來到厨下、點三盞好茶、自（一）托个盤子拿出來。正寅看見賽兒尖鬆鬆雪白一雙手、春心搖蕩、說道、「何勞女主親自賜茶。」賽兒說、「因家道消乏、女使伴當都逃亡了、故此沒人用。」正寅說、「若要小廝、貧道着兩个來服事。再討大些的女子在裡面用。」又見沈婆在傍（二）邊、想道、「世上虔婆無不愛財。我與他些甜頭滋（三）味、就是我心腹、怕不依我使喚。」就身邊取出十兩一錠銀子來、與賽兒說、「央乾爺、乾娘作急去討个女子。如少、我明日再添。只要好、不要計較銀子。」賽兒只說、「不消得。」沈婆說、「賽娘、你權且收下。待老拙去尋。」賽兒就收了銀子、入去燒炷香、請出天書來、與何正寅看。却是金書玉篆、韜畧兵機。

【校勘】

（一）「自」、消本「白」。

（二）「傍」、王本、章本「旁」。

（三）「滋」、消本「茲」。

【注】

厨下…厨房。

『水滸傳』第二十四回「正在樓上說話未了、武大買了些酒肉果品歸來、放在厨下、走上樓來、叫道、『大嫂、你下來安排。』」

點三盞好茶…「點茶」は茶を点てること。

『古今小說』第十一卷「仁宗道、『且再坐一會、再點茶來。』一邊喫茶、又敎茶博士去尋這箇秀才來。」

盞…〜杯。茶碗などに入った物を数える助数詞。

『二刻拍案驚奇』卷之三「妙通擺上茶食、女子喫了兩盞茶、起身作別而行。」

尖鬆鬆…纖細なさま。「尖生生」にも作る。

『兒女英雄傳』第十二回「只見他眉宇開展、氣度幽嫻、腮齶桃花、唇含櫻顆、一雙尖生生的手兒、一對小可可的脚兒。」

春心…異性に対する情。春情。

『金瓶梅詞話』第三回「那婆子謝了官人、起身睃那粉頭時、三鍾酒下肚、烘動春心。」

何勞…どうして煩わせる事があろうか。わざわざ〜しなくても良い。

『三國演義』第八十九回「隱者曰、『量老夫山野廢人、何勞丞相枉駕。此泉就在菴後。』敎取來飲。」

消乏…貧乏になる。落ちぶれる。

『警世通言』第二十五卷「自古說、『慈不掌兵、義不掌財。』施生雖是好人、却是爲仁不富、家事也漸漸消乏不如前了。」

女使…下女。女中。

『警世通言』第二十五卷「光陰似箭、不覺九月初旬、孫大嫂果然產下一女。施家又遣人送柴米、嚴氏又差女使去問安。」

伴當…下男。

『金瓶梅詞話』第七回「薛嫂兒見他二人攘、打鬧裏領率西門慶小廝、伴當幷發來衆軍牢、趕人鬧裏、七手八脚、將婦人床帳、裝奩、箱籠、搬的搬、擡的擡、一陣風都搬去了。」

小廝…小者。少年の召使い。

『拍案驚奇』卷二十一「正説話間、一個小廝、捧了茶盤出來送茶。尚寶看了一看、大驚道、『元來如此。』」

着…〜させる。

『西遊記』第十三回「早有鎭邊的總兵、與本處僧道、聞得是欽差御弟法師、上西方見佛、無不恭敬。接至裏面供給了、着僧綱請往福原寺安歇。」

服事…世話をする。後出の「伏侍」も同じ。

『拍案驚奇』卷二十「當時王夫人滿心歡喜、問了姓名、便收拾一間房子、安頓蘭孫、撥一個養娘服事他。」

討…金を出して雇う。

『拍案驚奇』卷之二「滴珠身伴要討个丫鬟伏侍、曾對吳大郎説轉托汪錫、汪錫拐帶慣了的、那裏想出銀錢去討。」

虔婆…品行の良くない老婆。したたかな老婆。

『水滸傳』第七十二回「世上虔婆愛的是錢財、見了燕靑取出那火炭也似金子兩塊、放在面前、如何不動心。」

甜頭…甘い汁。

『醒世恆言』第十三卷「却說那二郎神畢竟不知是人是鬼。却只是他嘗了甜頭、不達時務、到那日晩間、依然又來。」

滋味…うまみ。

『拍案驚奇』卷之二「應捕料得有些滋味、押了他不捨。隨去到得汪錫家裡叩門、一个婦人走將出來開了。」

心腹…腹心の者。

『醒世恆言』第二十七卷「焦榕道、『……如此過了一年兩載、妹夫信得你眞了、婢僕又皆是心腹、你也必然生下子女、分了其愛。……。』」

怕不…きっと。

『拍案驚奇』卷之二「人衆則公、亦且你有本縣廣緝滴珠文書可驗、怕不立刻斷還。」

使喚…人に言い付けて用事をさせる。

『水滸傳』第十三回「索超自有一班弟兄、請去作慶飮酒。楊志新來、未有相識、自去梁府宿歇、早晩慇懃、聽候使喚。」

錠…銀塊を数える助数詞。

『金瓶梅詞話』第四回「西門慶便向袖中取出一錠十兩銀子來、遞與王婆。」

作急…急いで。

『醒世恆言』第三十卷「内中一人道、『我去報知王獄長、敎他快去稟官、作急緝獲。』」

計較…問題にする。

『二刻拍案驚奇』卷三十「長者道、『親口交盟、何須執伐。至于儀文末節、更不必計較。……。』」

不消得…必要が無い。そうするには及ばない。

『醒世恆言』第十八卷「施復道、『不消得、不消得、我家中有事、莫要擔閣我工夫。』」

權且…とりあえず。

『金瓶梅詞話』第二回「西門慶便笑將起來、去身邊摸出一兩一塊銀子、遞與王婆、說道、『乾娘、權且收了、做茶錢。』」

待…～させる。
『水滸全傳』第一百八回「當下喬道清說、『這里城池深固、急切不能得破。今夜待貧道略施小術、助先鋒成功、以報二位先鋒厚恩。』」

老拙…老人の自称。
『金瓶梅詞話』第六十一回「何老人道、『他逐日縣中迎送、也不得閑、倒是老拙常出來看病。』」

炷…～本。線香を数える助数詞。
『水滸傳』第二回「王進道、『我因前日病患、許下酸棗門外岳廟裏香願、明日早要去燒炷頭香、你可今晚先去分付廟祝、……。』」

請出天書來…「請出来」は、恭しく取り出す。「請」は敬語表現。
『拍案驚奇』巻三十七「開元二十三年春、有個同官令盧咸道經溫縣、見路傍草堂中有人年近六十、如此刺血書寫不倦。請出經來看、已寫過了五六百卷。」

金書玉篆…貴重な天書。

韜略…古代の兵書『六韜』『三略』の併称。一般に計謀、策略を指す。
『三國演義』第七十回「淵深通韜略、善曉兵機、曹操倚之爲西涼藩蔽。先曾屯兵長安、拒馬孟起。今又屯兵漢中。」

兵機…用兵の機微。軍事の機要。
『水滸傳』第七十六回「這箇便是梁山泊能通韜略、善用兵機、有道軍師智多星吳學究。馬上手擎羽扇、腰懸兩條銅鍊。」

【訳】

賽児は急いで台所に入ると、上等なお茶を三杯入れ、自らお盆を手に載せて持って来ました。正寅は賽児の細く雪のように白い手を見て、欲情が揺れ動き、「何も女帝がわざわざお茶をお持ちにならなくとも。」と言いました。賽児は「暮らし向きが苦しくなって、下女下男は皆逃げてしまいましたので、使う者がおりませんの。」と言いました。正寅は「もし若い召使いがご入用でしたら、貧道が二人の者を来させてお世話させましょう。その上で少し年かさの娘を雇って家の中でお使いなさい。」と言いました。また、沈婆さんが傍にいるのを見て、「世の中の因業婆あは皆金が好きだ。俺があいつに幾らか甘い汁を吸わせてやれば、もう腹心の部下になって、きっと俺の言い付けを聴くだろう。」と考えました。そこで手元から十両の銀塊を一つ取り出し、賽児に与えて言いました。「お義父様、お義母様にお願いして、急いで娘を雇い入れに行ってもらって下さい。もし少ないなら、私が明日また足しましょう。娘がいい子であれば、銀の事は気になさらないで下さい。」賽児は「それには及びません。」とだけ言いました。沈婆さんは「賽奥さん、一先ず受け取ってお置き。私に（娘を）探しに行かせておくれ。」と言いました。賽児は銀を受け取ると、入って線香を点し、天書を恭しく取り出して来て、何正寅に見せました。何とそれは貴重な天書で、軍略兵法の書でした。

正寅自幼曾習舉業、曉得文理。(一)看了面上這首詩、偶然心悟、說、「女主解得這首詩麼。」賽兒說、「不曉得。(二)」正寅說、「『唐唐女帝州』、頭一字是个『唐』字。(三)下邉這二句、頭上兩字說女主的名字。末句頭上是『収』字、説収了就成大事。」賽兒被何道點破機關、心裡癢將起來、説道、「萬望師傅扶持。若得成事時、死也不敢有忘。」正寅説、「正要女主擡舉、如何恁的説。」又對賽兒説、「天書非同小可、飛沙走石、驅逐虎豹、變化人馬、我和你日間演習、必致踈漏、不是耍處。況我又是出家人、每日來往不便。不若夜間打扮着平常人來演習、到天明、依先回廟裡去。待法術演得精熟、何用怕人。」賽兒與沈(四)婆説、「師傅高見。」賽兒也有意了、巴不得到手、説、「不要遲慢了、只今夜便請起手。」正寅説、「小道回廟裡收拾、到晚便來。」賽兒與沈婆相送到門邉、賽兒又説、「晚間專等、不要有悞。」

【眉批】第六～七行

正寅心裡只圖夜間來、未必要演法。

【校勘】

(一)「理」、消本「把」。

(二)「不」、消本「小」。

(三)「一」、王本「一個」。

(四)「沈」、消本「忱」。

【注】

舉業…科挙の試験のための学業。

『二刻拍案驚奇』巻二十二「(公子)又懶看詩、書、不習舉業、見了文墨之士、便頭紅面熱、手足無措、厭憎不耐煩、遠遠走開、……。」

面上…表面。

『古今小說』第一卷「只等陳大郎去後、把書看時、面上寫道、『此書煩寄大市街東巷薛媽媽家。』」

點破…見破る。

『警世通言』第二卷「(莊生)今日被老子點破了前生、如夢初醒自覺兩腋風生、有栩栩然胡蝶之意、把世情榮枯得喪、看做行雲流水、一絲不掛。」

機關…機密。からくり。

『金瓶梅詞話』第二十三回「這老婆自從金蓮識破他機關、每日只在金蓮房裏把小意兒貼戀。」

癢…心がむずむずする。心が騒ぐ。

『拍案驚奇』巻三十四「庵主一把抱住、且不及問靜觀的說話、笑道、『隔別三日、心癢難熬、今且到房中一樂。』」

萬望…心から望む。

『水滸傳』第三十九回「宋江感道、『謝賢弟指教、萬望維持則個。』」

擡舉…引き立てる。抜擢する。

『金瓶梅詞話』第六回「婦人笑道、『蒙官人擡舉。奴今日與你百依百隨、是必過後休忘了奴家。』」

恁的…このように。「恁地」に同じ。

『金瓶梅詞話』第五十六回「西門慶道、『……要房子時、我就替他兌銀子買。如今又恁地要緊。』」

飛沙走石…砂を飛ばし石を走らせる。風力が強いのに喩える。

『西遊記』第八十九回「衆人道、『一群妖精、飛沙走石、噴霧掀風的來近城了。』」

踈漏…計画が周到ではないために、ぼろが出る。

要處…何でもないこと。

『水滸傳』第十八回「朱仝道、『……你還不知他出沒的去處、倘若走漏了事情、不是耍處。』」

有意…その気がある。

『金瓶梅詞話』第三回「那婆子謝了官人、起身睃那粉頭時、三鍾酒下肚、烘動春心。又自兩個言來語去、都有意了、只低了頭不起身。」

巴不得…切望する。

『金瓶梅詞話』第三十五回「這賁四巴不得要去、聽見這一聲、一個金蟬脫殼走了。」

小道…道士の謙称。

『拍案驚奇』巻十七「吳氏叫住問他道、『你叫甚麼名字。』道童道、『小道叫做太清。』」


【訳】

正寅は幼い頃から科挙の試験のための学業を修めていたので、文の内容は分かります。表紙のこの詩を見ると、ふと心に悟るところがあって、「女帝はこの詩の意味が解けましたか。」と言いました。賽児は「分かりません。」と言いました。正寅は『唐唐たる女帝の州』の最初の一字は『唐』の字です。続くこの二句は、最初の二字が女帝の名前を言っております。末句の第一字は『収』の字で、手に入れれば大事が成るという事を言っております。」と言いました。賽児は何道士にからくりをずばりと解き明かされて、心がむずむずして来て言いました。「なにとぞ道士様のお力添えをお願い致します。もしも事を成し得た暁には、死んでも忘れは致しません。」正寅は、「丁度女帝にお引き立て頂きたいと思っておりましたのに、どうしてそのようにおっしゃるのですか。」と言い、再び賽児に向かって、「天書はただ事ではないのでして、砂を飛ばし石を走らせ、虎豹を駆逐し、人馬を変化させるものですから、私とあなたが白昼訓練をすると、必ずや外に漏れるでしょう。これは冗談ごとではないのです。まして私は出家の身ですから、毎日往来するのは不都合です。夜中に普通の人に扮して来て訓練し、夜が明けたら元通り廟に帰る方がいいでしょう。方術を訓練して熟達してしまえば、人を恐れる必要はありません。」と言いました。賽児と沈婆さんは「(さすがは)道士様のご高見。」と言います。賽児もその気があってものにしたく思い、「ぐずぐずしていてはいけませんわ。もう今夜にでも始めて下さいませ。」と言いますと、正寅は「貧道は廟に帰って用意をし、晩になったら参ります。」と言います。賽児は沈婆さんと門の所まで送り、賽児は更に「夜にはひたすらお待ちしています。遅れないで。」と言いました。

【眉批】
正寅は心の中では、ただ夜来るという事だけを企んでいたのであり、方術の訓練などは必要でなかった。

正寅回到廟裡、對徒弟說、「事有六七分了。只今夜便可成事。我先要董天然、王小玉你兩个、只扮做家裡人模樣到那里。務要小心在意、隨機應便。(一)」又取出十來兩碎銀子、分與兩个。兩个歡天喜地、自去收拾衣服箱籠、先去賽兒家裡。

【校勘】

（一）「便」、消本、王本、李本、章本「變」。

【注】

家裡人…使用人。家の者。

『西遊記』第四十七回「老者叫、『掌燈來。掌燈來。』家裡人聽得、大驚小怪道、『廳上念經、有許多香燭、如何又教掌燈。』」

務要…是非とも～しなければならない。

『水滸傳』第一回「大蟲去了一盞茶時、方纔爬將起來、再收拾地上香爐、還把龍香燒着、再上山來、務要尋見天師。」

小心在意…十分注意をする。

『三國演義』第八十八回「孔明曰、『再若擒住、必不輕恕。汝可小心在意、勤攻韜略之書、再整親信之士、早用良策、勿生後悔。』」

随機應便…臨機応変にする。「随機応変」に同じ。

『二刻拍案驚奇』巻三十四「任生随機應變、曲意奉承。酒間任生故意説起遇鬼之事、要探太尉心上如何。」

歡天喜地…大喜びをする。

『金瓶梅詞話』第四回「那婆子黒眼睛見了雪花銀子、一面歡天喜地收了、一連道了兩個萬福、説道、『多謝大官人布施。』」

【訳】

正寅は廟に戻って、弟子に向かって言いました。「事は六、七分まで成った。今夜にも事はうまく行くぞ。先ず董天然と王小玉、お前達二人には家の使用人の格好に扮してあそこに行ってもらいたい。くれぐれも用心して、臨機応変にやるのだぞ。」更に十両ばかりの粒銀を取り出して、二人に分け与えました。二人は大喜びし、衣裳籠を用意しに行くと、先に賽児の家に行きました。

來到王家門首、叫道、「有人在這里麼。」賽兒知道是正寅使來的人、就説道、「你們進裡面來。」二人進到堂前、歇下担子、看着(一)賽兒、跪將下去、叫道、「董天然、王小玉叩奶奶的頭。」賽兒見二人小心、又見他生得俊俏、心裡也歡喜、説道、「阿也、不消如此。你二人是何師傅使來的人、就是自家人一般。」領到厨房小側門(二)、打掃鋪床。自(三)來拿个藍(四)、秤、到市上用自己的碎銀子買些東西、無非是鷄、鵝、魚、肉、時鮮菓子、點心回來。賽兒見天然拿這許多物事回來、說道、「在我家裡、怎麽呌你們破費。是何道理。」天然回話道、「不多大事、是師傅分付的。」又去拿了酒、回來到厨下自去整理。要些油醬、柴火、奶奶不離口、不要賽兒費一些心。

【眉批】第六行
正寅是偸婆娘老手。

【校勘】
(一)「着」、消本、王本、李本「看」。
(二)「門」、章本「間(門)」。
(三)「自來」、王本「天然」。
(四)「藍」、消本、王本、李本、章本「籃」、是なり。

【注】

堂前…表座敷。母屋の中央に位置する部屋。

『金瓶梅詞話』第六十六回「西門慶又早大廳上畫燭齊明、酒筵羅列。三個小優彈唱、衆親友都在堂前。」

歇下…置く。

『水滸傳』第二回「王進請娘下了馬、王進挑着擔兒、就牽了馬隨莊客到裏面打麥場上、歇下擔兒、把馬拴在柳樹上。」

担子…担ぎ荷。

『金瓶梅詞話』第一回「且說武大、終日挑擔子出去、街上賣炊餅度日。」

奶奶…奥様。召使いが女主人に対して言う呼称。

『金瓶梅詞話』第五十八回「平安道、『俺當家的奶奶問你、怎的煩惱。』」

阿也…あらまあ。

『水滸傳』第五十三回「李逵叫道、『阿也。我的不穩、放我下來。』」

不消…~するに及ばない。

『拍案驚奇』巻之六「秀才道、『不妨、不妨。自有人殺他、而今已後、只做不知、再不消題起了。』」

自家人…親しい間柄の人。身内。

『水滸傳』第八十一回「燕靑笑道、『你便是了事的公人、將着自家人只管盤問。……。』」

側門…通用門。

『二刻拍案驚奇』巻之八「(沈將仕)先叫家僮尋着傍邊一個小側門進去、一直到了裏頭、竝無一人在内。」

鋪床…寝床を整える。

『二刻拍案驚奇』巻十四「(大夫)澆洗了多時、潑得水流滿地、一直淌進牀下來。蓋是地板房子、鋪床處壓得重了、地板必定低些、做了下流之處。」

市上…市場。

『金瓶梅詞話』第三十六回「(月娘)『……比不的買什麼兒、拏了銀子到市上就買的來了。一個人家閨門女子、好歹不同、也等教媒人慢慢踏看將來。你到說的好容易自在話兒。』」

物事…もの。

『古今小說』第三十五卷「那僧兒接了三件物事、把盤子寄在王二茶坊櫃上、僧兒托着三件物事、入棗槊巷來。」

破費…散財する。

『醒世恆言』第十六卷「知縣相公聽了分上、饒了他罪名、釋放寧家。共破費了百外銀子。」

偷…男女が密会する。

『金瓶梅詞話』第三回「水性從來是女流、背夫常與外人偷。金蓮心愛西門慶、淫蕩春心不自由。」

婆娘…既婚の女性。人妻。

『拍案驚奇』卷十六「那兩個媳婦、當日不合開門出來、却見是一個中年婆娘、人物也到生得乾淨。」

【訳】

王家の玄関口に来ると、「どなたかここに居られますか。」と声を掛けました。賽児は正寅がよこした者だと知って、すぐに「あなた達中にお入り。」と言いました。二人は座敷に入って来て担ぎ荷を降ろすと、賽児を見て跪き「董天然、王小玉が奥様にご挨拶致します。」と大きな声で言いました。賽児は二人が慎み深いのを見て、また容姿が美しいのを見て、心の中で喜び「あらまあ、そんな事をしなくてもいいのに。あなた達二人は何道士様がよこされた人なのですから、もう身内と同じようなものよ。」と言いました。賽児は厨房の小さな通用門に案内すると、二人は掃除をして寝床を整えました。自分で籠と竿計りを持ち出して来て、市場に行って自分の粒銀を使い、幾つかの物――言うまでも無く鶏、鵞鳥、魚、肉、季節の新鮮な果物、点心なのですが——を買って帰って来ました。賽児は天然がこんなにたくさんの物を持って帰って来たのを見て、「私の家にいるのに、どうしてあなた達に散財させられるの。そんな訳に行かないわ。」と言いました。天然は「大した事ではございません。お師匠様の言い付けなのです。」と答えました。更に酒を取りに行き、厨房に帰って来て片付けました。油や味噌、薪を幾らか求めて、いつも奥様、奥様と呼び、賽児にはいささかも気を使わせませんでした。

【眉批】

正寅は人妻と密通する達人である。

看看天色晚了、何正寅儒巾便服、扮做平常人、先到沈婆家裡、請沈公沈婆喫夜飯。又送二十兩銀子與沈公、說、「凡百事要老爹、老娘看取。後日另有重報。」沈公沈婆自暗裡會意道、「這賊道來得蹺蹊。必然看上賽兒、要我們做脚(一)。我看這婦人日裡也騷托托的、做妖撒嬌(二)、捉身不住。我不應承他、（正妙在此）兩个夜裡演習時也自要做出來。我落得做人情、騙些銀子。」夫妻兩个回覆道、「師傅但放心。賽娘沒了丈夫、又無親人、我們是他心腹。凡百事奉承。只是不要忘了我兩个。」何正寅對天說誓。

【眉批】第四～五行
這乖落得使的(三)、不費氣力。

【夾批】

正妙在此。


【校勘】
(一)「要」、王本「故要」。
(二)「嬌」、消本、王本「妖」。
(三)「的」、李本「得」。

【注】

儒巾…明清時代に、儒者や科挙の志望者がかぶった頭巾。四角いため、明代には方巾とも呼ばれた。

『三才圖會』衣服一巻・儒巾「古者、士衣逢掖之衣、冠章甫之冠、此今之士冠也。凡舉人未第者、皆服之。」

『二刻拍案驚奇』巻之三「這裡跟隨管家權忠、拏出冠帶、對學士道、『料想瞞不過了。不如老實行事罷。』學士帶笑、脱了儒巾儒衣、換了冠帶、討香案來謝了聖恩。」

便服…普段着。普通の格好。

『二刻拍案驚奇』巻之八「沈將仕開了箱、取個名帖與李三帶了報去。李三進門内去了、少歇出來道、『主人聽得有新客到此、甚是喜歡。只是久病倦懶、怕着冠帶、願求便服相見。』」

凡百…一切の。あらゆる。

『拍案驚奇』巻三十八「小梅道、『姑娘肯如此說、足見看員外面上、十分恩德。奈我獨自一身、怎隄防得許多。只望姑娘凡百照顧則箇。』」

老爹…年輩の男性に対する尊称。

『醒世恆言』第三十六巻「瑞虹又將前事細說一遍。又道、『求老爹慨發慈悲、救護我難中之人、生死不忘大德。』」

老娘…年輩の女性に対する尊称。

『水滸傳』第五十一回「那婆婆道、『幾曾見原告人自監着被告號令的道理。』禁子們又低低說、『老娘、他和知縣來往得好、一句話便送了我們、因此兩難。』」

看取…面倒を見る。世話をする。

『拍案驚奇』巻三十一「小人說、『奶奶怎生看取我們。別得半年、做出這勾當來、這地方如何守得住。』」

重報…厚くお礼をする。

『金瓶梅詞話』第八回「二人都慌了手脚、說道、『如此怎了。乾娘遮藏我每則個。恩有重報、不敢有忘。……。』」

會意…了解する。悟る。

『三國演義』第二十七回「關公曰、『二位夫人在車上、可先獻茶。』普淨教取茶先奉夫人、然後請關公入方丈。普淨以手舉所佩戒刀、以目視關公。公會意、命左右持刀緊隨。」

賊道…いかさま道士。道士を罵る語。

『拍案驚奇』巻十七「知觀道、『若有一些不像尊夫、憑娘子以後不信罷了。』吳氏罵道、『好巧言的賊道。到會脫騙人。』」

蹺蹊…曰くのある。怪しい。

『水滸傳』第十七回「那婦人聽了這話說的蹺蹊、慌忙來對丈夫備細說了。」

看上…見初める。惚れ込む。

『醒世恆言』第三卷「那朱十老家有個侍女、叫做蘭花、年已二十之外、存心看上了朱小官人、幾遍的倒下鈎子去勾搭他。」

做脚…手引きをする。

『水滸傳』第四十六回「知府道、『眼見得是此婦人與這和尚通姦、那女使、頭陀做脚。……。』」

日裡…昼間。

『二刻拍案驚奇』卷十四「眉來眼去、彼此動情、勾搭上了手。然只是日裡偸做一二、晩間隔開、不能同宿。」

騷托托…恋愛に関して軽薄である。浮ついている。

做妖…なまめかしい様子をする。艶麗である。

撒嬌…甘える。媚びる。

『警世通言』第二卷「那婆娘不達時務、指望煨熱老公、重做夫妻。緊挨着酒壺、撒嬌撒癡、甜言美語、要哄莊生上床同寢。」

捉身不住…体を支えられない。落ち着いていない。身持ちが悪い。

『警世通言』第二十八卷「那員外心中淫亂、捉身不住、不敢便走進去、却在門縫裏張。」

應承…承諾する。

『醒世恆言』第八卷「(裴九老)『當初我央媒來說要娶親時、千推萬阻、道、女兒年紀尚小、不肯應承。護在家中、私養漢子。……。』」

落得…与えられた機会を捉えてうまくやる。~するといい。

『水滸傳』第八回「薛霸道、『……你不要多說、和你分了罷、落得做人情、日後也有照顧俺處。……。』」

做人情…情けを掛ける。付合いで人に親切にしたり恩を売ったりする。

『拍案驚奇』卷十九「總是做申蘭這些不義之財不着、申蘭財物來得容易、又且信托他的、那裏來查他細帳、落得做人情。」

回覆…返答をする。

『水滸傳』第八十回「宋江使戴宗至城下回覆道、『我等大小人員、未蒙恩澤、不知詔意若何。未敢去其介冑。……。』」

奉承…命令を謹んで受ける。

『拍案驚奇』卷三十三「女兒女婿也自假意奉承、承顏順旨、他也不作生兒之望了。」

對天…天に向かう。

『拍案驚奇』卷之十「那朝奉是情急的、就對天設起誓來道、『若有翻悔、就在台州府堂上受刑。』」

說誓…誓いを立てる。

『水滸傳』第八十一回「戴宗笑道、『你我都是好漢、何必說誓。』燕青道、『如何不說誓。兄長必然生疑。』」

乖…悪賢い。抜け目が無い。

『西遊記』第四十七回「行者聞言、暗喜道、『這獃子乖了些也。老公公、你是錯說了、怎麼叫做預修亡齋。』」

使的…宜しい、と返事をすること。「使得」に同じ。

『拍案驚奇』巻二十八「馮相喜小童如此慧黠、笑道、『使得、使得。』」

氣力…力。

『水滸傳』第十二回「楊志左手接過頭髮、照着刀口上盡氣力一吹、那頭髮都做兩段、紛紛飄下地來。」

【訳】

日が暮れたのを見ると、何正寅は儒者頭巾に平服といった出で立ちで、普通の人に扮し、先ず沈婆さんの家に行き、沈爺さんと沈婆さんに晩御飯を振る舞いました。その上、銀子二十両を沈爺さんに渡して、「一切の事は、お爺さんお婆さんにお世話になりたいと存じます。後日また改めて十分にお礼をさせて頂きます。」と言いました。沈爺さんと沈婆さんは、密かに悟って「このいかさま道士が家へ来たのは曰くありげだぞ。きっと賽児を見初めたんで、我々に手引きをして欲しいんだろう。わしが見たところ、あの女は昼間から浮ついていて、なまめかしい様子で甘えた素振りなぞして、身持ちが悪いようだ。わしが彼に断ったとしても、二人は夜の訓練の時に自然に出来てしまうだろう。わしはうまく恩を売っておいて、銀子を巻き上げてやるとしよう。」と考えました。夫婦二人は「道士様、ともかくもご安心を。賽の奥様は夫を亡くした上に、これといった身よりも無く、私達があの人の身内のような者です。一切の事は承りましょう。ただ我々二人の事をお忘れ無きように。」と答えました。何正寅は天に向かって誓いを立てました。

【眉批】

これは悪賢く「はい」と言ってしまう方が良い、骨を折る事は無いのだ。

【夾批】
正に妙味はここにある。

三个人同來到賽兒家裡、正是黄昏時分。關上門、進到堂上坐定。(一)賽兒自來陪侍。董天然、王小玉兩个來擺列菓子下飯、一面盪酒出來。正寅請沈公坐客位、沈婆、賽兒坐主位、正寅打横坐。沈公不肯坐、正寅說、「不必推辭。」各人多依次坐了。喫酒之間、不是沈公說何道好處、就是沈婆說何道好處、兼入些風情話兒、打動賽兒。賽兒只不做聲。正寅想道、「好便好了、只是要个殺着。(二)如何成事。」就裡生這計出來。原來何正寅有个好本錢、(三)又長又大、道、「我不賣弄與他看、如何動得他。」

【眉批】第四行
二十兩之驗也。

【校勘】

（一）「上」、王本「前」。
（二）「殺」、王本「煞」。
（三）「原」、王本「元」。

【注】

坐定…腰を落ち着ける。

『古今小説』第三巻「吳山遂引那老子到個酒店樓上坐定、問道……。」

陪侍…目上の人のお相手をする。

『金瓶梅詞話』第三十三回「韓道國笑道、『……大官人每日衙門中來家擺飯、常請去陪侍、沒我便吃不下飯去。……。』」

下飯…おかず。料理。

『水滸傳』第三十九回「戴宗道、『我却不吃葷酒、有甚素湯下飯。』酒保道、『加料麻辣熝豆腐如何。』」

盪酒…酒を燗する。「盪酒」に同じ。

『水滸傳』第三回「酒保下去、隨卽盪酒上來、但是下口肉食、只顧將來、擺一卓子。」

客位…客の席。

『拍案驚奇』卷之八「大王便敎增了筵席。三人坐了客位、大王坐了主位、……。」

主位…主人の席。下位に当たる。

『金瓶梅詞話』第三十六回「大廳正面設兩席、蔡狀元、安進士居上、西門慶下邊主位相陪。」

打横…横に座る。末席に着く。

『古今小說』第二卷「少頃、飲饌已到、夫人敎排做兩卓、上面一卓請公子坐、打橫一卓娘兒兩個同坐。」

風情…男女相愛の情。色情。

『警世通言』第三十五卷「支助道、『你主母孀居已久、想必風情亦動。倘得個漢子同眠同睡、可不喜歡。……。』」

打動…心を動かす。

『金瓶梅詞話』第十九回「初時蔣竹山圖婦人喜歡、修合了些戲藥部、門前買了些甚麼景東人事、美女相思套之類、實指望打動婦人心。」

殺着…決め手。最も良い方法。「殺著」に同じ。

『四書評』論語九「宰我固不成話、老孔亦狠、著著都是殺著。」

就裡…密かに。

『二刻拍案驚奇』卷十四「睹色相悅人之情、個中原有眞緣分。只因無假不成眞、就裡藏機不可問。」

生…思い付く。

『拍案驚奇』卷之十「(二人)『……我曉得你嫌韓生貧窮、生此奸計。那韓生是個才子、須不是窮到底的。……。』」

本錢…もとで。ここでは陰茎を指す。

『肉蒲團』第六回「隣舍道、『他丈夫的、相貌雖然粗蠢、還虧得有一副爭氣的本錢。所以過得日子。還不十分炒鬧。』我又問道、『他的本錢有多少大。』」

『醒世恆言』第十卷「桑茂也略通些情竅、只道老嫗要他幹事。臨上交時、原來老嫗腰間到有本錢、把桑茂弄將起來。」

訳注

賣弄…ひけらかす。自慢する。

『水滸傳』第三十六回「那人却拿起一個盤子來、口裏開呵道、『小人遠方來的人、投貴地特來就事。雖無驚人的本事、全靠恩官作成、遠處誇稱、近方賣弄。……。』」

驗…効果。

『金瓶梅詞話』第十二回「賊瞎接了、放入袖中、說道、『……若得夫主吃了茶、到晚夕睡了枕頭、不過三日、自然有驗。』」

【訳】

三人が一緒に賽児の家まで来たのが、丁度黄昏の時分。門を閉めて部屋の中に入って腰を落ち着けました。賽児は自分から傍でお世話をします。董天然、王小玉の二人が果物や料理を並べ、一方では酒の燗をして持って来ました。正寅は沈爺さんには上座の客の席に、沈婆さんと賽児には主人の席に座るようにと勧め、正寅自身は末席である横の席に着きました。沈爺さんは座ろうとしませんでしたが、正寅が「ご辞退なさいませんように。」と言いましたので、各人は皆順に座りました。酒の間中、沈爺さんが何正寅を褒めなければ、沈婆さんが何正寅を褒めるといった具合で、そこに艶っぽい話なども織り交ぜては、賽児の心を動かそうとします。賽児はじっと黙ったままでした。正寅は「これでいいんだが、ただ決め手が必要だな。どうやって事を遂げようか。」と考えました。そこでひそかにこんな計画を思い付きました。元々何正寅は立派な陽物を持っており、長く大きかったので、「俺がこいつをひけらかしたら、あいつもその気になるだろう。」と考えたのでした。

【眉批】
二十両の効果である。

此時是十五六天色、那輪明月、照耀如同白日一般。何道說、「好月、畧行一行再來坐。」沈公衆人都出來、堂前黒地裡立着看月。何道就乘此機會、走到女墻邊月亮去處、假意解手、护(一)起那物來、拿在手裡撒尿。賽兒暗地裡看明處、最是明白。見了何道這條物件、纍纍垂垂、且(二)是長大。賽兒夫死後、曠了這幾時、怎(三)不動火、恨不得搶(四)了過來。何道也没奈何、只得按住、再來邀坐。說話間、兩个不時丟个情眼(五)兒、又冷看一看、別轉頭暗笑。何道就假裝个要吐的模樣、把手拊(六)着肚子叫(七)、「要(八)不得。」沈老兒夫妻兩个會意、說道、「師傅身子既然不好、我們散罷了。師傅胡亂在堂前權歇。明日來看師傅。」相別了自去、不在話下。

【眉批】第五行
酷肖調情之態。

訳注

【校勘】
(一)「护」、消本、王本「拉」、李本「擁」。

(二)「且」、消本、王本「甚」。
(三)「怎不」、消本、王本「思想」。
(四)「搶」、消本、王本「拴」。
(五)「眼」、王本「賽」。
(六)「拊」、消本、王本「拴」。
(七)「吼」消本、「以疼的」、王本「似疼的」。
(八)「要不得」、消本、王本「要不得光景」。

【注】


黒地裡…暗闇の中。

『水滸傳』第十八回「都去虛趕了一回、轉來道、『黑地裏正不知那條路去了。』」

女墻…姫垣。低い垣根。

『紅樓夢』第一百二回「(尤氏)便從前年在園裏開通寧府的那個便門裏走過去了、覺得凄涼滿目、臺榭依然、女牆一帶都種作園地一般、心中悵然如有所失。」

去處…ところ。場所。

『拍案驚奇』卷之一「而今說一箇人、在實地上行、步步不着、極貧極苦的、却在渺渺茫茫做夢不到的去處、得了一主沒頭沒腦錢財、變成巨富。」

假意…わざと。

『拍案驚奇』巻之六「趙尼姑假意喫驚道、『怎的來。想是起得早了、頭暈了。扶他床上睡一睡起來罷。』」

解手…便所に行く。用を足す。

『金瓶梅詞話』第十三回「當日衆人飲酒、到掌燈之後、西門慶忽下席來、外邊更衣解手。」

护…手に持つ。ここでは「扶」と同じ。

撒尿…小便をする。

『拍案驚奇』巻二十六「(老和尚)悶悶的自去睡了、一覺睡到天明起來、覺得陽物莖中有些作癢、又有些梗痛、走去撒尿、點點滴滴的。」

纍纍垂垂…だらりと垂れ下がっている。「累垂」は垂れ下がる。

『拍案驚奇』巻三十四「聞得這事的都去看他、見他陽物累垂、有七八寸長、一似驢馬的一般、盡皆掩口笑道、『怪道内眷們喜歡他。』」

且是…非常に。

『二刻拍案驚奇』巻之六「(老蒼頭)『……我府中果有一個小娘子、姓劉、是淮安人、今年二十四歲。識得字、做得詩、且是做人乖巧周全。……。』」

曠…夫婦の片方に先立たれて独りでいる。ここでは男っ気が無いこと。

『警世通言』第三十五巻「若是邵氏有主意、天明後叫得貴來、説他夜裡懶惰放肆、罵一場、打一頓、得貴也就不敢了。他久曠之人、却似眼見希奇物、壽增一紀、絶不做聲。」

動火…情欲が動く。

『二刻拍案驚奇』巻三十五「況且馬氏中年了、那兩個姦夫、見了少艾女子、分外動火、巴不得到一到手。」

恨不得…～したくてたまらない。

『三國演義』第九十七回「孔明連夜驅兵直出祁山前下寨、收住軍馬、重賞姜維。維曰、『某恨不得殺曹眞也。』」

搶…奪う。

『水滸傳』第四十四回「張保不應、便叫衆人向前一鬨、先把花紅段子都搶了去。」

没奈何…どうしようも無い。

『警世通言』第二十四卷「三官初時含糊答應、以後逼急了、反將王定痛罵。王定沒奈何、只得到求玉姐勸他。」

按…こらえる。

『水滸傳』第六十五回「張順見了、按不住火起。」

不時…時々。折々。

『警世通言』第二十八卷「又唐時有刺史白樂天、築一條路、南至翠屛山、北至棲霞嶺、喚做白公堤、不時被山水衝倒、不只一番、用官錢修理。」

丟…（視線を）人に送る。目配せする。

『金瓶梅詞話』第六回「婆子一連陪了幾杯酒、吃得臉紅紅的、又怕西門慶在那邊等候、連忙丟了個眼色與婦人、告辭歸去。」

情眼…情を込めた目。

『二刻拍案驚奇』卷之五「不如趁早、步月歸去。這一雙情眼、怎生禁得、許多胡覷。」

別轉…ぐるりと回す。そむける。

『醒世恆言』第一卷「賈昌那裏肯要他拜、別轉了頭、忙教老婆扶起道、『小人是老相公的子民、這螻蟻之命、都出老相公所賜。……。』

拊…叩く。

『拍案驚奇』巻二十八「馮相心中喜樂、不覺拊腹而嘆道、『使我得頂笠披蓑、携鋤趁犢、躬耕數畝之田、歸老于此地。……。』」

要不得…耐えられない。たまらない。ひどい。

權…一先ず。差し当たり。

『警世通言』第二十四巻「老鴇說、『這銀子、老身權收下、你却不要性急。待老身慢慢的偎他。』」

酷肖…酷似する。

『二刻拍案驚奇』巻三十九「飲啄有方、律呂相應、無弗酷肖、可使亂眞。」

調情…いちゃつく。ふざける。

『二刻拍案驚奇』巻二十一「這一日王林出去了、正與隣居一个少年在房中調情、摟着要幹那話。」

【訳】

この時は十五、六夜の頃で、その丸い月が真昼のように輝いていました。何道士は「良い月です。ちょっと出てみて、それからまた座りましょう。」と言いました。沈爺さん達は皆出て来て、部屋の前の暗闇に立って月を眺めました。何道士はこの機を捉えると、姫垣の辺りの月明かりの所まで行ってわざと用を足し、その物を持ち上げると、手に持って小便をします。賽児は暗闇にいて明るい所を見ましたから、とてもはっきりと見えました。見れば、何道士のその一物は、だらりと垂れ下がっていて実に長大でした。賽児は夫が死んでからこの方、ずっと男っ気が無かったので、どうして熱くならずにおれましょうか、どうしても奪い取ってしまいたいくらいでした。何道士もどうしようも無く、仕方なくじっと我慢して、再び戻って腰掛けるように勧めました。話の合間に二人は、色目を使ったり、冷たくちらりと見て、顔を背けてこっそり笑ったりするのでした。何道士は、そこでわざと吐き気を催した風を装い、腹を叩いて「もうだめだ。」と叫びました。沈爺さん夫婦二人はそれと悟って、「道士様の体の具合が悪くなった以上は、私達はお開きとするしかありません。道士様はご自由に母屋で一先ずお休みなさるといい。明日また道士様を訪ねて来ます。」と言いました。そして別れて家へと帰りました。その話はこれまでと致します。

【眉批】

男女がいちゃつく様によく似ている。

賽兒送出沈公、急忙關上門。畧畧温存何道了、就說、「我入房裡去便來。」一逕走到房裡來、也不關門、就脫了衣服上床去睡、意思明是叫何道走入來。不知何道已此(一)緊緊跟入房裡來、雙膝跪下道、「小道該死、冒犯花魁。可憐見小道則(二)个。」賽兒笑着說、「賊道不要假小心、且去拴了房門來說話。」正寅慌忙拴(三)上房門、脫了衣服、扒上床來、尚自(四)叫「女主」不迭。詩云、

繡(五)枕鴛衾疊紫霜、玉(六)樓並臥合歡床。
今宵別是陽臺夢、惟恐銀燈剔不長。

【眉批】第三～四行
如何不說起演法、先以此爲始耶。固知其不克終矣。

【校勘】
（一）「此」、消本、王本「早」。
（二）「則」、王本「這」。
（三）「上」、消本、王本「了」。
（四）「尚」、消本「卽」。
（五）「枕」王本「花」。
（六）「玉」、消本「■（墨格）」（右横に「相」字の加筆有り）。

【注】

畧畧…僅かに。少し。

『醒世恒言』第二十卷「廷秀見有倚靠、略略心寬、取出一兩銀子、送與种義、爲盤纏之費。」

溫存…懇ろに慰める。優しく思いやる。多く異性に対して用いる。

『古今小說』第二卷「那假公子在夫人前一個字也講不出、及至見了小姐、偏會溫存絮話。」

一逕…真っ直ぐ。「一徑」に同じ。

已此…既に。

『拍案驚奇』卷之二「知縣急拿汪錫、已此在逃了、做個照提、疊成文卷、連人犯解府。」

緊緊…密着して。ぴったりと。

『水滸傳』第十九回「杜遷、宋萬、朱貴本待要向前來勸、被這幾個緊緊幫着、那裏敢動。」

該死…不埒だ。不届きだ。嫌悪やいらだち、また自責を表す。

『拍案驚奇』卷十七「(吳氏)對府尹道、『小婦人該死。負了親兒、今後情願守着兒子成人、再不敢非爲了。』」

冒犯…礼にもとる事をする。犯す。汚す。

『醒世恆言』第十三卷「韓夫人說道、『夜來氏兒一些不知、冒犯尊神。且喜尊神無事、切休見責。』」

花魁…絶世の美女。

『醒世恆言』第三卷「一家都稱爲美娘、長成一十四歲、嬌艷非常。……弄出天大的名聲出來、不叫他美娘、叫他做花魁娘子。」

可憐見…かわいそうだと思う。

『水滸傳』第四十七回「石秀聽罷、便哭起來、撲翻身便拜向那老人道、『小人是個江湖上折了本錢歸鄉不得的人。……爺爺、怎地可憐見、小人情願把這擔柴相送爺爺、只指與小人出去的路罷。』」

小心…従順である。おとなしく慎み深い。

『醒世恆言』第十九卷「那張萬戶見他不聽妻子言語、信以爲實、諸事委託、毫不提防。程萬里假意殷勤、愈加小心。」

拴…閉める。

『水滸傳』第二十二回「朱仝自進莊裏、把朴刀倚在壁邊、把門來拴了、走入佛堂内去、把供牀拖在一邊、揭起那片地板來。」

不迭…頻りに。

『水滸傳』第十三回「當下楊志和索超兩個鬭到五十餘合、不分勝敗。月臺上梁中書看得呆了。兩邊衆軍官看了、喝采不迭。」

綉枕…刺繍をした枕。

『水滸傳』第二十一回「約莫也是二更天氣、那婆娘不脱衣裳、便上牀去、自倚了綉枕、扭過身、朝裏壁自睡了。」

鴛衾…鴛鴦の刺繍のある蒲団。男女が寝るのに用いる。

『金瓶梅詞話』第八回「婦人便道、『玳安、你聽告訴。』另有前腔爲證、『喬才心邪、不來一月、奴綉鴛衾曠了三十夜。……。』」

紫霜…紫色がかった白。

玉樓…美しい高殿。

李白「宮中行樂詞八首」其二（『全唐詩』卷一百六十四）「柳色黄金嫩、梨花白雪香。玉樓巣翡翠、金殿鎖鴛鴦。」

合歡…相愛の男女が共に時を過ごす。

關盼盼「燕子樓三首」其一（『全唐詩』卷八百二）「樓上殘燈伴曉霜、獨眠人起合歡牀。相思一夜情多少、地角天涯不是長。」

陽臺夢…男女が交歡すること。

宋玉「高唐賦」（『文選』卷十九）「（婦人）去而辭曰、『妾在巫山之陽、高丘之阻、且爲朝雲、暮爲行雨。朝朝暮暮、陽臺之下。』」

『古今小說』第十七卷「楊玉也識破三分關竅、不敢固却、只得順情。有詩爲證、相慕相憐二載餘、今朝且喜兩情舒。雖然未得通宵樂、猶勝陽臺夢是虛。」

銀燈…明るい灯火。「剔燈」は灯心を剪って明るくすること。

『金瓶梅詞話』第八回「原來婦人在房中香薫鴛被、款剔銀燈、睡不着、短嘆長吁、翻來覆去。」

【訳】

賽児は沈爺さん達を送り出すと、急いで門を閉めました。それから何道士に少し優しくなって、「私、部屋へ行ってすぐに戻って来ますわ。」と言いました。真っ直ぐに部屋に入ると、鍵も掛けずに服を脱ぎ、床《とこ》に入って横になっていましたが、これは明らかに何道士に入って来させようというつもりなのです。ところが何と、何道士は早くもぴったりと後ろについて部屋に入って来ており、両膝を着くと「私は不届きにも、あなた様に対して無礼を働こうとしています。どうか私めをお憐み下さい。」と言いました。賽児は笑って「ろくでなしの道士さん、おとなしい振りは止めてね。閂《かんぬき》を掛けてからお話しましょう。」と言います。正寅は慌てて部屋に閂を掛けると、服を脱いで床に上がってからも、相変わらず頻りに「女帝」と呼び掛けるのでした。詩で云えば、

繡枕　鴛衾　紫霜を畳《かさ》ね

玉楼に　並び臥す　合歓の床

今宵は　別に是れ　陽台の夢

惟だ恐る　銀灯　剔《き》りて長からざるを

【眉批】
どうして方術を練習する事を言い出さないで、先ずこのような事を始めにするのか。自ずと事を成し遂げないで終わるのが知られるというものである。

且說二人做了些不伶不俐的事、枕上說些知心的話。那里管天曉日高、還不起身。董天然兩个早起來、打點面湯、早飯齊整(一)、等着。正寅先起來、穿了衣服、又把被來替賽兒塞着肩頭、說、「再睡睡起來。」開得房門、只見天然托(二)个盤子、拿兩盞早湯(三)過來。正寅拿一盞放在桌上、拿一盞在手裡、走到床頭、傍着賽兒、口叫、「女主喫早湯(四)。」賽兒撒嬌(五)、擡起頭來喫了(六)兩口、就推與正寅喫。正寅也喫了幾口。天然又走進來、接了碗去、依先扯上房門。賽兒說、「好个伴當、百能百俐。」正寅說、「那灶下是我的家人、這个(七)是我心腹徒弟、特地使他來伏侍你。」賽兒說、「這等難爲他兩个。」又摸索了一回、賽兒也起來。只見天然就拿着面湯進來、叫、「奶奶、面湯在這里。」賽兒脫了上蓋衣服、洗了面、梳了頭。正寅也梳洗了頭。天然就請賽兒喫早飯、正寅又說道、「去請間壁沈老爹、老娘(八)來同喫。」沈公夫妻(九)二人也來同喫。沈公又說道、「師傅不要去了。這里人眼多、不見走入來、只見你走出去、人要生疑。且在此再歇一夜。明日要去時、起个早去。」賽兒道、

「說得是。」正寅也正要如此。沈公別了、自過家裡去。

【眉批】第一行

是夜竟不演法。

【校勘】

(一)「齊整」、李本「整齊」。

(二)「托」、消本「扗」。

(三)「早」、消本、王本「果」。

(四)「早」、王本「果」。

(五)「撒嬌」、消本「数妖」、王本「撒妖」。

(六)「喫」、消本「契」。

(七)「這个」王本「這」。

(八)「來同」、李本「同來」。

(九)「夫」、消本「大」。

【注】

不伶不俐…淫らである。ふしだらである。穢らわしい。特に男女関係について言う。「不伶俐」に同じ。

『拍案驚奇』巻三十四「那尼姑也是個花嘴騙舌之人、平素只貪些風月、庵裡收拾下兩個後生徒弟、多是通同與他做些不伶俐勾當的。」

知心的話…腹を割った話。心のこもった話。「知心話」に同じ。

『拍案驚奇』巻三十四「(安人)對庵主道、『我一向把心腹待你、你不要見外、我和你說句知心話。……。』」

面湯…洗面用のお湯。

『水滸傳』第五十六回「這個女使也起來生炭火上樓去。多時湯滾、捧面湯上去。」

被…掛け蒲団。

『古今小說』第三十六巻「趙正去他房裏、抱那小的安在趙正牀上、把被來蓋了、先走出後門去。」

替…～のために。

『清平山堂話本』話本巻二「快嘴李翠蓮記」「便叫張狼曰、『孩兒、你將妻子休了罷。我別替你娶一个好的。』」

盤子…お盆。

『西遊記』第四十八回「一家子磕頭禮拜、又捧出一盤子散碎金銀、跪在面前道、『多蒙老爺活子之恩、聊表塗中一飯之敬。』」

早湯…朝に飲む汁。

扯…引く。

百能百俐…色々な才能があって利口なこと。

『古今小說』第十九巻「且說這李氏、非但生得妖嬈美貌、又兼稟性溫柔、百能百俐、……。」

家人…下僕。男僕。

『古今小說』第十卷「……自從造了大廳大堂、把舊屋空着、只做個倉廳、堆積些零碎米麥在内、留下一房家人。」

難爲…かたじけない。他人が何かしてくれた事に感謝する言葉。

『金瓶梅詞話』第三回「王婆笑哈哈道、『……我却說道、難爲這位娘子、與我作成、出手做。虧殺你兩施主、一個出錢、一個出力。……。』」

摸索…いちゃつく。ここでは男女が仲良く戯れるさまの擬態語として機能している。

『紅樓夢』第八十回「(薛姨媽)『……誰知你三不知的把陪房丫頭也摸索上了、叫老婆說嘴霸佔了丫頭、什麼臉出去見人。……。』」

上蓋…上着。

『水滸傳』第四十三回「李逵道、『布衫先借一領與我換了上蓋。』」

生疑…疑念を生ずる。疑う。

『西遊記』第八十一回「三藏道、『院主、你不要生疑、說我師徒們有甚邪意。……。』」

歇…泊まる。

『金瓶梅詞話』第十二回「當日、西門慶在院中歇了一夜。到次日黄昏時分、辭了桂姐、上馬回家。」

【訳】

さて、二人は淫らな事をして、枕辺で睦言を語らいました。夜が明けて日が高くなってもお構いなしで、まだ起きません。董天然ら二人は早起きして、洗面用のお湯と朝食をきちんと整えて待っていました。正寅は先に起き出して服を着ると、賽児の肩に蒲団を掛けてやり、「もう少しお眠りなさい。」と言いました。扉を開けると、天然がお盆に朝の汁を二碗載せてやって来ました。正寅は一碗を卓の上に置き、一碗を手に持って枕元に行き、賽児の傍らに近寄って、「女帝、朝のお汁を召し上がれ。」と呼び掛けました。賽児は媚びたしぐさで頭をもたげて二口ほど啜《すす》ると、正寅に返して飲ませました。正寅も数口飲みました。天然がまた入って来て碗を引き下げ、元通りに扉を閉めました。賽児は「良い召使いね、色々出来て利口だわ。」と言いました。正寅は「竈《かまど》の所のは私の下僕で、こちらは私の腹心の弟子で、特にあなたのお世話をさせております。」と言いました。賽児は「それは二人ともご苦労様ね。」と言いました。そしてもう一度いちゃつくと、賽児も起きて来ました。すると天然が洗顔用のお湯を持ってやって来て、「奥様、お湯はこちらです。」と言いました。賽児は羽織っていた上着を脱ぐと、顔を洗って髪を梳かしました。正寅も身繕いをしました。そこで天然が賽児に朝食を食べるように勧めると、正寅が「隣の沈爺さん、婆さんの所に行って、一緒に食べようと誘って来い。」と言い付けました。沈夫婦もやって来て一緒に食事をしました。沈爺さんは「道士様は帰ってはいけません。ここは人目が多く、入るのを見ていなくても、出て行くのを見れば、人は疑いを起こすでしょう。とりあえずここにもう一晩お泊まり下さい。明日の朝帰る時、少し早く起きて行くのです。」と言いました。「尤もだわ。」と賽児も言いました。正寅も丁度そうしようと思っていました。沈爺さんは暇乞いをして、家に帰って行きました。

【眉批】
この夜は結局、方術を練習しなかった。

話不細煩(一)、賽兒每夜與正寅演習法術符呪、夜來曉去。不兩个月、都演得會了、賽兒先剪些紙人紙馬來試看、果然都變得與眞的人馬一般。二人且來拜謝天地、要商量起手。却不防街坊隣(二)里都曉得賽兒與何道兩个有事了、又有一等好閒的、就要在這里用手錢(三)。有首詩說這些閒中人、詩云、

每日張魚又捕鰕(四)、花街柳陌是生涯。
昨宵賒酒秦樓醉、今日幫閒進李家。

爲頭的叫做馬綬、一个叫做福興、一个叫做牛小春、還有幾个沒三沒四幫閒的、專一在街上尋些空頭事過日子。當時馬綬先得知了、撞見福興、牛小春說、「你們近日得知沈荳腐(五)隔壁有一件好事麼。」福興說、「我們得知多日了(六)。」馬綬道、「我們捉破了他、賺些油水(七)何如。」牛小春道(八)、「正要來見阿哥、求帶挈。」馬綬說、「好便好、只是一件、何道那厮也是个了得的、廣有錢鈔、又有四个徒弟。沈公沈婆得那賊道東西(九)、替他做眼。一夥人幹這等事、如何不做手脚。若是毛團把戲、做得不好、非但不得東西(十)、反遭毒手、到被他笑(十一)。」牛小春說、「這不打緊。只多約幾个人同去、就不妨了。」馬綬又說道、「要人多不打緊、只是要个安身去處。我想陳林住居、與唐賽兒遠不上十來間門面、他那里最好安身。小牛既今便(十二)可去約石丟兒、安不着、褚偏嘴、朱百簡(十三)一班兄弟、明日在陳林家取齊。陳林我須自去約他。」各自散了。

【眉批】第一行
怎得餘功。
第九行
閒漢多事。

【校勘】
(一)「細」、王本「絮」。
(二)「隣」、消本「[阝+萬]」、王本「鄉」。
(三)「用手」、消本、王本「討用」。
(四)「鰕」、消本、王本、李本、章本「蝦」。
(五)「荳腐」、王本「豆腐店」。
(六)「了」、消本「子」。
(七)「油」、消本「濁」(加筆)。
(八)「春」、消本「着」。
(九)「東」、消本「束」。
(十)「西」、消本「門」。
(十一)「到」、王本、章本「倒」。音義同じ。

(十二)「便可」、王本無し。
(十三)「觧」、王本、李本、章本「開」。

【注】


細煩…くどくどしい。煩わしい。「絮煩」に同じ。

『金瓶梅詞話』第一回「話休絮煩。自從武松搬來哥家裏住、取些銀子出來與武大、交買餅饊茶果、請那兩邊隣舍。」

且來…一先ず。

『水滸傳』第四十六回「石秀道、『哥哥且來我下處、和你說話。』」

不防…思いがけない事に。計らずも。

『金瓶梅詞話』第十二回「……金蓮只知說出來、不防路上說話、草裏有人。李嬌兒從玳安自院中來家時分、走來窓下潛聽。見潘金蓮對月娘罵他家千淫婦、萬淫婦、暗暗懷恨在心。」

街坊隣里…近所。

『古今小說』第三十八巻「周得與梁姐姐暗約偷期、街坊隣里、那一箇不曉得。」

有事…男女が関係を持つ。

『警世通言』第十三巻「元來這小孫押司、當初是大雪裏凍倒的人、當時大孫押司見他凍倒、好箇後生、救他活了、敎他識字寫文書。不想渾家與他有事。」

一等…例の。彼の。

『金瓶梅詞話』第四回「又有一等多口人說、『鄆哥、汝要尋他、我敎一個去處、一尋一個着。』」

好閒…暇を持て余して悪事を働く者。ごろつき。

『西遊記』第六十八回「有那遊嬉好閑的、並那頑僮們、烘烘笑笑、都上前抛瓦丟磚、與八戒作戲。」

閒中人…ごろつき。遊び人。「閑人」に同じ。

『水滸傳』第二回「高俅無計奈何、只得來淮西臨淮州、投奔一箇開賭坊的閒漢柳大郎、名喚柳世權。他平生專好惜客養閒人、招納四方干隔澇漢子。」

花街柳陌…色街。

『拍案驚奇』卷十五「(馬氏)『官人何不去花街柳陌、楚館秦樓、暢飲酣歌、通宵遣興。却在此處咨嗟愁悶、也覺得少些風月了。』」

生涯…商売。生業。

『醒世恆言』第三卷「殺戮如同戲耍、搶奪便是生涯。」

賒…掛けで買う。

『古今小說』第二卷「金孝道、『我幾曾偸慣了別人的東西。却恁般說。……明日燒個利市、把來做販油的本錢、不强似賒別人的油賣。』」

秦樓…妓館。秦の穆王の娘弄玉とその夫のために、穆王が鳳楼を作った故事に拠る。

『神仙傳拾遺』(『太平廣記』卷四神仙・簫史)「簫史不知得道年代、貌如二十許人。善吹簫作鸞鳳之響、而瓊姿煒爍、風神超邁、眞天人也。混迹於世、時莫能知之。秦穆公有女弄玉、善吹簫。公以弄玉妻之、遂敎弄玉作鳳鳴。居十數年、吹簫似鳳聲。鳳凰來止其屋、公爲作鳳臺。」

『古今小說』第十二卷「那柳七官人、眞個是朝朝楚館、夜夜秦樓。」

幇閒…太鼓持ちをする。ご機嫌をとる。

『金瓶梅詞話』第十一回「第二個姓謝名希大、乃清河衛千戸官兒應襲子孫、自幼兒沒了父母、游手好閑、善能踢的好氣毬、又且賭博、把前程丟了、如今做幫閑的。」

李家…唐の帝室の姓。ここでは転じて立派な家柄を言う。

『舊唐書』巻一百九十四上突厥傳「默啜謂知微等曰、『我女擬嫁與李家天子兒、你今將武家兒來、此是天子兒否。我突厥積代已來、降附李家、今聞李家天子種末總盡、唯有兩兒在、我今將兵助立。』」

爲頭的…首領。

『水滸傳』第十五回「阮小二道、『那夥强人、爲頭的是個秀才、落科舉子、喚做白衣秀士王倫。……。』」

沒三沒四…ろくでもない。「不三不四」に同じ。

『水滸傳』第七回「智深見了、心裏早疑忌道、『這夥人不三不四、又不肯近前來、莫不要攧酒家。……。』」

空頭…謂われの無いこと。ありもしないこと。

『西遊記』第三十七回「(太子)一聲傳令、把長老諕得慌忙、指著行者道、『你這弼馬溫、專撞空頭禍、帶累我哩。』」

撞見…ばったり出会う。

『醒世恆言』第一卷「(賈公)正撞見養娘從廚下來、也沒有托盤、右手拿一大碗飯、左手一隻空碗、……。」

好事…男女間の色事。

『水滸傳』第二十四回「當下二人雲雨纔罷、正欲各整衣襟、只見王婆推開房門入來、說道、『你兩個做得好事。』西門慶和那婦人都吃了一驚。」

捉破…捕える。

『拍案驚奇』巻十七「（達生）心裏想道、『我娘如此口强、須是捉破了他、方得杜絕。……。』」

賺…稼ぐ。

『金瓶梅詞話』第五十三回「西門慶笑道、『賺得些中錢、又來撒漫了。你別要費、我有些豬羊剩的、送與你湊樣數。』」

帶挈…率いる。指示する。

『二刻拍案驚奇』巻之八「沈將仕情極了道、『好哥哥。帶挈我帶挈。』」

廝…あいつ。奴。男性を軽蔑して呼ぶ言葉。

『清平山堂話本』話本巻三「楊溫攔路虎傳」「大伯道、『他如何奈何得山東夜叉李貴。我后生時、共山東夜叉使棒、也羸他不得。這廝生得恁的、如何羸得李貴。想這廝必是妓弟家中閑漢。……。』」

了得…能力が高い。

『水滸傳』第二回「楊春道、『哥哥不可小覷了他、那人端的了得。』」

廣…多い。

『警世通言』第二十四卷「慌得那鴇兒便叫、『我兒、王公子好箇標致人物、年紀不上十六七歲、囊中廣有金銀。……。』」

做眼…見張りをする。

『水滸傳』第十八回「當下便差八個做公的、一同何濤、何清連夜來到安樂村、叫了店主人做眼、逕奔到白勝家裏。」

做手脚…ある目的のために密かに行動すること。

『二刻拍案驚奇』巻二十一「（王爵）隨叫王惠、『可趕上去、同他一路走、他便沒做手脚處。』」

毛團把戲…大雑把な仕掛け。

毒手…ひどい仕打ち。

『水滸傳』第六十二回「燕靑又道、『……主人平昔只顧打熬氣力、不親女色。娘子舊日和李固原有私情。今日推門相就、做了夫妻。主人若去、必遭毒手。』」

約…誘う。

『拍案驚奇』巻十八「丹士呼朋引類、又去約了兩三個幫手來做。」

不妨…差し支えない。

『古今小說』第三巻「吳山便放下臉來道、『旣如此、便多住些時也不妨。請兒穩便。』」

安身去處…身を落ち着ける場所。「安身」は身を落ち着けること。

『水滸傳』第二十九回「施恩道、『這話最好。小弟自有安身去處。望兄長在意、切不可輕敵。』」

門面…間口。

『金瓶梅詞話』第三十九回「不料西門慶外邊又刮剌上了韓道國老婆王六兒、替他獅子街石橋東邊、使了一百廿兩銀子、買了一所門面兩間、倒底四層房屋居住。」

取齊…落ち合う。一箇所に集う。

『水滸傳』第十八回「到得東溪村裏、已是一更天氣、都到一個觀音菴取齊。」

餘功…余暇。

蘇轍「黄州快哉亭記」（『全宋文』巻二〇九六）「今張君不以謫爲患、竊會計之餘功、而自放山水之間、此其中宜有以過人者。」

【訳】

くだくだしい話はさて措き、賽児は夜ごとに正寅と方術や符呪の練習をし、（正寅は）夜にやって来て明け方に帰りました。二箇月もせずに全て会得し、賽児が先ず紙の人と紙の馬とを切って試してみると、果たして皆本物そっくりの人馬に変わりました。二人は一先ず天地に感謝し、事を起こすについて相談しようとしました。ところが思いがけない事に、隣近所の者は皆賽児と何道士の二人が関係を持っている事を知っており、おまけに例のごろつきがいて、ここで一儲けしようとしていました。この連中を詠んだ詩があります。詩で云えば、

毎日　魚を張り　又鰕《えび》を捕り
花街　柳陌　是れ生涯
昨宵　酒を賖《かけがい》して　秦楼に酔い
今日　幇間して　李家に進む

頭《かしら》を馬綬《ばじゅ》と言い、一人は福興《ふくこう》、もう一人は牛小春《ぎゅうしょうしゅん》、他にもまだ何人かの、ろくでもない太鼓持ちがいて、もっぱら街で言い掛かりをつけては毎日を過ごしていました。この時は馬綬が先に感づいていて、福興と牛小春にばったり出会うと、「お前ら、近頃沈の豆腐屋の隣でいい事があるのを知ってるか。」と言いました。福興が「俺達は感づいて何日にもなりまさ。」と言いました。馬綬は「俺達、あいつらをとっ捉まえて、一儲けしてやるっていうのはどうだ。」と切り出しました。すると、牛小春が「丁度兄貴に会って、仕切ってもらおうと思ってたんだ。」と言いました。馬綬は「構わんが、ただ一つ。何道士の奴はあれでやり手で、金もうんとあって、しかも弟子が四人いる。沈

の爺いと婆あもくそ道士に握らされて、奴に替わって見張り役なんかしてやがる。奴らはあんな事をやってるんだから、裏から手を講じない訳には行かないしな。もし大雑把な仕掛けで、うまく行かなかったら、お宝が手に入らないどころか、却ってひどい目にあって、奴らに笑われちまうのが落ちだ。」と言います。牛小春が「心配無いさ。何人かに話をつけて一緒に行けば、大丈夫でさ。」と言いました。すると、馬綬は「人手を増やすのは大した事は無いが、ただ身を落ち着ける場所がいるぞ。俺が思うに、陳林《ちんりん》の家は唐賽児の所から十間とは離れてはいないから、奴の所が一番いい落ち着き先だ。小牛、すぐに石丟児《せきちゅうじ》、安不着《あんふちゃく》、褚偏嘴《ちょへんし》、朱百簡《しゅひゃくかん》達兄弟を誘って、明日陳林の家で落ち合おう。陳林は俺が自分で行って誘わねばな。」と言って、それから各々別れました。

【眉批】
どうやってそんな暇を作ったのか。
閑人は余計な事をする。

且說馬綬逕來石麟街、來尋陳林。遠遠望見陳林立在門首。馬綬走近前、與陳林深喏一个。陳林慌忙回禮、就請馬綬來裡面客位上坐。陳林說(一)、「連日少會。阿哥下顧、有何分付。」馬綬將衆人要拿唐賽(二)的姦、就要在他家裡安身的事、備細對陳林說一遍。陳林道、「都依得。只一件、這是被頭裡做的事、兼有沈公、沈婆、我們只好在外邉做手脚、如何俟候得何道着。我有一計、王元椿在日、與我結義兄弟、彼此通家。王元椿殺死時、我也曾去送殯(三)。明日叫老妻去看望賽兒。若何道不在罷了、又別做道理。若在時、打个暗號。我們一齊入(四)去、先把他大門關了。不要大驚小怪、替別人做飯。等捉住了他、若是如意、罷了、若不如意、就送兩个到縣裡去、沒也詐出有來。此計如何。」馬綬道、「此計極妙(五)。」兩个相別、陳林送得馬綬出門、慌忙來對妻子錢氏、要說這話。錢氏說(六)、「我在屏風後都聽得了。不必煩絮、明日只管去便了。」當晚過了。

【校勘】

(一)「說」、王本「道」。

(二)「唐賽的姦」、消本、王本「唐賽兒姦」、李本、章本「唐賽兒的姦」。

(三)「殯」、消本、王本「葬」。

(四)「入」、消本「人」。

(五)「極妙」、李本「妙極」。

(六)「說」、消本、王本「道」。

【注】

逕來…真っ直ぐにやって来る。

『警世通言』第二十八巻「許宣唱個喏、逕來箭橋雙茶坊巷口、尋問白娘子家裏。」

喏…旧時、男性の挨拶の一つ。「喏《ロー》」と言いながらお辞儀をする。

『警世通言』第五巻「須臾、小廝喚到。穿一領蕪湖青布的道袍、生得果然淸秀。習慣了學堂中規矩、見了呂玉、朝上深深唱個喏。」

連日少會…久し振りである。挨拶の言葉。

『古今小説』第二十一巻「(戚漢老)『大郎、連日少會。』」

下顧…いらっしゃる。客人の来訪に対する敬語。

『西遊記』第十七回「茶罷、妖精欠伸道、『適有小簡奉啓、後日一敍。何老友今日就下顧也。』」

拿~姦…姦通を押さえる。

『水滸傳』第四十六回「石秀笑道、『……你又不曾拿得他眞姦、如何殺得人。……。』」

依得…従う。

『水滸傳』第二十一回「宋江道、『那兩件到都依得。……。』」

被頭…蒲団。

『二刻拍案驚奇』巻三十七「程宰聽罷、心裡想道、『……他若要擺佈着我、我便不起來、這被頭裡豈是躱得過的。……。』」

俟候…待つ。

『西遊記』第四十九回「菩薩教、『外面俟候。』」

得~着…手に入れる。

通家…一家のように親しい間柄である。

『拍案驚奇』巻二十一「次日、王部郎去拜了鄭遊擊、就當答拜了舍人。遂認爲通家、往來不絕。」

送殯…野辺の送りをする。

『金瓶梅詞話』第五十八回「齊香兒道、『俺每明日還要起早、往門外送殯去哩。』」

做道理…方法を考える。手を考える。

『拍案驚奇』巻之二「周少溪道、『……是你妹子、密地相認了、再做道理。不是妹子、睡他娘一晚、放他去罷。』」

打个暗號…暗号を送る。

『水滸傳』第六十一回「吳用道、『我再和你打箇暗號、若是我把頭來搖時、你便不可動彈。』」

大驚小怪…大げさに騒ぎ立てる。

『水滸傳』第十八回「(知府)就帶原解生辰綱的兩個虞候作眼拿人、一同何觀察領了一行人、去時不要大驚小怪、只恐怕走透了消息。」

替別人做飯…他人のために飯を作る。ここでは他人のために良い事をする、の意。

『水滸傳』第二十六回「老婆便道、『……他若回來、不問時便罷。却不留了西門慶面皮、做一碗飯却不好。』」

捉住…掴まえる。捉える。

『西遊記』第四十三回「妖怪道、『他有一個長嘴的和尙、喚做個猪八戒、我也把他捉住了、要與唐和尙一同蒸吃。……。』」

縣裡…県の役所。

煩絮…くだくだしい。くどい。

『醒世恆言』第十三巻「話休煩絮。當下一行人到得廟中。廟官接見、宣疏拈香禮畢。」

【訳】

さて、馬綬は真っ直ぐに石麟街に来ると、陳林を訪ねました。と、遥か向こうに陳林が門口に立っているのが見えます。馬綬は前に進み寄って、陳林に深々と挨拶をしました。陳林は慌ててお辞儀を返すと、馬綬を中に招き入れて客座に座らせました。陳林は「お久し振りです。兄貴がおいで下さるとは、何のご用で。」と言いました。馬綬は皆が唐賽児の姦通現場を押さえようとして、陳林の家に身を落ち着けたがっている事を詳しく話しました。陳林は「委細承知しました。ただ、それは蒲団の中でしている事だし、おまけに沈の爺さんと婆さんがいるっていうのに、こちらは外野で手出しをするだけ、どうしてこのまま何道士がしでかすのを待てましょう。俺に考えがあります。王元椿が生きていた頃、俺と義兄弟の契りを結んで、あの家と行き来していました。王元椿が殺された時は、俺も野辺の送りをしました。明日、内の奴に賽児の様子を見に行かせましょう。もし何道士がいなけりゃそれまでの事、また別に方法を考えましょう。もしもいた時には合図します。俺達が一斉に押し入って、先ずあの家の表門を閉めましょう。むやみに騒ぎ立ててはだめですよ。みすみす他人にうまい汁を吸わせる事になってしまいます。奴らを捕まえてみて、思惑通りに行けば、それで良し。もしも言う事を聴かないようなら、二人を役所に突き出し、別に何事も無かったとしても、何かあったようにでっち上げてしまう。この案はいかがでしょう。」と言いました。馬綬は「それは名案。」と言いました。そこで二人は別れ、陳林は馬綬が門を出るところまで見送ると、すぐに妻の銭氏《せんし》にこの話をしようとしました。すると、銭氏は「あたしは屏風の後ろで全部聴いていたよ。ごちゃごちゃ言わなくていいよ。明日行けばいいんでしょ。」と言いました。こうして、その晩は過ぎました。

次日、陳林起來、買兩个暈(一)素盒子。錢氏就隨身打扮、不甚穿帶、也自防備。到時分、馬綏一起、前後各自來陳林家裡躱着。陳林就打發錢氏起身。是日、却好沈公下鄉去取帳、沈婆也不在。只見錢氏領着挑盒子的小廝在後、一逕來到賽兒門首。見沒人、悄悄的直走到臥房門口、正撞着賽兒與何道同坐在房裡說話。賽兒先看見、疾忙蹌(二)出來、迎着錢氏、廝見了。錢氏假做不曉得、也與何道萬福。何道慌(三)忙還禮。賽兒紅着臉、氣塞上來、舌滯聲澁、指着何道說(四)、「這个(五)是我嫡親的堂兄(六)、自幼出家、今日來望我。不想又起動老娘來。」正說話未了、只見一个小廝挑兩个盒子進來。錢氏對着賽兒說、「有幾个棗子、送來與娘子點茶。」就叫賽兒去出盒子、要先打發小廝回去。賽兒連忙去出盒子時、顧不得錢氏。被錢氏走到門首、見陳林把嘴一努(七)、仍又忙走入來。

【眉批】第三～四行
如何不関門。亦是踈處。想自恃其術成耳。

【校勘】
(一)「暈」、消本、王本、李本、章本「葷」、是なり。
(二)「蹌」、消本「碒」、王本「搶」。音義同じ。

（三）「慌」、消本、王本「連」。
（四）「說」、消本、王本「說道」。
（五）「个」、消本、王本無し。
（六）「兄」、消本「兒」。
（七）「弩」、章本「努」。音義同じ。

【注】

暈（葷）素…生臭物と精進物（ここでは果物などを指す）。
『西遊記』第六十二回「光祿寺即時備了葷素兩樣筵席。」

盒子…料理を入れた贈り物の箱。
『金瓶梅詞話』第七回「婦人安排酒飯、與薛嫂兒正吃着、只見他姑娘家使了小廝安童、盒子裏跨着鄉裏來的四塊黃米麵棗兒糕、兩塊糖、幾個艾窩窩、就來問……。」

隨身…いつもの。普段の。
『水滸傳』第六十二回「且說石秀只帶自己隨身衣服、來到北京城外。」

穿帶…着物を着る。
『拍案驚奇』卷二十「衆人異口同聲讚歎劉公盛德。李春郎出其不意、却待推遜、劉元普那裏肯從、便親手將新郎衣巾、與他穿帶了。」

下鄉…田舍へ行く。

『三國演義』第十六回「時夏侯惇所領青州之兵、乘勢下鄉劫掠人家、平虜校尉于禁卽將本部軍于路勦殺、安撫鄉民。」

取帳…借金を取り立てる。

『警世通言』第三十八巻「一日、張二官人早起、分付虞候收拾行李、要往德淸取帳。」

臥房…寝室。

『拍案驚奇』巻十七「(知觀)密叫道童打聽吳氏臥房、見說與兒子同房歇宿、有丫鬟相伴、思量不好竟自闖得進去。」

疾忙…急いで。

『三國演義』第一百二回「敗兵飛奔報入北原寨内、郭淮聞軍糧被劫、疾忙引軍來救。」

蹌…急いで早足で行く。

『警世通言』第十一巻「鄭氏不知利害、逕蹌上船。」

廝見…会う。対面する。

『金瓶梅詞話』第三回「兩個廝見了、來到王婆房裏坐下、取過生活來縫。」

萬福…女性の挨拶の一つ。両手で軽くこぶしを作り、胸の右下側で重ねて上下に動かし、「万福《ワンフー》」と言いながらお辞儀をする。

『拍案驚奇』巻之二「那娼妓却笑容可鞠、佯佯地道了个萬福。」

『二刻拍案驚奇』巻三十三「偶然那一日獨自在書房中歇宿、時已黃昏人定、忽聞得叩門之聲。起來開看、只見一个女子閃將入來、含顰萬福道、『妾東家之女也。……。』」

澁…滑りが悪いこと。

『古今小説』第二巻「(孟夫人) 上前相見時、(梁尚賓) 跪拜應答、眼見得禮貌粗疏、語言澁滯。」

嫡親…父方の肉親。

『拍案驚奇』巻三十三「天瑞道、『小生嫡親的兄弟兩口、當日離家時節、哥哥立了兩紙合同文書、哥哥收一紙、
小生收一紙。……。』」

堂兄…父方の祖父を同じくする従兄。

『拍案驚奇』巻十九「(謝小娥) 又聽得他說有個堂兄弟、叫做二官人、在隔江獨樹浦居住。」

起動…手数をかける。面倒をかける。

『金瓶梅詞話』第三回「王婆道、『旣是娘子肯作成、老身膽大、只是明日起動娘子到寒家則個。』」

顧不得…構っていられない。配慮する余裕が無い。

『拍案驚奇』巻十六「燦若又哽咽了一回、疾忙叫沈文僱船回家去、也顧不得他事了。」

把嘴一努…口を突き出して合図する。「努」は突き出すこと。

『警世通言』第一巻「伯牙全無客禮、把嘴向樵夫一努道、『你且坐了。』」


【訳】

次の日、陳林は起きると、生臭物と精進物の二箱を買いました。銭氏もいつもの格好で、大して着飾ったりはせず、やはり用心しました。その時になると、馬綏ら一味は、それぞれ前後してやって来て陳林の家に身を隠しました。陳林はすぐに銭氏を行かせます。この日は、丁度沈爺さんが田舎へ取り立てに行っており、沈婆さんも留守でした。銭

氏が箱を担いだ小者を後ろに従えて、真っ直ぐに賽児の表門に行きました。人がいないのを見て、こっそりと寝室の入り口に直行すると、正に賽児が何道士と一緒に座って部屋で話をしているところにぶつかりました。賽児が先に気が付き、慌てて小走りに出て来ると、銭氏を迎えて挨拶しました。銭氏はわざと何も知らない振りをして、何道士にも「万福。」と挨拶します。何道士も急いで挨拶を返しました。賽児は顔は赤くなるわ、息はつまって来るわ、舌はもつれ声はかすれるわ、という有様ながらも、何道士を指さして、「こちらは私の父方の従兄で、小さい時出家していて、今日は私に会いに来てくれたのよ。まさか奥さんまでわざわざいらして下さるなんて思いませんでしたわ。」と言いました。その言葉が終わらぬ内に、一人の小者が箱を二つ担いで入って来ました。銭氏は賽児に向かって、「棗が少しあったから、奥さんのお茶菓子にお届けします。」と言いました。そして、賽児に箱を取り出させ、先ず小者を帰そうとしました。賽児は急いで箱を取り出している最中でしたので、銭氏の相手をする余裕などありません。銭氏は表門まで走ると、陳林を見付けて唇を突き出して合図をし、そしてまた大急ぎで中に戻りました。

【眉批】
どうして門を閉めないのだ。やはり迂闊なところだ。思うにその術が完成したので高を括っているのだろう。

陳林就招呼衆人、一齊趕入賽兒家裡、拴(一)上門。正要拿何道與賽兒、不曉得他兩个妖術已成、都遁去了。那一夥人眼花撩亂、倒把錢氏拿住、口裡叫(二)道、「快拿索子來。先綑了這淫婦。」就採(三)

倒在地下。只見是个婦人、那里曉得是錢氏。元來衆人從來不認得錢氏、只早晨見得一見、也不認得眞。錢氏在地喊叫起來説、「我是陳林的妻子。」陳林慌忙分開人、叫道、「不是。」(四)扯得起來時、已自旋得(五)蓬頭亂鬼了。衆人喫一驚、叫道、「不是着鬼。明明的看見賽兒與何道在這里、如何就不見了。」元來他兩个有化身法。衆人不看見他、他兩个明明看衆人亂竄、只是暗笑。

【眉批】第三行
錯認可爲笑資。
第六行
只如此足樂矣。何爲思亂。

【校勘】
(一)「拴」、消本、王本「打」。
(二)「叫」、王本「喝」。
(三)「採」、章本「踩」。
(四)「扯」、李本「蓬」。
(五)「蓬」、消本「逢」。

【注】

招呼…指図する。合図する。

『三國演義』第八十四回「蜀祭酒程畿、匹馬奔至江邊、招呼水軍赴敵。」

眼花撩亂…目が眩む。

『警世通言』第二十四巻「公子看得眼花撩亂、心内躊躇、不知那是一秤金的門。」

綑…縛る。

『拍案驚奇』巻十九「開了房門、申春鼾聲如雷、還在睡夢。衆人把索子綑住。」

揪…掴む。

『拍案驚奇』巻十三「(嚴公) 關上了門、揪了他兒子頭髮、硬着心、做勢要打。」

喊叫…喚く。

『西遊記』第三十九回「氣得沙和尚爆燥如雷、猪八戒高聲喊叫、埋怨行者是一個急猴子。」

分開…掻き分ける。押し分ける。

『水滸傳』第三十六回「宋江分開人叢、也挨入去看時、却原來是一個使鎗棒賣膏藥的。」

已自…既に。

『拍案驚奇』巻十七「吳氏道、『我今已自悔、故與你說過。……。』」

蓬頭…髪が乱れてばさばさなこと。

『西遊記』第六十九回「只見那半空裡閃出一個妖精。你看他怎生模樣、……豹皮裙子腰間繫、赤脚蓬頭若鬼形。」

着鬼…物の怪に取り憑かれる。

『警世通言』第三十巻「老兒大驚道、『如此說、我兒着鬼了。二位有何良計可以相救。』」

【訳】

陳林がみんなに指図すると、一斉に賽児の家になだれ込んで、門を閉めました。正に何道士と賽児を捕まえようとしたところ、彼ら二人の妖術はもう完成していて、二人とも逃げていたとは思いもよりませんでした。かの一群の者どもは目が眩んで、あべこべに銭氏を捕まえると、「早く縄を持って来い。先ずこの淫婦から括ってしまえ。」と叫びながら、地べたに引っ張り倒しました。女だとは分かりましたが、これが銭氏だとはどうして見分けがつきましょう。元々一味はそれまで銭氏とは面識が無く、早朝にちょっと見掛けただけで、それもしっかりと見た訳ではありませんでした。銭氏は地べたで大声を張り上げながら、「あたしゃ陳林の女房だよ。」と喚きます。陳林は慌てて人を掻き分け、「違うぞ。」と叫びました。引っ張り起こした時には、もう引きずり回されてざんばら髪の幽霊のようになっていました。一味はびっくりして「幽霊が取り憑いたんだろうか。賽児と何道士がここにいたのをちゃんと見たってのに、何で見えなくなっちまったんだろう。」と騒ぎました。元々あの二人には化身の術がありました。一味には見えませんが、二人には一味が慌てふためくのがちゃんと見えており、陰でほくそ笑んでいました。

【眉批】

見誤るとは、お笑い草だ。

このような事だけで楽しむに足る。どうして反乱を思ったりするのか。

牛小春說道、「我們一齊各處去搜。」前前後後、搜到厨下、先拿住董天然、柴房裡又拿得王小玉。將條索子縛了、吊在房門前柱子上、問道、「你兩个是甚麼人。」董天然說、「我兩个是何師傅(一)的家人。」又道、「你快說、何道、賽兒躲在那里。直直說、不關你事。若不說時、送你兩个到官。你自去拷打。」董天然說、「我們只在厨下伏侍、如何得知前面的事。」衆人又說道、「也沒處去、眼見得只躲在家裡。」小牛說、「我見房側邊有个黑暗的閣兒、莫不兩个躲在高處。待我掇梯子扒上去看。」何正寅聽得小牛要扒上閣兒來、就拿根短棍子、先伏在閣子黑地裡等。小牛掇(二)得梯子來、步着閣兒口(三)、走(四)不到梯子兩格上、正寅照小牛頭上一棍打下來。小牛兒打昏暈了、就從梯子上倒跌(五)下來。正寅走去空處立了看。小牛兒醒轉來、叫道、「不好了、有鬼。」衆人扶起小牛來看時、見他血流滿面、說道、「梯子又不高、扒得兩格、怎麼就跌得這樣兇。」小牛說(六)、「却好扒得兩格梯子上、不知那里打一棍子在頭上、又不見人、却不是作怪。」衆人也沒做道理處。

【眉批】第九行

亦耍得趣。

【校勘】
(一)「傅」、消本「付」。
(二)「得」、王本無し。
(三)「口」、王本「且」。
(四)「走不」、王本「且走」。
(五)「下」、消本「不」(右横に「下」字の加筆有り)。
(六)「牛」、王本「春」。

【注】

前前後後…あちこち。

『警世通言』第二十八卷「衆公人要王主人尋白娘子、前前後後、遍尋不見。」

柴房…薪小屋。

『古今小說』第十四卷「一日、陳摶下九石巖、數月不歸、道士疑他往別處去了。後於柴房中、忽見一物。近前看之、乃先生也。」

官…役所。

『拍案驚奇』卷之二「那休寧縣李知縣、行提一干人犯到官、當堂審問時、你推我、我推你。」

拷打…拷問する。

『拍案驚奇』卷十九「太守見金帛滿庭、知盜情是實。把申春嚴刑拷打、蘭氏亦加桚指、都抵賴不得、一一招了。」

閣兒…屋根裏や中二階など、上に登った所にある小部屋。

『拍案驚奇』巻二十九「惜惜道、『奴家臥房在這閣兒上、是我家中落末一層、與前面隔絶。……。』」

莫不…まさか~ではあるまい。多分~だろう。

『水滸傳』第五十三回「戴宗尋思道、『莫不公孫勝也在那裏。』」

掇…（椅子などを）両手で持って来る。

『金瓶梅詞話』第十三回「這西門慶掇過一張卓櫈來踏着、暗暗扒過牆來、這邊已安下梯子。」

扒…よじ登る。

『醒世恆言』第十三巻「大尉夫人說道、『……且到晚間、着精細家人、從屋上扒去、打探消息、便有分曉、也不要錯怪了人。』」

格…~段。助数詞。

昏暈…気が遠くなる。くらくらする。

『警世通言』第三十三巻「安撫叫左右將高氏等四人各打二十下、都打得昏暈復醒。」

跌…落ちる。

『三國演義』第一百十六回「維轉怒、自折其弓、挺鎗趕來、戰馬前失、將維跌在地上、楊欣撥回馬、來殺姜維。」

醒轉…気が付く。

『醒世恆言』第二十巻「與他下了索子、燒起熱湯灌了幾口、那孩子漸漸醒轉、嘔出許多清水。」

不好了…大変だ。偉い事だ。

『西遊記』第九十二回「其餘的丟了器械、近中廳、打着門叫、『大王、不好了。不好了。毛臉和尚在家裏打殺人了。』」

作怪…不思議だ。

『古今小説』第十五巻「王琇道、『作怪。』」

没倣道理處…どうしようも無い。

『水滸傳』第二十一回「宋江正没倣道理處、口裏只不做聲、肚裏好生進退不得。」

【訳】

牛小春は「みんな一斉にあらゆる所を捜すんだ。」と言いました。あっちに行ったりこっちに行ったりしながら、台所まで捜しに来て、先ず董天然を捕まえ、次いで薪小屋の中で王小玉を捕まえました。縄で縛って部屋の入り口の前の柱に吊すと、「お前ら二人は何者だ。」と尋ねます。董天然は「私ども二人は、何お師匠様の召使いです。」と答えました。更に「お前ら早く言え、何道士と賽児はどこに隠れたんだ。正直に言えば、お前らには関わらない。もし言わない時には、お前ら二人を役所に送り込んでやる。お前らは痛い目に遭うぞ。」と責めました。董天然は「私どもは台所で仕えていただけです。どうして表の事を知っておりましょうか。」と答えました。一味は「他に行く場所はねえんだから、明らかに家の中に隠れているんだがな。」と言いました。小牛は「俺は部屋の脇に暗い小部屋があるのを見たぞ。まさか二人は高い所に隠れているんじゃないだろうな。俺が梯子を持って来て登って見に行ってやる。」と言いました。何正寅は小牛が小部屋に登って来ると言うのを聞くと、すぐに短い棒を一本手にして、先に小部屋の暗がりに隠れて待ち伏せします。小牛が梯子を持って来て、小部屋の入り口に向かって、梯子を二段登り切らない内に、正寅が小牛の脳天めがけて棒を打ち下ろしました。小牛は殴られて気が遠くなり、梯子から倒れ落ちました。正寅は空いた所に立って見ています。小牛は気が付くと、「大変だ、幽霊がいる。」と叫びました。皆で小牛を助け起こしたところ、顔中血だらけなので、「梯子は高くねえし、二段登ったきりってえのに、どうしてこんなにひどく落ちたんだ。」と言います。小牛は「丁度二段登ったところで、どこからか分からんが棒で頭を殴られたんだ。人は見えなかったし、何とも不思議だ。」と言います。一味はどうしようもありませんでした。

【眉批】

またもやお笑い草だ。

錢氏說、「我見房裡床側首、空着一段、有兩扇紙風窓門。莫不是裡邉還有藏得身的去處。我領你們去搜一搜去看。」正寅聽得說、依先拿着棍子在這裡等。只見錢氏在前、陳林衆人在後、一齊走進來。(一)正寅又想道、「這花娘喫不得這一棍子。」等錢氏走近來、伸出那一隻長大的手來、撑起五指、照錢氏臉上一掌打將去。錢氏着這一掌、叫聲、「阿也、不好了。」(二)鼻子裡鮮血奔流出來、(三)眼睛(四)裡都是金圈兒、又得陳林在後面扶得住、不跌倒。陳林道、「却不作怪。我明明看見(五)一掌打來、又不見人。必然是這賊道有妖法的。不要只管在這里纏了、我們帶了這兩个小廝、逕送到縣裡去罷。」衆人說、「我們被活鬼弄這一日、肚裡也饑了。做些飯喫了去見官。」陳林道、「也說得是。」

訳注

【眉批】第六行
此話老成。

【校勘】
(一)「進」、王本「過」。
(二)「阿也」、王本「呵吓」。
(三)「奔」、王本「噴」。
(四)「睛」、消本「情」。
(五)「見」、消本、王本「人」。

【注】

側首…脇。傍ら。

『水滸傳』第六十二回「盧俊義轉過土牆側首、細問緣故。」

扇…~枚。戸や窓を数える助数詞。

風窓門…窓。

『平妖傳』第十六回「(胡員外)回身把風窓門關上、點得燈明了、壁爐上湯罐内沸沸的滾了。」

莫不是…きっと~に違いない。

『拍案驚奇』巻之一「(主人)喫了一驚道、『這是那一位客人的寶貨。昨日席上竝不曾見說起、莫不是不要賣的。』」

花娘…淫婦。売春婦。女性に対する罵語。
『金瓶梅詞話』第十二回「(金蓮)說道、『我不開。』這花娘遂羞訕滿面而回。」
喫不得…我慢出来ない。耐えられない。
『警世通言』第十三卷「迎兒喫不得這廝罵、把裙兒繫了腰、一程走來小孫押司家中。」
撑起…ぱっと広げる。
『拍案驚奇』卷二十二「七郎同老母進寺隨喜、從人撑起傘蓋跟後。」
照…めがける。
『西遊記』第二十七回「行者認得他是妖精、更不理論、舉棒照頭便打。」
掌…〜回。平手打ちの回数を数える助数詞。
金圈兒…目から火が出る、と言う時の目にちらつく火花。
活鬼…生きている幽霊。
『西湖二集』第二十二卷「死鬼戀生人、生人貪活鬼。死鬼尚有情、無情不如鬼。」

【訳】

銭氏が「あたしは部屋の床《とこ》の脇の、空いている所に、障子窓が二枚あるのを見たよ。きっと中にまだ身を隠す所があるに違いないわ。あたし、あんた達を連れてちょっと捜してみるわ。」と言いました。正寅はこれを聞くと、前と同じように棒を持ってそこで待ち伏せします。銭氏が前になり、陳林らが後ろになって、一緒に入って来ました。正寅は「このあまじゃこの棒に耐えられまい。」と思い、銭氏が近づいて来るのを待ち構えて、かの長大な手を伸ばすと、五本の指をぱっと広げ、銭氏の顔めがけて一発平手打ちを食らわしました。銭氏はこの一発で、「あれぇ、やられた。」と悲鳴を上げました。鼻から鮮血がほとばしり、両目からは火花がちかちか出ましたが、陳林が後ろで支えていたので、倒れはしませんでした。陳林は「なんて不思議な事だ、俺ははっきり平手が来るのを見たって言うのに、やっぱり人は見えねえ。きっとあのくそ道士には妖術があるんだ。ここでぐずぐずしてても始まらねえ、俺達、この二人の小者を連れて、さっそく役所に行こうぜ。」と言いました。一味は「俺達生きた幽霊に今日一日弄ばれて、腹も減っちまった。飯を食ってから役所へ行きやしょう。」と言うと、陳林は「それもそうだな。」と答えました。

【眉批】
この話は穏当だ。

錢氏帶着疼、就在房裡打米出來、去厨下做飯。石丟兒說、(一)(二)「小牛喫打壞了、我去做。」走到厨下、看見風爐子邊、有兩罈好酒在那里。又看見幾隻雞在灶前、丟兒又說道、「且殺了喫。」這里方要淘米做飯、且說賽兒對正寅說、「你耍了兩次、我只文(三)耍一耍。」正寅說、「怎麼叫做文耍。(四)」賽兒說、「我做出你看。」石丟兒一頭燒着火、錢氏做飯、一頭拿兩隻雞來殺了、破洗了、放在鍋裡煮。那飯也却(五)好將次熟了、賽兒就扒些灰與雞糞放在飯鍋裡、攪得勻了、依先盖了鍋。雞在鍋裡(六)正滾得好、賽兒又挽幾杓水澆滅灶裡火。丟兒起去作用、(七)並不曉得灶底下的事。

【眉批】第二行
貪小害事。（八）

【校勘】
（一）「兒」、消本無し。
（二）「說」、消本、王本「說着」。
（三）「文」、消本、王本「又」。
（四）「文」、消本、王本「又」。
（五）「却」、王本「恰」。
（六）「正」、章本「且」。
（七）「用」、消本、王本「活」。
（八）「事」、李本「了」。

【注】
打…計って取り出す。
『西遊記』第五十六回「這老楊的兒子忙入裡面、叫起他妻來打米煮飯。」
風爐子…小さな炉。七輪。湯を沸かしたり、飯を炊いたりするのに使う。

『水滸傳』第二十四回「王婆只做不看見、只顧在茶局裏煽風爐子、不出來問茶。」

淘米…米を研ぐ。

『西遊記』第五十回「行者見他關了門、心中暗想、『這老賊纔說淘米下鍋、不知是虛是實。……。』」

文…穏やかに。上品に。「武」に対する「文」。

『西遊記』第八十八回「行者聽見、一把扯住八戒道、『兄弟放斯文些、莫撒村埜。』」

燒着火…「焼火」は火を焚く。多く炊事に言う。

『拍案驚奇』卷十六「那婆娘當時就裸起雙袖、到灶下去燒火、又與他兩人量了些米、煮夜飯、……。」

將次…丁度。正に。

『拍案驚奇』卷之三「老婆子道、『他將次回來了、只勸官人莫惹事的好。』」

扒…掻き集める。

『西遊記』第十四回「悟空道、『你小時不曾在我面前扒柴。不曾在我臉上挑菜。』」

挽…掬う。

『楊家將演義』第四十四回「欲持忘憂除是酒、奈酒行欲盡愁無極。便挽江水入樽罍、澆胸臆。」

【訳】

銭氏は痛みがあるものの、すぐに部屋で米を量ると、台所で炊事をします。石丟児は、「小牛は殴られてやられちまったから、俺が行って作ろう。」と言います。台所に行くと、七輪の近くに佳い酒が二甕あるのを見付けました。更に鶏が数羽竈の前にいるのを見付けると、丟児は「ちょいと絞めて食っちまおう。」と言いました。こちらではようやく米を研いで食事を作ろうとしましたが、さて、賽児は正寅に向かい、「あなたは二回からかったから、私は少し穏やかにからかってやりましょう。」と言いました。正寅は「穏やかにって、どうやるんだい。」と尋ねます。賽児は「私がする事をあなたは見てて。」と言いました。石丟児は火を起こして、銭氏が飯を炊きながら、一方では鶏を二羽絞めてさばいて洗い、鍋に入れて煮ます。飯がもうすぐ炊き上がろうという頃、賽児は灰と鶏糞を少し掻き集めて、釜の中に投げ入れ、満遍なく掻き混ぜると、元通り釜に蓋をしました。鶏は鍋の中で丁度煮立っていましたが、賽児は柄杓で何杯か水を掛けて、竈の火を消しました。丟児は用事をしに立ち去っていたので、竈の下の事には少しも気付きませんでした。

【眉批】

些細な利益を貪って、物事をだめにした。

此時衆人也有在堂前坐的、也有在房裡尋東西出來的、丟兒就把這兩罈好酒提出來、開了泥頭、就兜一碗好酒先敬陳林喫。陳林說、「衆位都不曾喫、我如何先喫。」丟兒說、「老兄先嘗一嘗、隨後又敬。」陳林喫過了。丟兒又兜一碗送馬綬喫、陳林說（一）、「你也喫一碗。」丟兒又傾一碗、正要喫時、被賽兒劈（二）手打一下、連碗都打壞。賽兒就走一遭。三个人說道、「作怪。就是這賊道（三）的妖法。」三个說、「不要喫了、畱這酒待衆人來同喫。」衆人看不見賽兒、賽兒又去房裡拿出一个夜壺來、每罈裡傾半壷尿在酒裡、依先蓋了罈頭。衆人也不曉得。

【眉批】第四行
趣。

【校勘】
（一）「說」、章本「叫」。
（二）「髈」、消本「膀」。
（三）「道」、王本「盜」。

【注】

泥頭…酒甕の口を密封している泥。

『水滸傳』第三十八回「酒保取過兩樽玉壺春酒、此是江州有名的上色好酒、開了泥頭。」

兜…汲む。

『水滸傳』第十六回「一個客人把錢還他、一個客人便去揭開桶蓋、兜了一瓢、拿上便吃。」

傾…つぐ。

『水滸傳』第三十二回「店主人却捧出一尊青花甕酒來、開了泥頭、傾在一箇大白盆裏。」

剪手…さっと。すぐさま動く様子。

『古今小説』第一巻「婆子把珍珠之類、剪手奪將過來、忙忙的包了、……。」

夜壷…溲瓶《しびん》。

『十二樓』「生我樓」第二回「俗語四句道得好。鸞刀撞着瓢切菜、夜壺合着油瓶蓋。世間棄物不嫌多。酸酒也堪充醋賣。」


【訳】

この時、一味は表座敷で座っている者もいれば、部屋で物を漁っている者もおり、丟児はかの佳い酒を二甕提げて来ると、蓋を開けて酒を一杯汲み、先ずは陳林に献杯しました。陳林は「諸君が皆まだ飲んでいないのに、どうして俺が先に飲めるんだい。」と言いました。丟児が「兄貴が先に口をつけてくれれば、また後で酒を勧めますから。」と言うと、陳林は飲み終えました。丟児が更に一杯汲んで馬綏に飲ませると、陳林が「お前も一杯飲め。」と言うので、丟児は一杯ついで飲もうとしたその時、賽児にさっと打ち落とされ、碗までも壊されてしまいました。賽児はすぐに隅に逃げました。三人は「不思議だ。まさしくくそ道士の妖術だ。」と言いました。三人は「飲むな、この酒は残しておいて皆が来るのを待って一緒に飲もう。」と言います。一味には賽児が見えないので、賽児は今度は部屋の中から溲瓶を一つ取って来て、二つの甕の中に小便を半分ずつ酒の中についで、元通りに甕に蓋をしました。一味には誰も分かりませんでした。


【眉批】

面白い。

衆人又說道、「雞想必好了、且撈起來、切來喫酒。」丟兒揭(一)開鍋盖看時、這雞還是半生半熟、鍋裡湯也不滾。衆人都來埋怨丟兒說、「你不管灶裡、故此雞也(二)煮不熟。」丟兒說、「我燒滾了一會、又添許多柴、熁(三)得好了纔去。不曉得怎麽不滾。」低(四)倒頭去張灶裡時、里(五)洞洞都是水、那里有个火種。丟兒說、「那个把水澆滅了灶裡火。」衆人說道、「終不然是我們夥裡人、必是這賊道、又弄神通。我們且把厨裡(六)見成下飯、切些去喫酒罷。」衆人依次坐定、丟兒拿兩把(七)酒壷出來裝酒。不開罈罷了、開來時滿罈都是尿騷臭的(八)酒。陳林說、「我們三个喫時、是噴香的好酒、如何是恁的。必然那个來偷喫、見淺了、心慌撩亂、錯拿尿做水、倒在罈裡。」

【校勘】

（一）「揭」、王本「挐」。

（二）「也」、李本無し。

（三）「熁」、消本、王本「灼」、章本「着」。

（四）「低」、李本「底」。

（五）「里」、消本、王本、章本「黑」、是なり。

（六）「見」、王本「現」。音義同じ。
（七）「兩」、消本、王本「了」。
（八）「的」、王本無し。

【注】

撈起來…取り出す。
『醒世恆言』第二十六卷「元來做鮓的、最要刀快、將魚切得雪片也似薄薄的、略在滾水裏面一轉、便撈起來、加上椒料、潑上香油、自然松脆鮮美。」

埋怨…怨む。
『水滸傳』第三十五回「衆人都埋怨燕順道、『你如何不留他一留。』」

里（黑）洞洞…真っ暗。
『西遊記』第四十七回「幾個僮僕出來看時、這個黑洞洞的、即便點火把燈籠、一擁而至。」

見成…出来合いの。あり合わせの。
『警世通言』第三十四卷「王翁道、『彼此通家、就在家下喫些見成茶飯、不煩饋送。』」

裝酒…酒をつぐ。
『金瓶梅詞話』第三十三回「不想那日二搗鬼打聽他哥不在、大白日裝酒、和婦人喫醉了、倒插了門、在房裏幹事。」

騷臭…臭い匂い。
『封神演義』第二十五回「比干聞狐騷臭難當、暗暗切齒。」

噴香…香り高い。

『西遊記』第一回「門外奇花布錦、橋邊瑤草噴香。」

【訳】

一味はまた、「鶏がきっといい頃だろう、ちょっと取り出し少し切って一杯やろう。」と言いました。丟児が鍋の蓋を開けて見ると、この鶏はまだ生煮えで、鍋の中の湯も沸いていませんでした。一味は全員やって来て丟児を恨んで、「お前が竈を見ていないから、この鶏がまだ煮えていないんだ。」と言います。丟児は「俺は一度煮えたぎらせて薪をうんとくべて、しっかり火を起こしておいてから出たんだ。何で沸いてないのか分からねえ。」と言います。頭を低くして竈を覗いて見ると、中はすっかり水浸しで、どこに火種などありましょう。丟児は「誰かが水をまいて竈の火を消しちまったんだ。」と言います。皆は「どのみち俺達の仲間うちじゃなくって、きっとあのくそ道士がまたしても神通力を使いやがったんだろう。俺達、台所にある出来あいのおかずをちょっと取って来て、少し切って酒を飲もうぜ。」と言いました。一味は順番通りに座を決めると、丟児が二つの酒壺を持って来て酒をつぎます。甕を開けなければそれまでの事でしたが、開けて見ると、甕中小便臭い酒だったのです。陳林は「俺達三人が飲んだ時は、香りの佳い、うまい酒だったのに、何でこんな様なんだろう。きっと誰かが盗み飲みして減ったもんだから、慌てふためいて間違って小便と水とを取り違えて、甕に足したんだ。」と言いました。

衆人鬼斷鬧、賽兒、正寅兩个(一)看了只是笑。賽兒對正寅說、「兩个人被縛在柱(二)子上一日了、肚裡饑。趂衆人在(三)堂前、我拿些點心、下飯與他喫。又拿些碎銀子與兩个。」來到柱邊、傍着天然耳邊輕輕的說、「不要慌。若到官直說、不要賴了喫打。我自來救你。東西銀子、都在這里。」天然說、「全望(四)奶奶救命。」賽兒去了。

【校勘】

(一)「兩个」、王本無し。
(二)「柱」、李本「灶」。
(三)「在」、消本「不在」(「在」字は加筆)。
(四)「望」、王本「仗」。

【注】

鬼斷鬧…「鬼」は、むやみに、の意味。「斷鬧」はむやみに騒ぐ。もめる。
『金瓶梅詞話』第十一回「話說潘金蓮在家、恃寵生驕、顛寒作熱、鎮日夜不得個寧靜。性極多疑、專一聽籬察壁、尋些頭腦斷鬧。」

賴…分かっていても認めない。言い逃れをする。
『水滸傳』第七十三回「李逵道、『……你不要賴、早早把女兒送還老劉、倒有箇商量。……。』」

【訳】

一味がやたらに大騒ぎしているのを、賽児と正寅の二人は見て、ただ笑っています。賽児は正寅に向かい、「二人は柱に縛り付けられて一日になるから、お腹が空いていることでしょう。一味が表座敷にいるすきに、私、おやつやおかずを少し持って行って食べさせるわ。それと小粒銀を少々持って行って二人に上げましょう。」と言いました。柱の辺りに来ると、天然の耳元に近づいてそっと言います、「慌てないで。もし役所へ行ったら素直に言いなさい。言い逃れをして痛い目に遭ってはだめよ。私が勿論あなた達を助けに行くから。食べ物やお金はみんなこの中にあるわ。」天然が「万事奥様にお任せします。」と言うと、賽児は去りました。

衆人說、「酒便喫不得了、敗殺老興。且胡亂喫些飯罷。」丟兒厨下去盛飯、都是烏黑(一)臭的、聞也聞不得、那里喫得(二)。說道、「又着這賊道的手了。可恨這厮無禮(三)。被他兩个侮弄這一日。我們帶這兩个尿鱉送去縣裡、添差了人來拿人。」

【眉批】第三行

尿鱉二字新甚。以其爲道士之幸童也。

【校勘】

(一)「烏黒臭的」、消本「黑烏臭的」、王本「黑烏烏的」。

(二)「得」、消本、王本「的」。

(三)「禮」、消本、王本「理」。

【注】

敗殺老興…しらける。「敗」は損なうこと。「殺」は甚だしい。「敗興」は興がそがれる事を言う。

『西遊記』第四十四回「那道士笑道、『你這先生、怎麼説這等敗興的話。』行者道、『何爲敗興。』道士道、『你要化些齋吃、却不是敗興。』」

着~手…してやられる。

『水滸傳』第三十一回「這四箇男女於路上自言自説道、『看這漢子一身血跡、却是那裏來。莫不做賊着了手來。』」

屎鱉…男色。陰間。『支那小説辭彙』(秋水園主人著、一七八四年)に「男色ヲ罵ル辭」とある。

幸童…男色の相手となる童。陰間。

『西遊記』第十六回「老僧喜喜歡歡、着幸童將袈裟拿進去、却分付衆僧、將前面禪堂掃淨、取兩張藤床、安設鋪蓋、請二位老爺安歇。」

【訳】

一味は「酒が飲めなくなって、すっかりしらけちまった。一先ず適当に飯を食おう。」と言いました。丟児は台所に行って飯を盛りましたが、すっかり真っ黒焦げで、臭くて匂いを嗅ごうにも嗅げず、何で食べられましょう。「またしても、あのくそ道士にしてやられた。あいつの無礼は憎たらしい。奴ら二人に今日一日虚仮《こけ》にされるとはな。俺達この二人の陰間野郎を役所に連れて行って、もっと人手をよこしてもらって捕まえようぜ。」と言いました。

【眉批】

「尿鱉」の二字は新奇だ。これで道士の男色相手の少年を指したのだ。

一起人開了門走出去。只因裡面嚷得多時了、外邉（一）曉得是捉奸、看的老幼男婦、立滿在街上。只見人叢裡縛着兩个俊俏後生、又見陳林妻子跟在後頭、只道是了、一齊拾起磚頭土塊（二）來、口裡喊着、望錢氏、兩个道童亂打將來。那時那里分得淸潔。錢氏喫（三）打得頭開額破。（四）救得脫、一道烟逃走去了。

【眉批】第二～三行

又錯認、可笑。

【校勘】

（一）「邉」、消本、王本「面」。
（二）「土」、消本「士」。
（三）「喫」、消本、王本「被」。
（四）「救得脫」、王本「要去拿打的人」。

【注】

嚷…大騒ぎする。
『二刻拍案驚奇』巻二十五「鄭蕊珠負極叫喊『救人』、怎當得上邉人拏住徐達、你長我短、嚷得一个不耐煩。」

捉奸…姦通の現場を押さえる。
『拍案驚奇』巻二十九「只見楊老媽走來、慌張道、『孺人知道麼。小官人被羅家捉姦、送在牢中去了。』」

立滿…群がる。立ち塞がる。
『水滸傳』第三十五回「酒保又見伴當們都立滿在壚邉、酒保却去看着那個公人模樣的客人道、……。」

人叢…人込み。人の群れ。
『水滸傳』第四十回「只見那人叢裏、那個黑大漢輪兩把板斧、一昧地砍將來。」

俊俏後生…美しい若者。可愛らしい若者。美少年。
『警世通言』第二十八卷「俺今日且說一個俊俏後生、只因遊翫西湖、遇着兩個婦人、直惹得幾處州城、鬧動了花街柳巷。」

只道…（てっきり〜と）思い込む。（〜と）する。

『水滸傳』第十五回「吳用道、『我只道你們弟兄心志不堅、原來眞個惜客好義。……。』」

訳注

磚頭…煉瓦のかけら。

『二刻拍案驚奇』巻十五「徽商忙叫小二掌火來看、只見一張臥床、壓得四脚多折、滿床盡是磚頭泥土、元來那一

垜墻走了。」

道童…子供の道士。

『警世通言』第四十巻「忽一日、道童來報、有一少年子弟、豐姿美貌、衣冠俊偉、來謁眞君。」

清潔…はっきりしている。明白である。

『醒世恆言』第十六巻「壽兒被太守句句道着心事、不覺面上一回紅、一回白、口内如吃子一般、半個字也說不清

潔。」

額破…額が裂ける。

『水滸全傳』第九十五回「喬道淸看宋軍時、打得頭損額破、眼瞎鼻歪、踏着氷塊、便滑一跌。」

救得脫…災難から助け出す。

『三國演義』第七回「却說孫堅被劉表圍住、虧得程普、黃蓋、韓當三將死救得脫、折兵大半。」

【訳】

一味は門を開けて出て行きました。家の中で長い間大騒ぎしていたので、外では姦通の現場を押さえたものと思い、見物に来た老若男女が通りに群がっていました。人込みの中に縛られた二人の可愛らしい若者が見え、続いて陳林の妻が後ろにいるのが見えたので、てっきりそうだと思い込み、一斉に煉瓦のかけらや土くれを拾い上げると、口々に

叫びながら、銭氏と二人の若い道士めがけてめったやたらに打ち付けました。そんな時にどうしてはっきりと見分けがつきましょう。銭氏は一撃を食らって頭も額も裂けてしまいました。一味は銭氏を助け出すと、あっという間に逃げ去って行きました。

【眉批】

またもや見誤るとは、お笑い草だ。

一行人離了石麟街、逕往（一）縣前來、正（二）値相公坐晚堂點卯。衆人等點了卯、一齊跪過去（三）、禀知縣相公。從沈公做脚、賽兒、正寅通姦、妖法惑衆、擾害地方情由、說了一遍。「兩个正犯脱（四）逃、只拿得爲從的兩个、董天然、王小玉、送在這里。」知縣相公就問董天然兩个道、「你直說、我不（五）拷打你。」董天然答應道、「不須拷打。小人只直說、不敢隱情（六）。」備細都招了。知縣對衆人說、「這姦夫淫婦還躱在家裡。」就差兵快頭呂山、夏盛兩个、帶領一千餘人、押着這一干人、認拿正犯。兩个小斷、權且收監。

【眉批】第二～四行

怎見得便擾害地方。惟其逼之擾害、乃不得不然耳。大凡致亂之始皆然。

第五～六行
知縣亦多事。

【校勘】
(一)「徃」、王本「望」。
(二)「正」、消本、王本「恰」。
(三)「去」、王本「倶」。
(四)「脱逃」、消本、王本、李本「逃脱」。
(五)「我」、消本「來」(加筆)。
(六)「情」、王本「瞞」。

【注】
晩堂…午後の役所仕事。
『拍案驚奇』巻之十「吳太守方坐晩堂、一行人就將息詞呈上。」
點卯…(役所で属官を集合させて)点呼すること。
『二刻拍案驚奇』巻十五「吏部點卯過、撥出在韓侍郎門下辦事效勞。」
稟…申し上げる。
『古今小説』第十八巻「王國雄便跪下去、將王興所言事情、稟了一遍。」

通姦…姦通する。

『水滸傳』第三十二回「武松答道、『……後因嫂嫂不仁、與西門慶通姦、藥死了我先兄武大。……。』」

擾害…騒がせ迷惑をかける。攪乱する。

『水滸傳』第八十六回「解珍、解寶便答道、『俺哥哥以忠義爲主、誓不擾害善良、單殺濫官酷吏、倚强凌弱之人。』」

情由…事情。

『水滸傳』第六十九回「程太守看了大罵道、『……快招你的情由、宋江敎你來怎地。』」

正犯…共犯者の主犯。正犯。

『水滸傳』第十一回「州尹大驚、隨即押了公文帖、仰緝捕人員、將帶做公的、沿鄉歷邑、道店村坊、畫影圖形、出三千貫信賞錢、捉拿正犯林冲。」

脱逃…脱走する。逃走する。

『拍案驚奇』卷三十六「縣令道、『……。你恰恰這日下山、這里恰恰有脱逃被殺之女同在井中。天下有這樣凑巧的事。分明是殺人之盜、還要抵賴。』」

爲從的…従犯。首謀者を援助した者。

『醒世姻緣傳』第二十一回「却說那夥抄搶家事的兇徒、爲從的六個人與那十四個挃拉潑婦、都當時發落去了。」

隱情…隠し事をする。

『拍案驚奇』卷二十九「幼謙回母親道、『娘面前不敢隱情、實是與孩兒同學堂讀書的羅氏女近日所送。』」

招…自白する。

『水滸傳』第三十三回「那婦人聽了大怒、指着宋江罵道、『這等頑皮賴骨、不打如何肯招。』」

訳注

帯領…率いる。引率する。
『水滸傳』第十九回「且說何濤竝捕盜巡檢帶領官兵漸近石碣村、但見河埠有船、盡數奪了、便使會水的官兵且下船裏進發、岸上人馬、船騎相迎、水陸竝進。」

押着…引っ立てる。
『警世通言』第二十八巻「許宣痛哭一場、拜別姐夫、姐姐、帶上行枷、兩個防送人押着、離了杭州、到東新橋、下了航船。」

監…牢。牢獄。
『二刻拍案驚奇』巻三十三「郡中准詞、差人捕他到官、未及訊問、且送在監裏。」

【訳】

一行は石麟街を離れて、真っ直ぐに県衙の前までやって来ると、丁度知県が役所にやって来て点呼をとっているところでした。皆は点呼が終わるのを待ってから一斉に跪き、知県に申し上げました。沈爺さんの手引きの事から、賽児と正寅の姦通、妖術で大勢をたぶらかし、当地を掻き乱した事情までを一通り話しました。「主犯の二人は逃げてしまいましたが、董天然と王小玉の従犯二人を引っ捕らえて、こちらに連れて参りました。」知県はそこで董天然ら二人に、「正直に申せ、そうすれば痛め付けたりはしないぞ。」と言いました。董天然は「痛め付けるには及びません。正直に申し上げます。隠し立てなど致しません。」と答え、事細かに白状しました。知県は皆に向かって「間男と淫婦は、まだ家の中に隠れておるであろう。」と言い、すぐさま捕り手頭の呂山《りょざん》と夏盛《かせい》の二人を差し向けて、千人余りを引き連れ、一行を押し立てて、主犯を確認して捕らえようとしました。二人の小者は一先ず獄に繋がれました。

【眉批】

どうしてこの地を（賽児らが）掻き乱す事になると分かろうか。（陳林一味が賽児らに）強いて攪乱させたからこそ、そうならざるを得なくなったのだ。およそ乱の起こりとはそのようなものである。

知県もまた余計な仕事の多い事だ。

呂山領了相公台旨、出得縣門時、已是一更時分。與衆人商議道、「雖是相公立等的公事、這等烏（一）天黒地、去（二）那里敲門打戸、驚覺他、他又要遁了去、怎生回相公的話。不若我們且不要驚動他、去他門外埋伏。等待天明了拿他。」衆人道、「說得是。」又請呂山兩个到熟的飯舗裡賒些酒飯喫了、都到賽兒門首埋伏。連沈公也不驚動他、怕走了消息。

【校勘】

（一）「烏」、消本「昏」（加筆）。

（二）「去」、王本無し。

【注】

台旨…上からの命令。言い付け。

『水滸傳』第十三回「兩個都頭領了台旨、各自回歸、點了本管土兵、分投自去巡察。」

一更時分…一更（夜の八～十時の間）の頃合い。初更。

『水滸傳』第五十二回「且說楊林、白勝引人離寨半里草坡内埋伏、等到一更時分、但見、……。」

商議…相談する。

『水滸傳』第二十五回「西門慶取銀子把與王婆、敎買棺材津送。就呼那婦人商議。」

立等…すぐに～するように待つ。今か今かと待ち望む。

『水滸傳』第五十一回「立等知縣差人把雷横捉拿到官、當廳責打、取了招狀、將具枷來枷了、押出去號令示衆。」

公事…訴訟事件。

『水滸傳』第二十一回「但有些公事去告宋江、也落得幾貫錢使。」

烏天黒地…天地共に暗いさま。

『南村輟耕錄』第十九巻「又歌曰、奉使來時驚天動地、奉使去時烏天黑地、官吏都懽天喜地、百姓却啼天哭地。」

敲門打戸…人の家の戸を叩く。

『拍案驚奇』巻十二「二客道、『蔣兄慣是莽撞、借這裏只躲躲雨便了、知是甚麼人家。便去敲門打戶。』」

驚覺…びっくりして気が付く。

『拍案驚奇』巻二十「那時裴安卿聽得喧嚷、在睡夢中驚覺、連忙起來、早已有人報知。」

回～話…返事をする。（目上に対して）申し述べる。

『醒世恒言』第二十巻「且説楊洪一班、押張權到了府中。侯爺在堂立等回話。」

埋伏…待ち伏せ。

『二刻拍案驚奇』巻二十五「(徐達) 只得招道、『……曉得嫁與謝家、謀做了婚筵茶酒、預先約會了兩个同伴、埋伏在後門了。……。』」

飯舗…(小規模の) 食堂。飯屋。

『三俠五義』第四回「一日、包公與包興暗暗進了定遠縣、找了個飯舗打尖。」

消息…秘密。

『醒世恒言』第二十巻「趙昂恐走漏了消息、被丈人知得、忍着氣依原餽送。」

【訳】

呂山が知県の命を受けて、県衙の門を出た時には、もう既に初更時分になっていました。そこで皆と相談して、「知県がお待ちかねの事件だが、こうも暗いと、向こうに行って戸を叩くと奴らに目を覚まさせるばかりで、奴らが逃げてしまったなら、どのようにして知県に報告出来ようか。差し当たり驚かせる事無く、門の外で待ち伏せするのが良いであろう。夜が明けてから奴らをひっ捕えるとしよう。」と言いました。一行は「ご尤もです。」と言いました。それから呂山ら二人を行きつけの飯屋に招いて付けで飲み食いしてから、挙《こぞ》って賽児の家の門口で待ち伏せしました。沈爺さんにすら気付かせなかったのは、秘密の漏洩を恐れていたからです。

且說姚虛玉、孟清兩个在廟、見說師傅有事、恰好走來打聽。賽兒見衆人已去、又見這兩个小斷、問得是正寅的人、放他進來。把門關了(一)、且去收拾房裡。一个收拾厨下、做飯喫了。對正寅說、「這起(二)男女去縣裏了、必然差人來拿。我與你終不成坐待死。預先(三)打點在這里、等他那悔氣的來着毒手。」賽兒就把符呪、紙人馬、旗仗打點齊備了、兩个自去宿歇。直待(四)天明起來、梳洗(五)飯畢(六)了、叫孟清去開門。

【校勘】

(一)「了」、消本、王本「好」。
(二)「起」、王本「夥」。
(三)「先」、李本「算」。
(四)「待」、王本「等」。
(五)「洗」、消本「挽」。
(六)「畢了」、消本、王本「罷方」。

【注】

打聽…尋ねる。問う。
『醒世恆言』第十一卷「却說東坡此時尚未曾睡、且來打聽妹夫消息。」

起…まとまりを成した物を数える助数詞。

『金瓶梅詞話』第三十二回「西門慶被這起人纏不過、只得使玳安往後邊請李桂姐去。」

終不成…どうして～出来よう。

『水滸傳』第二十八回「武松道、『難得你兩箇送我到這裏了、終不成有害你之心。……。』」

預先…あらかじめ。前もって。

『水滸傳』第二十二回「衆公人都是和宋江好的、明知道這箇是預先開的門路、苦死不肯做冤家。」

齊備…完備している。揃っている。

『警世通言』第七卷「當下郡王鈞旨、分付都管、明日要去靈隱寺齋僧、可打點供食齊備。」

宿歇…夜を過ごす。

『金瓶梅詞話』第三十二回「單表潘金蓮、自從李瓶兒生了孩子、見西門慶常在他房宿歇、于是常懷嫉妒之心、每蓄不平之意。」

直待…～してから。

『二刻拍案驚奇』卷三十六「王甲道、『火光之下、看不明白。不知是銅是錫。是金是銀。直待天明、纔知分曉。』」


【訳】

さて、姚虚玉と孟清の二人は廟に居たのですが、師匠に事件が起こった事を聞き付けて、丁度詳しい事を尋ねに来たところでした。賽児は皆が既に去ったのを見、この二人の小者を目にして問い質してみると、正寅のお付きの者だと言うので、彼らを中に入れてやりました。賽児は門を閉めてから、とりあえず部屋を片付けに行きました。一人は台所を片付け、飯を作って（皆で）食べました。（賽児は）正寅に向かって、「あいつらが県のお役所に行って申し上げた以上、きっと人をよこして捕まえに来るわ。私達、どうして座したまま死を待つ事など出来ましょう。ここで先手を打って、不運な奴らが来るのを待って、ひどい目に遭わせてやりましょうよ。」と言いました。賽児はそこで符呪や紙の人馬、旗指物をすっかり準備し終え、二人は床に就きました。夜が明けるのを待ってから、髪を梳かして顔を洗い、食事が終わったところで、孟清に門を開けに行かせました。

孟清開得門、只見呂山那夥人一齊蹌入來。孟清見了、慌忙踅轉身、望裡面跑、口裡一頭叫。賽兒看見(一)兵快來拿人、嘻嘻的笑。拿出二三十紙人馬來、望空一撒、叫聲、「變。」只見紙人都變做彪形大漢、各執鎗刀、就裡面殺出來。又叫姚虚玉把小皂旗招動、只見一道黒氣、從屋裡捲出來。呂山兩个還不曉得、只管催人趕入來、早被黒氣遮了、不看見人。賽兒是王元椿教的、武藝儘去得、被賽兒一劍一个、都斫(三)下頭來。衆人見勢頭不好、都慌了、轉(四)身齊跑。前頭走的還跑了幾个、後頭走的反被前頭的拉住、一時跑不脫。賽兒說、「一不做、二不休。」隨手殺將去、也被正寅用棍打死了好幾个。又去追趕前頭跑得脫的、直喊殺過石麟橋去。

【校勘】

（一）「看」、王本無し。

(二)「望」、王本「往」。

(三)「斫」、消本、王本「砍」。

(四)「轉」、王本「便轉」。

【注】

趲轉…もと来た道を引き返す。

『水滸傳』第七十七回「這兩個引着些斷鎗折戟、敗殘軍馬、趲轉琳琅山躲避。」

一頭…～しながら。

『拍案驚奇』巻十一「天色昏黑、劉氏只得相別、一頭啼哭、取路回家。」

嘻嘻…にこにこ。くすくす。

『拍案驚奇』巻十七「道童嘻嘻的笑道、『這大娘倒會取笑。』」

彪形大漢…がっしりした大男。

『水滸傳』第七十三回「宋江看時、這夥人都是彪形大漢、跪在堂前告道、……。」

殺出來…「殺」は闘う。突き破る。

『水滸傳』第八十八回「聽的裏面雷聲高舉、四七二十八門一齊分開、變作一字長蛇之陣、便殺出來。」

皀旗…黒い旗。

『水滸傳』第五十二回「宋江帶劍縱馬出陣前、望見高廉軍中一簇皀旗。」

招動…揺り動かす。

『水滸傳』第三十五回「水面上見兩隻哨船、一隻船上把白旗招動、銅鑼響處、兩隻哨船一齊去了。」

去得…かなりのものである。

『古今小説』第一巻「原來三巧兒酒量儘去得、那婆子又是酒壺酒甕、喫起酒來、一發相投了、只恨會面之晩。」

斫…刀や斧などで切る。断ち切る。

『警世通言』第三十九巻「先生見了大怒、提起劍來、覷着女子頭便斫。」

勢頭…形勢。雲行き。

『三國演義』第三十九回「且說李典見勢頭不好、急奔回博望城時、火光中一軍攔住、當先大將、乃關雲長也。」

轉身…体の向きを変える。背を見せる。

『水滸傳』第三回「史進見了大怒、讐人相見、分外眼明。兩箇都頭見頭勢不好、轉身便走。」

跑不脱…脱走出来ない。逃げ切れない。「跑脱」は（その場を）逃げ延びる。

『水滸全傳』第一百六回「唐斌緊緊追趕、却被賊將耿文、薛贊雙出接住、被縻貹那廝跑脱去了。」

一不做、二不休…やるなら徹底的にやる。毒を食らわば皿まで。

『水滸傳』第三十一回「武松道、『一不做、二不休。殺了一百箇、也只是這一死。』」

隨手…手にまかせて。手当たり次第に。

『水滸傳』第四十回「知府道、『往常來的家書、却不曾有這個圖書來、只是隨手寫的。今番以定是圖書匣在手邊、就便印了這個圖書在封皮上。』」

追趕…追い掛ける。追い回す。

『三國演義』第一百四回「司馬懿知孔明死信已確、乃復引兵追趕。」

【訳】

孟清が門を開けると、呂山の一群が一斉になだれ込んで来ました。孟清はこれを見て大慌てで引き返し、叫び声を上げながら中へ駆け込んで来ました。賽児は捕り手が捉えにやって来たのを見て、くすくすと笑いました。それから二、三十枚の紙で出来た人馬を取り出し、空中にぱっと撒き散らして、「変われ。」と叫びました。見る見る紙人形全てが雲を突くような大男に変化し、各々鎗や刀を持つとすぐさま中の方から打って出て来ました。また、姚虚玉に小さな黒旗を打ち振らせたところ、忽ち一条の黒い気が、部屋の中から巻き起こりました。呂山ら二人はまだ気付いておらず、ひたすら人をせき立てて中に入らせましたが、とっくに黒い気に覆われてしまっていて、人が見えません。賽児は王元椿仕込みでしたので、武芸はかなりのものであり、賽児に一人一太刀食らわされると、皆首を切り落とされました。一群の者は形勢良からずと見るや、皆慌てふためき、身を翻して一斉に駆け出しました。先を行く者はまだ何人か逃げおおせましたが、後の者は逆に前に遮られて、すぐには逃げる事が出来ません。賽児は「毒を食らわば皿までよ。」と言うや否や、手当たり次第に殺しまくり、正寅の棍棒によっても何人もの者が殴り殺されました。更に前の方にいて逃げ切れた者をも追い立て、大声を上げながら石麟橋を越えて追って行きました。

賽児見衆人跑遠了、就在橋邉収了兵回來。對正寅說、「殺的雖然殺了、走的必去稟(一)知縣。那廝(二)必起兵來殺我們。我們不先下(三)手、更(四)待何時。」就帶上盔甲、變二三百紙人馬、竪起七星旗號來招兵。使人叫道、「願來投兵者、同去打開庫藏、分取(五)錢糧財實。」街坊遠近人因昨日這番、都曉得賽兒有妖法、又見變得人馬多了、道是氣槩興旺。城裡、城外人喉極的、齊來投他。有地方豪傑方太(六)、康昭、馬効良、戴德如四人爲頭、一時聚起二三千人。又搶得兩匹好馬、來(七)與賽兒、正寅騎。鳴鑼擂鼓、殺到縣裡來。

【眉批】第一行
賽兒頗狠、頗能。
第三行
招徠之去。

【校勘】
(一)「稟」、李本「稟報」。
(二)「廝」、消本「斯」、王本「時」。
(三)「先下」、消本「做先」(「做」字は加筆)。
(四)「更」、消本「還」。
(五)「取」、李本「散」。
(六)「太」、王本、李本、章本「大」、是なり。

（七）「來」、李本無し。

【注】

下手…手を下す。

『三國演義』第四回「操曰、『是矣。今若不先下手、必遭擒獲。』」

更待何時…更にいつまで待つのか。今こそその機ではないか。

『拍案驚奇』巻二十七「王氏想道、『此時不走、更待何時。』喜得船尾貼岸泊着、略擺動一些些、就好上岸。」

竪起…立てる。

『水滸傳』第十二回「又見將臺上竪起一面淨平旗來、前後五軍一齊整肅。」

七星旗號…北斗七星をあしらった旗印。

『三國演義』第一百三回「孔明又喚魏延吩咐曰、『汝可引五百兵去魏寨討戰、務要誘司馬懿出戰。不可取勝、只可詐敗。懿必追趕、汝却望七星旗處而入、若是夜間則望七盞燈處而走、只要引得司馬懿入胡蘆谷内、吾自有擒之之計。』」

『新刊全相唐薛仁貴跨海征遼故事』「八下小軍齊納〔吶〕喊、七星旗號失人魂。」

招兵…兵士を募る。人手を集める。

『三國演義』第五回「操大喜。于是先發矯詔、馳報各道、然後招集義兵、竪起招兵白旗一面、上書『忠義』二字。」

這番…このような。

『拍案驚奇』巻十七「達生心裏想道、『是前日這番、好兩夜沒動靜。今日又到我家、今夜必然有事。我不好屢次捉破、只好防他罷了。』

氣槩…威勢。気勢。

『拍案驚奇』巻二十二「他見七郎到了、是個江湘債主、起初進京時節、多虧他的幾萬本錢做椿、纔做得開、成得這個大氣槩。」

興旺…盛んである。

『水滸傳』第四十九回「鄒淵道、『如今梁山泊十分興旺、宋公明大肯招賢納士。……。』」

喉極…急ぐ。慌てる。焦る。

『二刻拍案驚奇』巻十五「其夫半喜半疑、喜的是得銀解救全了三命。疑的是婦人家沒志行、敢怕獨自个一時喉極了、做下了些不伶俐勾當、方得這項銀子也不可知。」

鳴鑼擂皷…銅鑼を鳴らし太鼓を叩く。

『水滸傳』第六十三回「只見前面搖旗吶喊、擂鼓鳴鑼、又是一彪軍馬。」

【訳】

賽児は皆が遠くへ駆けて行ったのを見ると、橋の辺りで兵をとりまとめて帰って来ました。それから正寅に向かって、「殺せる者は殺したけれど、逃げた者はきっと知県に言い付けに行くわ。あいつは兵を仕立ててきっと私達を殺しに来るわ。私達が先手を打たないでいて、一体いつまで待つというの。」と言いました。そこで鎧兜を身に着け、紙で出来た二、三百の人馬を変身させ、七星旗を掲げて、兵を募りました。「兵として投ぜんとする者よ、共に蔵を打ち破り、金銭や食料、財宝を分捕って分けようではないか。」と人に呼ばわらせました。近所のあちこちの者は昨日のあの様な事から、皆、賽児に妖術のある事を知り、また変身した人馬の多いのを見て、実に気勢が上がっている、と感じておりました。このため、街の内外にいて気のせいた者達は、挙《こぞ》って身を投じて来ました。当地の豪傑で方大《ほうだい》、康昭《こうしょう》、馬効良《ばこうりょう》、そして戴徳如《たいとくじょ》といった四人が頭となり、忽ちにして二、三千の者を掻き集めて来ました。更に二匹の良馬を分捕って来て、賽児と正寅に献上して騎馬としました。こうして銅鑼や太鼓を打ち鳴らしながら、県衙へと押し寄せて来ました。

【眉批】
賽児は甚だ残忍で、甚だやり手だ。
賽児達は兵士を招き集めて行く。

說(一)這史知縣聽見走的人說賽兒殺死兵快(二)一節、慌忙請典史來商議時、賽兒人馬早已蹌(三)入縣來、拿住知縣、典史。就打開庫藏門、搬出金銀來分給與人、監裡放出董天然、王小玉兩个、其餘獄囚、盡數放了。願隨順的、共有七八十人、到申末時、有四个人、原是放響馬的、風聞賽兒有妖法、都來歸順賽兒。此四人叫做鄭貫、王憲、張天祿、祝洪、各帶小婁羅、共有二千餘名、又有四五十匹好馬。賽兒見了、十分歡喜。這鄭貫不但武藝出衆、更兼謀畧過人、來禀賽兒說道、「這是小縣、僻在海角頭。若坐守日久、朝廷起大軍、把青州口塞住了、錢粮沒得來。不須厮殺、就坐困死了。這青州府人民稠密、錢粮廣大、東據南徐之險、北控渤海之利、可戰可守。兵貴神速、萊陽縣雖破、離青州府頗遠、一日之内、消息未到。可乘此機會、連夜去襲了、權且安身。養成(四)蓄鋭、氣力完足、可以横(五)行。」賽兒說、「高見。」每人各賞元寶二錠、四表禮、權受都指揮、說、「待取(六)了青州、自當陞賞重用。」四人去了。

【校勘】

(一)「說」、王本「且說」。
(二)「快」、王本「役」。
(三)「蹌」、消本、王本「搶」。
(四)「養成」、王本「蓄精」、李本「蓄成」。
(五)「横」、消本「積」。
(六)「取」、章本「収」。

【注】

典史…知事の属官。補佐官。公文書の受領・発送、及び県丞・主簿の職を兼任して粮馬巡捕を司る。
『金瓶梅詞話』第三十二回「西門慶慌整衣冠、出二門迎接。乃是知縣李達天、并縣丞錢成、主簿任廷貴、典史夏恭基、各先投拜帖、然後廳上敍禮。」

盡數…悉く。残らず。

『醒世恆言』第二巻「晏、普二人、星夜回到陽羨、拜見了哥哥、將朝廷所賜黃金、盡數獻出。」

隨順…帰順する。

『醒世恆言』第一巻「那婆娘見月香隨順了、心中暗喜、驀地開了他房門的鎖、把他房中搬得一空。」

申未時…申の刻は午後三時から五時、未の刻は午後一時から三時までの時間。午後を指す。

『霍小玉傳』（『太平廣記』巻四百八十七雜傳記・霍小玉傳）「經數月、李方閒居舍之南亭。申未間、忽聞扣門甚急。云是鮑十一娘至。」

響馬…追い剥ぎ。強盗。

『警世通言』第二十一巻「趙文道、『虎口裏那有回來肉。妹子被響馬劫去、豈有送轉之理、必是客貌相像的、不是妹子。』」

風聞…噂に聞く。伝え聞く。

『警世通言』第二十六巻「衆人已聞程詹事有私、又忌伯虎之才、關傳主司不公、言官風聞動本。」

小婁羅…手下。部下。「小嘍囉」に同じ。

『水滸傳』第五回「周通解了小嘍囉、問其備細、『魯智深那裏去了。』」

出衆…人並み優れる。群を抜く。

『警世通言』第十一巻「那孩子長成六歲、聰明出衆、取名徐繼祖。」

更兼…その上。

『拍案驚奇』巻二十「過了幾時、元普見張氏德性溫存、春郎才華英敏、更兼謙謹老成、愈加敬重。」

過人…人並み以上である。

『醒世恆言』第一卷「石璧本是要試女孩兒的聰明。見其取水出毬、智意過人、不勝之喜。」

海角…遠い彼方。海の果て。

『二刻拍案驚奇』卷之三「（白氏）指望他年重到京師、或是天涯海角、做個表證。」

坐守…居座って動かない。

『三國演義』第十九回「且說呂布在下邳、自恃糧食足備、且有泗水之險、安心坐守、可保無虞。」

日久…長い月日が経つ。

『警世通言』第十卷「話說大唐、自政治大聖大孝皇帝謚法太宗開基之後、至十二帝憲宗登位、凡一百九十三年、天下無事日久、兵甲生塵、刑具不用。」

塞住…ふさぐ。

『拍案驚奇』卷十七「知觀又指撥把枱卓搭成一橋、恰好把孝堂路徑塞住。」

稠密…多くて一杯である。

『古今小說』第五卷「今日大唐仍建都于長安、這新豐總是關內之地、市井稠密、好不熱鬧。」

南徐…今の江蘇省徐州市。漢代以後みな徐州に設置される。ただ、役所はしばしば遷移した。

兵貴神速…兵は神速を尊ぶ。戦には神速なれ。

『三國演義』第三十三回「嘉曰、『兵貴神速。今千里襲人、輜重多而難以趨利、不如輕兵兼道以出、掩其不備。……。』」

蓄鋭…鋭気を養成する。

『三國演義』第三十四回「荀彧曰、『大軍方北征而回、未可復動。且待半年、養精蓄鋭、劉表、孫權、可一鼓而下也。』」

完足…完璧である。完全に揃っている。

『水滸傳』第二十八回「施恩道、『……且請將息半年三五箇月、待兄長氣力完足、那時却對兄長説知備細。』」

元寶…馬蹄銀。馬蹄形に鋳造した、銀貨の中で最も良質且つ大きなものを言う。

『警世通言』第十五巻「天明了、查點東西時、不見了四錠元寶。」

表禮…布。贈り物や褒美としての織物や繻子の反物。

『拍案驚奇』巻三十四「禮部觀政同年錄上、先刻了『聘楊氏』、就起一本、給假歸娶、奉　旨准給花紅表禮、以備喜筵。」

都指揮…都指揮使を言う。明代の制度では、各省に都指揮使を置き、省内の衛所を管轄する。都指揮使司は都司とも言う。

『明史』巻七十六職官志「都指揮使司。都指揮使一人、正二品。……都司掌一方之軍政、各率其衛所以隸於五府、而聽於兵部。」

『古今小説』第十五巻「等候良久、劉太尉朝殿而回。只見、青涼傘招颭如雲、馬領下珠纓拂火。乃是侍衛親軍左金吾衛上將軍殿前都指揮使劉知遠。」

陞賞…昇格させ、褒美をとらせる。

『三國演義』第八十回「封華歆爲司徒、王朗爲司空、大小官僚一一陞賞。」

【訳】

さて史知県は、逃げ込んで来た者から賽児が捕り手を殺してしまったという話を聞き、取り急ぎ典史を招いて相談していたところ、賽児らの人馬が早くも県衙の中になだれ込んで来て、知県と典史とを捕らえてしまいました。そして、すぐに蔵の戸を開くと、金銀を運び出して人々に分け与え、獄の中からは董天然と王小玉の二人を出してやり、その他の四人も残らず解放しました。帰順を願う者は併せて七、八十人で、午後になると、元々盗賊を生業としていた四人の者が、賽児に妖術のある事を伝え聞き、揃って賽児の元へ帰順して来ました。この四人の者は鄭貫《ていかん》、王憲《おうけん》、張天禄《ちょうてんろく》、祝洪《しゅくこう》と言い、それぞれ手下を引き連れており、全部で二千人余りの兵と、その上に四、五十四の良馬がありました。賽児はこれを見て、非常に喜びました。この鄭貫という者は武芸に秀でているばかりでなく、加えて人並み以上の策士でもあったので、賽児の元へやって来て、「ここは小さな県で、しかも海に突き出た辺鄙な地に位置しております。もし長い間留《とど》まっていますと、朝廷が大軍を起こして、青州の喉元を押さえたりしようものなら、金銭や兵糧が運び込めなくなってしまいます。そうすれば斬り合うまでも無く、苦境に陥る事は必至です。この青州府は人口の密度が高く、金銭や兵糧も多く、東は南徐《なんじょ》の険に拠り、北は渤海《ぼっかい》の利を控えており、充分に戦い守る事が出来ます。兵は神速を尊びます。莱陽県は攻め落としたものの、青州府からはかなり遠く離れており、一日の内に消息が伝わる事はありません。この機に乗じて、夜通し駆けて襲撃し、そこで暫く身を落ち着けましょう。そして鋭気を養い、気力の充実をはかってから、思う存分暴れ回るのが良いでしょう。」と申し上げました。賽児は「良い考えだわ。」と言い、各人に元宝銀二錠と四疋の反物とを褒美に取らせて、一先ず都指揮代理に任命し、「青州を手に入れた暁には、きっと位を上げて褒美を与え、重く取り立てるわ。」と言いました。こうして四人は去って行きました。

賽兒就到後堂、叫請史知縣、徐典史出來、説道、「本府知府是你至親、你可與我寫封書。只説、『這（一）縣小、我在這里安身不得、要過東去打汶上縣、必由府里經過。恐有踈虞、特着徐典史領三百名兵快、協同防守。』你若替我寫了、我自厚贈盤纏、連你家眷同送回去。」知縣初時不肯、被（二）賽兒逼勒（三）不過、只得寫了書。賽兒就叫兵房吏做角公文、把這私書都封在文書裡、封筒上用个印信。仍送知縣、典史軟（四）監在衙裡。

【眉批】第二～三行

賽兒儘有謀畧、亦天縱之也。

【校勘】

（一）「這」、消本、王本「你」。

（二）「被」、消本「彼」。

（三）「逼勒」、王本「勒逼」。

（四）「軟」、王本「原」。

【注】

至親…最も近い親戚。

『拍案驚奇』巻之八「這都是嘆笑世人的話、世上如此之人、就是至親切友、尚且反面無情、何況一飯之恩、一面之識、倒不如水滸傳上說的人、……。」

踈虞…おろそかにする。うっかりする。しくじる。

『三國演義』第七十四回「平日、『俗云、初生之犢不懼虎。父親縱然斬了此人、只是西羌一小卒耳。倘有踈虞、非所以重伯父之託也。』」

着…遣わす。派遣する。

『古今小說』第六巻「所以梁太祖特着親信的大臣鎮守、彈壓山東、虎視那河北。」

家眷…家族。自分の妻や子供を言う。

『拍案驚奇』巻二十七「(崔英)以父蔭補永嘉縣尉、帶了家眷同往赴任。」

逼勒…無理やりにさせる。脅して〜させる。

『金瓶梅詞話』第五十回「(李瓶兒)于是乞逼勒不過、交迎春掇了水、下來澡牝乾淨、方上床與西門慶交房。」

兵房…知県衙門(県庁)の内部に、吏、礼、戸、兵、刑、工の六房があり、「兵房」は軍事を司った。

『二刻拍案驚奇』巻之四「(新都知縣)即忙喚兵房僉牌出去、調取一衞兵來、有三百餘人。」

角…公文を数える助数詞。公文書は三角形に折って送った。

『西遊記』第三回「洞外小猴一層層傳至洞天深處、道、『大王、外面有一老人、背着一角文書、言是上天差來的天使、有聖旨請你也。』」

印信…官庁で用いた印判類の総称。

『金瓶梅詞話』第三十回「西門慶看見上面銜着許多印信、朝廷欽依事例、果然他是副千戸之職。」

衙裡…役所。

『二刻拍案驚奇』巻十五「捕人拿牌票出來看。却是海賊指扳窩家、巡捕衙裡來拿的。」

儘…極めて。最も。

【訳】

賽児は奥の執務室へ行き、史知県と徐《じょ》典史とを連れて来させると、言いました。「この府の知府はお前の近い親戚だから、私のために一筆お書き。『この県は小さくて、賽児はこの地に身を落ち着ける事が出来ず、東を通って汶上《ぶんじょう》県を攻めようとしているので、必ずや府を通過します。手抜かりがあれば困る故、特別に徐典史に三百名の捕り手役人を率いて行かせ、協同で防御させたく思います。』とだけでいいわ。もし私のために書いてくれるなら、路銀をたくさん贈り、お前の家族と一緒に帰らせてあげる。」知県は初めの内はうんと言いませんでしたが、賽児に迫られて断りきれず、已む無く手紙を書きました。賽児は兵房の吏を呼んで公文書を作らせると、史知県の私信も文書の中に入れ、封筒の上には公印を押させました。そして知県と典史を元の通り連れて行き、役所の中に軟禁しました。

【眉批】

賽児は極めて謀略に富んでいるが、それは天がそうさせているのである。

賽兒自來調方大(一)、康昭、馬効良、戴徳如四員驍將、各領三千人馬、連夜悄悄的到青州曼草坡、聽候炮(二)響、都到青州府東門策(三)應。又尋一个像(四)徐典史的小卒、着上(五)徐典史的紗帽圓領、等候賽兒。又留一班投順的好漢、協同正寅守着萊陽縣。自選三百精壯兵快、并董(六)天然、王小玉二人、指揮鄭貫四名、各與酒飯了。賽兒全裝披掛(七)、騎上馬、領着人馬連夜起行。

【校勘】

(一)「大」、消本「太」。
(二)「炮」、消本「袍」。
(三)「策」、王本「接」。
(四)「像」、章本「象」。
(五)「着上」、王本「戴着」。
(六)「董」、消本「董」。
(七)「掛」、消本「揖」。

【注】

調…(軍隊や官吏などを)移動させる、動かす。

『水滸傳』第六十六回「再調魯智深、武松扮做行脚僧行、去北京城外菴院掛搭。」

驍將…勇猛な大将。

『三國演義』第五十八回「馬超趕到河岸、見船已流在半河、遂拈弓搭箭、喝令驍將遶河射之。」

聽候…上部の決定を待ち受ける。命令などの沙汰を待つ。

『拍案驚奇』巻十九「小娥稟道、『小婦人而今事跡已明、不可復與男子溷處、只求發在尼庵、聽候發落爲便。』」

策應…（友軍が）呼応して戦う。

『水滸傳』第四十一回「宋江道、『……李俊、張順只在江面上往來巡綽、等候策應。』」

紗帽…紗の帽子。古く文官がかぶった。

『金瓶梅詞話』第三十一回「（應伯爵）說道、『相貌端正、天生的就是個戴紗帽胚胞兒。』」

圓領…明清時代、官吏の着用した丸い襟の服。

『水滸傳』第五十六回「下面一個丫嬛上來、就側手春臺上先摺了一領紫繡圓領。」

投順…投降し、帰順する。

『三國演義』第二回「碩慌走入御園花陰下、爲中常侍郭勝所殺。碩所領禁軍盡皆投順。」

精壯…精悍な。精鋭な。

『三國演義』第三十回「紹從之、於各寨內選精壯軍人、用鐵鍬土擔、齊來曹操寨邊壘土成山。」

披掛…軍装する。鎧兜を着ける。

『警世通言』第四十巻「彼時太子領龍王鈞旨、同巡江夜叉全身被掛、手執鋼刀、正在此巡邏長江、……。」

起行…出発する。途に就く。「起程」に同じ。

『三國演義』第三十回「紹大驚、急遣袁尚分兵五萬救鄴郡、辛明分兵五萬救黎陽、連夜起行。」

【訳】

賽児は自ら、方大、康昭、馬効良、戴徳如ら四人の猛将達それぞれに、三千の人馬を率いてその夜の内に密かに青州の曼草坡《ばんそうは》まで行かせ、砲声が聞こえるのを待って、青州府の東門へ駆け付けて呼応するようにさせました。また、徐典史に似た兵卒を捜し出すと、徐典史の紗の帽子と丸襟の服を着せ、賽児を待たせました。更に、帰順してきた好漢達を残して、正寅と共に萊陽県を守らせました。（賽児は）自ら三百人の屈強精悍な捕り手を選ぶと、董天然、王小玉の二人と指揮官である鄭貫ら四名それぞれに、酒や飯を振る舞いました。賽児は鎧兜で身を固めて馬に乗り、人馬を率いてその夜すぐに出発しました。

行了一夜、來到青州府東門時、東方纔動、城門也還未開。賽兒就叫人拿着這角文書、朝城上說、「我們是萊陽縣差捕衙裡來下文書的。」守門軍就放下藍（一）來、把文書吊上去、又曉得是徐典史、慌忙拿這文書、逕到府裡來。正値知府温章坐衙、就跪過去呈上文書。温知府拆開文書、看見印信、圖書都是眞的、並不疑忌。就與遞文書軍說、「先放徐典史進來、兵快人等且住着在城外。」守門軍領知府鈞語（二）、逕來開門、說道、「太爺只叫放徐老爹進城、其餘且不要入去。」賽兒叫人答應說、「我們走了一夜、纔到得這里。肚饑了、如何不進城去尋些喫。」三百人一齊都蹌入門裡去、五六个人怎生攔得住。一攪入得門、就叫人把住城門。一聲炮響、那曼草坡的人馬都趲入府裡來、塡街塞巷。賽兒領着這三百人、眞个(三)是疾雷不及掩耳、殺入府裡來。

【校勘】

(一)「藍」、消本、王本、章本「籃」。

(二)「鈎語」、王本「的話」。

(三)「个是」、李本「是個」。

【注】

差捕…捕り手として派遣された役人。

『古今小說』第二十六卷「知府見二人告得苦切、隨即差捕人連夜去捉張公。」

下文書…公の書簡を届ける。「文書」は公の書簡。

『金瓶梅詞話』第三十一回「話說西門慶次日使來保提刑所、本縣下文書、一面使人做官帽、又喚趙裁率領四五個裁縫在家來裁剪尺頭、攢造衣服。」

坐衙…役人が役所（法廷）に座って仕事をする。

『水滸傳』第二十四回「那婦人情意十分慇懃、武松別了哥嫂、離了紫石街、逕投縣裏來。正値知縣在廳上坐衙、武松上廳來稟道、……。」

拆開…封を開く。
『水滸傳』第六回「淸長老接書、把來拆開看時、上面寫道、……。」

圖書…印鑑。判。
『水滸傳』第三十九回「黃文炳就擸掇蔡九知府寫了家書、印上圖書。」

疑忌…猜疑心を持つ。
『三國演義』第三十四回「玄德見二公子俱在、竝不疑忌。」

領…受け取る。

鈞語…お言葉。「鈞」は目上の人またはその行動を表す語の上に付けて敬意を表す。
『金瓶梅詞話』第六十九回「節級緝捕領了西門慶鈞語、到當日果然查訪出各人名姓來、打了事件、到後晌時分來西門慶宅内呈遞揭帖。」

一攪…すぐに。さっと。「一脚」とも書く。
『水滸傳』第六十回「項充、李袞一攪入陣、兩下裏强弓硬弩射住來人、只帶得四五十人入去、其餘的都回本陣去了。」

把住…守る。固める。占拠する。
『水滸傳』第三十一回「知府看罷、便差人把住孟州四門、點起軍兵等官竝緝捕人員、城中坊廂里正、逐一排門搜捉凶人武松。」

塡街塞巷…街を埋め尽くす。街一杯になる。
『金瓶梅詞話』第六十五回「那日官員士夫、親隣朋友來送殯者、車馬喧呼、塡街塞巷。」

眞个…確かに。実際。

『古今小説』第十二巻「那柳七官人、眞個是朝朝楚館、夜夜秦樓。」

疾雷不及掩耳…事の発生が急で、それに備える間もないこと。

『六韜』第三「軍勢」「故智者從之而不釋、巧者一決而不猶豫。是以疾雷不及掩耳、迅電不及瞑目。」

『拍案驚奇』巻十一「不期一夥應捕擁入家來、正是疾雷不及掩耳、一時無處躲避。」


【訳】

一晩行軍し、青州府の東門に着いた時には、東の方がやっと明るくなったばかりで、城門もまだ開いていませんでした。賽児は手下に例の文書を持たせると、城の上に向かって「我々は莱陽県の捕り手役所から派遣されて、公の書簡を届けに来た者だ。」と言わせました。門番の兵士達は籠を下ろし、文書を吊り上げたところ、徐典史である事が分かり、慌ててその文書を持って、真っ直ぐ役所へ行きました。丁度知府の温《おん》章《しょう》が登庁していて、跪いて文書を差し出しました。温知府が文書を開いて見ると、公印も印鑑も本物だったので、全く疑いもしませんでした。そこで文書を持ってきた兵に、「先ず徐典史を中に入れ、(他の)捕り手役人達は暫く城外で留まるように。」と言いました。門番の兵は知府の言葉を承ると、そのまま門を開けにやって来て、「知府殿は、徐殿だけを城内にお通しし、それ以外の者は暫く入らないように、と言っておられる。」と言いました。賽児は人に「我々は一晩歩いて、やっとここまでたどり着いたんだ。腹が減っているのに、どうして城内に入って飯も食えないんだ。」と答えさせます。三百人が一斉に門の中へなだれ込んで来るのを、どうして五、六人で遮り止める事が出来ましょう。どやっと入り乱れて門に入ると、(賽児は)すぐに手下に城門を占拠させました。砲声が鳴り響くと、例の曼草坡の人馬達が急いで府内に入って来て、街を埋め尽くしました。賽児はかの三百人を率いると、正に雷の音に耳を塞ぐ間もないほどの速さで、どっと役所内に攻め入りました。

知府還不曉得、坐在堂上等徐典史。見勢頭不好、正待起身要走、被方大趕上、望着温知府一刀、連肩砍着、一交跌倒在地下鬮(一)命。又復一刀、就割下頭來、提在手裡、叫道、「不要亂動。」驚得兩廊門隸人等、尿流屁滾、都來跪下。康昭一夥人打入知府衙裡來、只獲得兩个美妾、家人并媳婦共八名、同知、通判都越墻走了。賽兒就掛出安民榜子、不許諸色人等搶擄人口(二)財物、開倉賑(三)濟、招兵買馬。隨行軍官兵將、都隨功陞賞。萊陽知縣、典史、不負前言、連他家眷放了還鄉、俱各抱頭鼠竄而去、不在話下。

【校勘】

(一)「鬮」、章本「掙」。音義同じ。

(二)「人口」、王本無し。

(三)「賑濟」、消本「賑憭」、王本「振濟」。

【注】

正待…正に～しようとする時。

『水滸傳』第三十九回「蔡九知府正待要問緣故時、黄文炳早在屛風背後轉將出來、對知府道、……。」

一交…一度転ぶこと。「一跤」に同じ。

跌倒…つまずき倒れる。足を取られて転ぶ。

『金瓶梅詞話』第六十一回「他又沒大好生吃酒、誰知走到屋中就不好、暈起來、一交跌倒在地、把臉都磕破了。」

閗命…あがく。もがく。ぴくぴくと痙攣する。「掙命」に同じ。

『水滸傳』第三十一回「武松便轉身回過刀來、那張都監方纔伸得脚動、被武松當時一刀、齊耳根連脖子砍着、撲地倒在樓板上。兩箇都在掙命。」

門隷…門を守る使用人。

『莊子』秋水　第十七「是故大人之行、不出乎害人、不多仁恩。動不爲利、不賤門隸。貨財弗爭、不多辭讓。」

尿流屁滾…屁はするわ、小便は垂れ流すわ。恐れおののくさま。慌てふためくさま。「屁滾尿流」とも言う。

『古今小說』第二卷「(陳御史)莅任三日、便發牌按臨贛州、嚇得那一府官吏尿流屁滾。」

同知、通判…宋代からの官名。地位は州や府の知事に次ぐ。

『明史』卷七十五職官志「府。知府一人、正四品、同知、正五品、通判無定員、正六品、……。同知、通判分掌淸軍、巡捕、管糧、治農、水利、屯田、牧馬等事。無常職、……無定員。」

『醒世姻緣傳』第八十三回「吃酒中間、駱校尉道、『……你做了這首領官、上邊放着個知府、同知、通判、推官、都是你的婆婆、日和你守着鼻子抹着腮的、你都要仰着臉看他四位上司。……。』」

安民…民心、民生を安定させる。

『水滸傳』第八十五回「宋江一面出榜安民、令副先鋒盧俊義將引一半軍馬、回守薊州。」

諸色人等…各種各様の人々。

『水滸傳』第八十一回「軍漢道、『殿帥府有鈞旨、梁山泊諸色人等恐有夾帶入城、因此着仰各門、但有外鄉客人出入、好生盤詰。』」

搶擄…掠奪する。かすめとる。

『古今小説』第八巻「來到姚州、正遇着蠻兵搶擄財物、……。」

賑濟…（財物、食物などで）罹災者を救済する。

『三國演義』第六十五回「殺牛宰馬、大餉士卒、開倉賑濟百姓、軍民大悦。」

招兵買馬…兵を募り軍馬を買い入れる。戦争の準備をする。

『牡丹亭』第十五齣「他心順溜於俺、俺先封他爲溜金王之職。限他三年内招兵買馬、騷擾淮揚地方。」

抱頭鼠竄…頭を抱えてこそこそと逃げ失せる。

『醒世恆言』第四巻「這班子弟各自回家、恰像檢得性命一般、抱頭鼠竄而去。」

【訳】

知府はまだ知らずに、執務室に座って徐典史を待っていました。形勢良からずと気付いて、正に立ち上がって逃げようとした時、方大に追い着かれて、（方大が）温知府めがけた一刀は肩までぶった切り、（知府は）地面にどすんと倒れてぴくぴくと痙攣しました。方大は更に一刀食らわして頭を切り落とすと、手に引っ提げて「むやみに騒ぐな。」と叫びました。両側の廊下の門番達は、小便を垂れ流さんばかりに恐れおののいて、皆跪きました。康昭達は知府の役所に討ち入りましたが、二人の愛妾と家族、嫁の計八名を捕らえただけで、同知と通判は塀を越えて逃げてしまっていました。賽児は民を宣撫するための告示を掲げて、いかなる人々にも人身や財物を奪い取る事を禁じ、蔵を開けて人民に分け与えて救済し、兵を集めて軍馬の用意をしました。付き従って来た将校や兵士達は、功労に応じて昇級させ、褒美を与えました。萊陽の知県と典史に対しては、前言に背かず家族と一緒に釈放して帰郷させると、（彼らは）頭を抱えてこそこそと逃げ失せましたが、その事は一先ず置きます。

只見指揮王憲押兩个美貌女子、一个十八九歲的後生、這个後生比這兩個女子更又標致、獻與賽兒。賽兒問王憲道、「那里得來的。」王憲稟道、「在孝順街絨線舖裡蕭家得來的。這兩个女子（一）、大的叫做春芳、小的叫做惜惜、這小廝叫做蕭韶、三个是姐妹兄弟。」賽兒就將這大的賞與王憲做妻子。看上了蕭韶歡喜、倒要偷他、與蕭韶說（二）、「你姐妹兩个、只在我身邊服事（三）、我自看待你。」賽兒又把知府衙裡的兩个美妾紫蘭、香嬌、配與董天然、王小玉。賽兒也自叫蕭韶去宿歇。說這蕭韶、正是妙年好頭上、帶些懼怕、夜裡盡力奉承賽兒、只要賽兒歡喜（四）。賽兒得意非常、兩个打得熱（五）了、一步也離不得蕭韶。那里記掛何正寅。

【眉批】第五～七行

豈知爲禍根。乃知色能殺人、不獨女也。

【校勘】

(一)「兩」、王本無し。

(二)「說」、王本「道」。

(三)「事」、王本「侍」。

(四)「歡喜」、李本「喜歡」。

(五)「熱」、消本、王本「熟」。

【注】

絨線舖…糸屋。小間物屋。

『金瓶梅詞話』第三十三回「且說西門慶新搭的開絨線舖夥計、也不是守本分的人。姓韓、名道國、字希堯、乃是破落戶韓光頭的兒子。」

姐妹…兄弟姉妹。男女を含めて言う。

『紅樓夢』第九十八回「寶釵道、『……老太太、太太知道你姐妹和睦、你聽見他死了自然你也要死、所以不肯告訴你。』」

妙年…若くて美しい時期、年齢。

好頭…いい時。時期。

『拍案驚奇』卷二十六「智圓道、『……我與你方得歡會、正在好頭上、怎捨得就去、說出這話來。』」

奉承…媚びへつらう。ご機嫌を取る。

『金瓶梅詞話』第六回「那婦人枕邊風月比娼妓尤甚、百般奉承。」

得意…気に入る。

『拍案驚奇』巻三十三「(郭氏)『張員外看見你家小官人、十二分得意、有心要把他做個過房兒子、通家往來、未知二位意下何如。』」

打得熱了…男女が仲睦まじくなる。「打熱」は、(男女が)仲睦まじいこと。

『金瓶梅詞話』第八十六回「經濟道、『實不瞞你老人家說、我與六姐打得熱了、拆散不開。……。』」

【訳】

指揮官の王憲が二人の美しい女と一人の十八、九歳の若者——この若者は二人の女よりも更に美しかったのですが——を捕まえて、賽児に献上しました。賽児が王憲に「どこから連れて来たの。」と尋ねると、王憲は「孝順街の糸屋の蕭《しょう》家から連れて来ました。この二人の女は、年上の方を春芳《しゅんほう》、年下の方を惜惜《せきせき》と言い、この若者は蕭韶《しょうしょう》と言い、三人は姉弟です。」と申し上げました。賽児はこの年上の方を王憲に褒美として取らせ、妻とさせました。(賽児は)蕭韶を見初めて喜び、それどころか彼と密通したいと思って、蕭韶に「お前達姉弟二人は、ただ私の身辺だけで仕えなさい、私が面倒を見ましょう。」と言いました。賽児はまた、知府の役所内にいた二人の愛妾の紫蘭《しらん》と香嬌《こうきょう》とを董天然と王小玉にあてがいました。賽児もまた自分から蕭韶を呼んで夜を過ごしました。この蕭韶ときたら、正に男盛り真っ只中、(しかも賽児に対して)びくびくしておりましたので、夜は全力で賽児に尽くし、ただただ賽児を喜ばせようとしました。賽児はとても気に入って、二人は火のように熱くなってしまい、一歩たりとも蕭韶から離れられませんでした。どうして何正寅の事など気に掛けましょうか。

【眉批】

（これが）禍根になろうとは誰が知ろう。かくて色が人をも殺すのは、女に（よると）限ったものではないという事が分かる。

且說府裡有个首領官周經歷、叫做周雄。當時逃出府、家眷都被賽兒軟監在府裡。周經歷躲了幾日、沒做道理處、要保全老小、只得假意來投順賽兒。見賽兒下个禮、說道、「小官原是本府經歷。自從奶奶得了萊陽縣、青州府、愛軍惜民(一)、人心悅服、必成大事。經歷去暗投明。家眷俱蒙奶奶不殺之恩(二)、周某自當傾(三)心竭力、圖効大(四)馬。」賽兒見他說家眷在府裡、十分疑也只有五六分、就與周經歷商議守青州府并取傍(五)縣的事務。周經歷說、「這府上倚滕縣、下通臨海衛、兩處爲青府(六)門戶。若取不得滕縣與這衛、就如沒了門戶的一般、這府如何守得住。實不相瞞、這滕縣許知縣是經歷姑表兄弟。經歷去、必然說他來降。若說得滕縣下了、這臨海衛就如沒了一臂一般、他如何支撐得住。」賽兒說、「若得如此、事成與你同享富貴。家眷我自好好的供養在這里、不須記掛。」周經歷說道、「事不宜遲。恐他那里做了手脚。」賽兒忙撥幾个伴當、一匹好馬、就送周經歷起身。

【眉批】第二行
此人去得。

【校勘】
(一)「民」、消本「士」(加筆)。
(二)「恩」、消本「思」。
(三)「傾」、王本「盡」。
(四)「大」、消本、王本、李本、章本「犬」、是なり。
(五)「傍」、消本、王本、章本「旁」。
(六)「府」、消本、王本「州」、是なり。

【注】

首領官…地方官の補佐官を言う。明代には、各府に、正官として知府、同知、通判、推官が配置され、首領官として経歴司に経歴、知事、照磨所に照磨、検校が配置されていた。

『大明會典』巻四「各府、首領官、經歴司、經歴一員、知事一員。」

『警世通言』第三十一巻「可成別了殷盛、悶悶回家、對渾家說道、『我的家當已敗盡了、還有一件敗不盡的、是監生。今日看見通州殷盛、選了三司首領官、往浙江赴任、好不興頭。……。』」

經歷…衙門にあって出納や公文書のやりとりを司る官吏。

『明史』巻七十五職官志「府。知府一人、正四品、同知、正五品、通判無定員、正六品、推官一人、正七品。其屬、經歷司經歷一人、正八品、知事一人、正九品。……經歷、照磨、檢校受發上下文移、磨勘六房宗卷。」

『古今小説』第四十巻「那人道、『小人聞得京中有個沈經歷、上本要殺嚴嵩父子、莫非官人就是他麼。』」

老小…家族。妻子。

『水滸傳』第二回「話中不説王進去投軍役、只説史進回到莊上、每日只是打熬氣力、亦且壯年、又沒老小、半夜三更起來、演習武藝、白日裏只在莊後射弓走馬。」

悅服…喜んで服従する。

『古今小説』第六巻「終令公之世、人心悅服、地方安靜。」

去暗投明…元々は愚鈍で惰弱な主人を棄てて、賢明な主人の元へ身を投じること。転じて、暗黒の勢力と関係を絶って、光明な道へ向かう事を言う。「棄暗投明」とも言う。

『三國演義』第三十回「左右奪劍勸曰、『公何輕生至此。袁紹不納直言、後必爲曹操所擒。公即與曹公有舊、何不棄暗投明。』只這兩句言語、點醒許攸、於是許攸逕投曹操。」

大（犬）馬…自分の労力を謙遜して言う。

『水滸傳』第七十五回「童貫跪下奏曰、『古人有云、孝當竭力、忠則盡命。臣願效犬馬之勞、以除心腹之患。』」

衛…明代、要衝に設けられた軍営の称。

『明史』巻九十兵志二「天下既定、度要害地、係一郡者設所、連郡者設衞。大率五千六百人爲衞、千一百二十人爲千戸所、百十有二人爲百戸所。」

『警世通言』第三十四巻「明霞道、『適纔孫九説臨安衞有人來此下公文。……。』」

實不相瞞…実は。正直なところ。

『水滸傳』第六十二回「三盃酒罷、李固開言說道、『實不相瞞上下、盧員外是我仇家。……。』」

姑表…いとこ。いとこの内、姑母（父の姉妹）及び舅父（母の兄弟）の子に当たる間柄。

『三國演義』第六十四回「紋與阜是姑表兄弟、紋之母是阜之姑、時年已八十二。」

支撑…持ち堪える。頑張る。

『封神演義』第八十六回「奎曰、『今日周兵進了五關、與帝都止有一河之隔、幸賴吾在此、尚可支撑。』」

供養…扶養する。面倒を見る。

『警世通言』第七卷「郡王道、『先前他許供養你一家、有甚表記爲證。』」

撥…派遣する。割り当てる。

『金瓶梅詞話』第五十八回「每月三兩束修、四時禮物不缺。又撥了畫童兒小廝、伏侍他半晚、替他拿茶飯、舀硯水。」

【訳】

さて、府内には首領官で経歴の周雄《しゅうゆう》という者がいました。当時府を逃げ出し、家族は皆賽児によって府内に軟禁されていました。周経歴は幾日か隠れていましたが、手立ても無く、妻子を守ろうとして、已む無く賽児に帰順するよう装いました。賽児に会って拝礼を行うと、「私めは元々本府の経歴です。奥方が萊陽県、青州府を得られてから、軍を愛し民を慈しみ、人々は心から帰順しておりますので、きっと大事は成就するでしょう。私経歴は、暗を捨てて明に身を投じます。家族も皆奥方の恩を蒙って殺されませんでしたので、私は固より心を傾け力を尽くして、犬馬の労を尽くします。」と言いました。賽児は彼の家族が府内にいると言うのを聞くと、十の疑いも五、六となり、周経歴と共に青州府を守り、且つまた隣の県を奪う事を相談しました。周経歴は「この府は、上は滕県に寄り、下は臨海衛に通じており、この二箇所は青州府の門戸となっています。もし滕県とこの衛を手に入れる事が出来なければ、門戸が無いも同然、この府をどうして守り通せましょうか。実を申しますと、この滕県の許《きょ》知県は、私の従兄弟でございます。私が行きまして、彼に降服するよう必ず説得致しましょう。もし説得出来て滕県が降服すれば、こちら臨海衛は片腕を失ったも同然、どうして持ち堪える事が出来ましょうか。」と言いました。賽児は「もしそうなれば、事が成功した後、共に富貴を分かち合いましょう。家族は私がここでちゃんと面倒を見ますから、心配するに及ばないわ。」と言いました。周経歴は「事は急がなければなりません。敵に姦計を巡らされるとまずうございます。」と言いました。賽児は急いで数人の従者と一匹の駿馬を差し向け、周経歴が発つのを見送りました。

【眉批】

この人はかなりの者である。

周經歷來到滕縣、見了許知縣。知縣喫一驚說[一]、「老兄如何走得脫、來到這里。」周經歷將假意投順賽兒、賽兒使來說降的話、說了一遍。許知縣回話道、「我與你雖是假意投順、朝廷知道、不是等閒的事。」周經歷道、「我們一面去約臨海衞戴指揮同降、一面申開(二)合(三)該撫按上司、計取賽兒。日後復了地方、有何不可。」許知縣忙使人(四)去請戴指揮、來見周經歷、三個商議僞降計策定了。許知縣又說、「我們先備些(五)金花表禮羊酒去賀、說離不得地方、恐有疎失。」周經歷領着一行筭禮物的人、來見賽兒、遞上降書。賽兒接着降書看了、受了禮物。僞陞許知縣爲知府、戴指揮做(六)都指揮、仍着二人各照舊守着地方。

【眉批】第五行
好見識。

【校勘】
(一)「說」、消本、王本「道」。
(二)「開」、消本、王本「聞」、章本「聞（開）」。「聞」是なり。
(三)「合」、章本「各（合）」。
(四)「人」、消本「大」（右横に「人」字の加筆有り）。
(五)「金花表禮」、消本、王本「金表花禮」。
(六)「做」、消本、王本「爲」。

【注】

等閒…ありきたりに見る。軽々しく扱う。なおざりにする。

『三國演義』第九十四回「書略曰、『……近聞曹叡復詔司馬懿起宛、洛之兵、若聞公舉事、必先至矣。須萬全隄備、勿視爲等閒也。』」

申開（闡）…上申する。申し述べる。

『水滸傳』第五十九回「賀太守聽了大怒、把魯智深拷打了一回、敎取面大枷來釘了、押下死囚牢裏去。一面申闡都省、乞請明降如何。」

撫按…明清時代、巡撫と巡按を合わせ称した。

巡撫…明代、臨時に地方に派遣し、民政や軍政を巡視し監督する大臣を指した。

巡按…明代に設けた監察官。官吏や人民の悪事を取り締まる。各省に一人配置した。

『金瓶梅詞話』第六十五回「遞酒已畢、太尉正席坐下、撫按下邊主席、其餘官員幷西門慶等各依次第坐了。」

金花…「金花銭」のこと。明清時代、穀物を換金して納入した銀貨。

『明史』卷七十八食貨志「南畿、浙江、江西、湖廣、福建、廣東、廣西米麥共四百餘萬石、折銀百萬餘兩、入内承運庫、謂之金花銀。其後概行於天下。」

『古今小說』第十九卷「李氏道、『禮已備下了、金花金緞、兩疋文葛、一箇名人手卷、一箇古硯。』」

羊酒…羊の肉と酒。旧時、贈答品の一つ。

『金瓶梅詞話』第三十一回「那時本縣正堂李知縣、會了四衙同僚、差人送羊酒賀禮來。」

疎失…うっかりした間違い。手抜かり。

『三國演義』第十六回「玄德恐有疎失、急鳴金收軍入城。」

降書…帰順を表明した文書。

『三國演義』第四十回「宋忠領命、直至宛城、接着曹操、獻上降書。」

僞…非合法の。

『水滸全傳』第九十一回「田虎就汾陽起造宮殿、僞設文武官僚、内相外將、獨覇一方、稱爲晉王。」


【訳】

周経歴は滕県へやって来ると、許知県に会いました。知県は驚いて言いました。「貴兄はどうやって逃げ出し、ここまで来たのですか。」周経歴は、賽児に帰順したように装っている事、賽児が投降の説得に来させた事を一通り話しました。許知県が答えて言うには、「私やあなたが帰順した振りをするといっても、朝廷が知れば、ただでは済まないでしょう。」周経歴は言いました。「我々は臨海衛の戴《たい》指揮官も共に投降するよう誘い、その一方で該当の巡撫、巡安の上司に報告し、賽児を捕らえるようにはかろう。後日その地を元通りに回復すれば、何の問題もあるまい。」許知県が急いで人を遣って戴指揮官に来てもらい、周経歴に会わせると、三人は相談して偽りの投降計画を決めました。許知県はまた「先ず金花銭と反物、羊の肉と酒を用意してお祝いに行き、手抜かりがあっては困りますので、ここを離れる事が出来ません、と言いましょう。」と言いました。周経歴は贈り物を運ぶ一行を引き連れて、賽児に会いに来ると、投降の文書を差し出しました。賽児は文書を受け取って読むと、贈り物を受け取りました。そして（偽政府の立場で）仮に許知県を知府に、戴指揮官を都指揮に昇格させ、これまで通り二人にそれぞれ彼らの持ち場を守らせました。

【眉批】
素晴らしい見識だ。

　戴指揮見了這僞陞的文書、就來見許知縣說、「賽兒必然疑忌我們。故用陽施陰奪的計策。」許知縣說道、「貴衞有一班女樂、小侑兒、不若送去與賽兒做謝禮、就做我們裡應外合的眼目。」戴指揮說、「極妙。」就回衙裡、叫出女使王嬌(一)蓮、小侑頭兒陳鸚兒來、說、「你二人是我心腹。我欲送你們到府裡去、做個反間細作。若得成功、陞賞我都不要、你們自去享用富貴。」(二)二人都歡喜應允了。(三)戴指揮又做些好錦綉鮮明衣服、樂器、縣、衞各差兩个人、送這兩班人來獻與賽兒。且看這歌(四)童舞女如何、詩云、

　　舞袖香茵第一春、清歌(五)婉轉貌超群。
　　劍霜飛處人星散、不見當年勸酒人。

賽兒見人物標致、衣服齊整、心中歡喜。都受了、留在衙裡。每日吹彈歌舞取樂。

【眉批】第二～三行

小侑用得着、女樂第二義也。

【校勘】

(一)「嬌」、消本「妖」。

(二)「二」、消本、王本「三」。

(三)「了」、王本無し。

(四)「這」、消本、王本「道」。

(五)「婉」、王本「宛」。

【注】

陽施陰奪…表向きは奉仕し裏では反対の事をする。

『客座贅語』巻四莠民「或帑財役貧以奔走乎匈貸、或陽施陰設以籠絡乎奸貪。」

女樂…歌姫。妓女。

『古今小説』第九巻「唐璧道、『……却被知州和縣尹用強奪去、湊成一班女樂、獻與晉公、使某壯年無室。……。』」

小侑兒…酒を勧める若い男。「小優兒」に同じ。

『金瓶梅詞話』第六十六回「西門慶不肯、還要留住、令小優兒奉酒唱曲、每人吃三鐘、纔放出門。」

裡應外合…内外呼応する。

『三國演義』第五十六回「顧雍曰、『……然後使心腹用反間之計、令曹、劉相攻、吾乘隙而圖之、斯爲得耳。』」

眼目…密偵。間諜。

反間…敵に潜入して情報や機密を探り、敵を擾乱させること、またその活動をする人。

『三國演義』第五十六回「然後使心腹用反間之計、令曹、劉相攻、吾乘隙而圖之、斯爲得耳。」

細作…密偵。間諜。

『三國演義』第七十三回「細作人探聽得曹操結連東吳、欲取荊州、卽飛報入蜀。」

享用…恩恵を受ける。福に与る。

『二刻拍案驚奇』巻二十五「錢氏道、『……我是河南開封富家、你到我家裡、就做我家主婆、享用富貴了。快隨我走。』」

應允…答える。承諾する。

『三國演義』第七十五回「却說孫權接得曹操書信、覽畢、欣然應允。卽修書、發付使者先回。」

錦綉…文様と色彩が美しく豪華な絹織物。そのように美しく素晴らしいこと。

『金瓶梅詞話』第十五回「月娘到次日、留下孫雪娥看家、同李嬌兒、孟玉樓、潘金蓮四頂轎子出門、都穿着粧花錦綉衣服。」

鮮明…眩しいばかりに美しいこと。

『三國演義』第六十回「果然盔甲鮮明、衣袍燦爛、金鼓震天、戈矛耀日。」

且看…まあご覧あれ。さて見てみましょう。

『古今小說』第一卷「縣主道、『且看臨審如何。若人命果眞、敎我也難寬宥。』」

歌童舞女…歌を唱う少年と踊り子。

『二刻拍案驚奇』巻三十六「五客擁了歌童舞女、一齊登樓。暢飲更餘、店中百來罈酒、吃个罄盡。」

舞袖…舞いにゆらめく妖艶な長い袖。

王融「秋夜」（『玉臺新詠』巻十）「舞袖拂明燭、歌聲繞鳳梁。」

『封神演義』第一回「天子深潤紫毫、在行宮粉壁之上作詩一首、『鳳鸞寶帳景非常、盡是泥金巧樣粧。曲曲遠山飛翠色、翩翩舞袖映霞裳。……。』」

香茵…美しい敷物。

『金瓶梅詞話』第十九回「當下吳月娘領着衆婦人、或携手遊芳徑之中、或鬬草坐香茵之上。」

清歌…清らかに響く歌声。

『清平山堂話本』話本巻一「柳耆卿詩酒翫江樓記」「又詩曰、耆卿有意戀月仙、清歌妙舞樂怡然。兩下相思不相見、知他相會是何年。」

婉轉…抑揚があって美しいこと。

『封神演義』第八十九回「妲己領旨、款啓朱唇、輕舒鶯舌、在鹿臺上唱一個曲兒。眞是、婉轉鶯聲飛柳外、笙簧嘹亮自天來。」

超群…群を抜いて優れていること。

『二刻拍案驚奇』巻十一「原來焦大郎固然本性好客、却又看得滿生儀容俊雅、豐度超群、語言倜儻、料不是落後的、所以一意周全他。」

劒霜…白く光る鋭い剣。

孟郊「征蜀聯句」（『全唐詩』巻七百九十一）「戰血時銷洗、劍霜夜清刮。」

星散…星の如くに散る。分散する。四散する。

『拍案驚奇』巻之八「有一等做舉人秀才的、呼朋引類、把持官府、起滅詞訟、毎有將良善人家、拆得煙飛星散的、
難道不是大盜。」

人物…容姿。外観。

『醒世恆言』第八巻「(劉璞)曉得妻子已娶來家、人物十分標致、心中歡喜、這病愈覺好得快了。」

齊整…よく整っていて綺麗だ。

『警世通言』第二十四巻「那夥人不是好人、却是短路的、見三官衣服齊整、心生一計。」

吹彈歌舞…笛を吹き琴を弾き、歌を唱い踊りを舞う。

『醒世恆言』第三巻「是夜、美娘吹彈歌舞、曲盡生平之技、奉承秦重。」


【訳】

戴指揮はこの仮の昇格文書を見た後、すぐに許知県に会いに来て、「賽児はきっと我々を疑うだろう。だから表向きは仕えて裏で背くという計略を用いよう。」と言いました。許知県が「あなたの衛に歌姫と若い酌夫の一団がいますが、彼らを賽児に送って謝礼とし、我々が内と外とで呼応する密偵とするのが良いでしょう。」と言うと、戴指揮は「それは名案。」と言いました。そこで、すぐに(衛の)役所に戻り、下女の王嬌蓮《おうきょうれん》と酌夫頭の陳鸚児《ちんおうじ》とを呼び出して言いました。「お前達二人はわしの腹心だ。わしはお前達を(青州)府に送って、情報を探る密偵にしようと思う。成功しても、わしは褒美は全て要らぬ、お前達が富貴に与れ。」二人は喜んで承諾しました。更に戴指揮は美しく眩しいばかりの着物と楽器をこしらえ、(滕)県と(臨海)衛はそれぞれが二人ずつ遣わして、この二組の者達

を送って行かせ、賽兒に献上しました。まあ暫し歌童と舞姫がどのようなのか見てみましょう。詩で云えば、

舞う袖　香《かぐわ》しき　茵《しきもの》　第一の春
清歌　婉転として　貌《かたち》群を超《こ》ゆ
剣霜　飛ぶ処　人　星のごとくに散り
見ず　当年　酒を勧められし人を

賽兒は容姿が美しく着物が綺麗なのを見て、心中喜びます。そして皆を受け入れて役所に留め置き、毎日音楽を奏で歌い舞う事を楽しみました。

【眉批】
酌夫が必要なのであって、歌姫は二義的なのだ。

且說賽兒與正寅相別半年有餘、時値冬盡年殘、正寅欲要送(一)年禮與賽兒。就買些奇異喫食、蜀錦文葛、金銀(二)珍寶、裝做(三)一二十小車、差孟淸同車脚人等送到府裡來。世間事最巧、也是正寅合該如此。兩月前、正寅(四)要去姦宿一个女子。這女子苦苦不從、自縊死了。(五)怪孟淸說、「是唐奶奶起手的、不可背本。萬一知道、必然見怪。」諫得激切、把孟淸一頓打得幾死、却不料孟淸仇恨在心裡。

【眉批】第一〜三行
賽兒胸中已無正寅矣。正寅摠重禮能挽之乎。

【校勘】
(一)「年禮」、消本、王本「年禮物」。
(二)「珍」、王本「珠」。
(三)「一」、消本、王本無し。
(四)「要」、消本「欲」(加筆)、王本「娶」。
(五)「怪」、消本「那」(加筆)。

【注】

冬盡…冬の終わり。

『水滸傳』第六十五回「且說張順要救宋江、連夜趲行。時値冬盡、無雨卽雪、路上好生艱難。」

年禮…年末年始を祝って送る贈り物。

『官場現形記』第四十四回「一直等到年下、隨鳳占還差人到那兩家當舖去討年禮。」

喫食…食べ物。

『紅樓夢』第十一回「(賈蓉)『方纔我去給太爺送吃食去、並回說我父親在家中伺候老爺們、款待一家子的爺們、遵太爺的話並未敢來。……。』」

蜀錦…蜀（四川省）特産の錦織物。

『古今小說』第十二卷「一日、正在徐冬冬家積翠樓戲耍、宰相呂夷簡差堂吏傳命、直尋將來、說道、『……蜀錦二端、吳綾四端、聊充潤筆之敬、伏乞俯納。』」

文葛…模様のある単衣の着物。

『古今小說』第十九卷「李氏道、『禮已備下了、金花金緞、兩疋文葛、一箇名人手卷、一箇古硯。』」

珍寶…珍しい宝物。

『三國演義』第九十回「孔明取了三江城、所得珍寶、皆賞三軍。」

車脚…車夫。

『水滸傳』第六十二回「宋江叫取兩箇大銀把與李固、兩箇小銀賫發當直的、那十箇車脚共與他白銀十兩。」

姦宿…姦通する。密通する。

『二刻拍案驚奇』卷三十八「兵馬拍卓道、『那郁盛這樣可惡、既拐了人去姦宿了、又賣了他身子、又沒了他貲財、有這等沒天理的。』」

苦苦…断固として。あくまで。

『三國演義』第十一回「張飛曰、『又不是我强要他的州郡、他好意相讓、何必苦苦推辭。』」

自縊…首を吊る。

『古今小說』第二卷「梁媽媽道、『昨日去的、不知甚麼緣故、那小姐嗔怪他來遲三日、自縊而死。』」

背本…根本に背く。

『封神演義』第五十六回「土行孫曰、『……昨被吾師下山、擒進西岐、責吾暗進西城行刺武王、姜丞相、有辱闡敎、背本忘師、逆天助惡、欲斬吾首、以正軍法、吾哀告師尊、姜丞相定欲行刑。……。」

不料…思いがけない。思いもよらない。

『三國演義』第六十二回「却說劉璋聞玄德殺了楊、高二將、襲了涪水關。大驚曰、『不料今日果有此事。』」

仇恨…恨みに思うこと。憎むこと。

『拍案驚奇』巻十九「(小娥)每遇一件、常自暗中哭泣多時、方纔曉得夢中之言有準、時刻不忘仇恨。却又怕他看出、愈加小心。」

摠…たとえ〜であっても。「總」に同じ。「縱」字の仮借。

【訳】

さて、賽児と正寅は別れて半年余り、時は丁度年の瀬に当たり、正寅は年末年始の贈り物を賽児に送ろうとしました。そこで特別な食べ物や、蜀の錦、美しい着物、金銀、宝物を買って、一、二十台の小さな車に積み込み、孟清を遣わして車夫達と共に(青州)府に送り届けさせました。世事はうまくしたもので、正寅もまたこのように(痛い目に遭う事に)なるのは当然なのです。二箇月前に正寅は一人の娘と姦通しようとしました。この娘は断固として言う事を聴かず、首を吊って死んでしまいました。孟清が「(元々)唐奥様が事を起こしたのです。それに背いてはいけません。万が一知れば、(奥様は)必ず咎めますよ。」と言って激しく諫めた事を(正寅は)喜ばず、死ぬほど孟清を打ちましたが、孟清が心に恨みを抱いたとは思いもよりませんでした。

【眉批】

賽児の胸中にもはや正寅は無い。正寅がたとえ礼を重んじても挽回は出来ない。

孟清領着這軍(一)從、來(二)到府裡、見賽兒。賽兒一見孟清、就如見了自家裡人一般、叫進衙裡去安歇。孟清又見董天然等都有好妻子、又有錢財、自思道、「我們一同起手的人、他兩个有造化落在這里。我如何能勾(三)也同來這里受用。」自思量道、「何不將正寅在縣裡的所爲、說他一番。倘或賽兒歡喜、就(四)畱(五)在衙裡也不見得。」

【校勘】

(一)「軍」、消本、章本、王本「車」、是なり。

(二)「來」、消本「未」。

(三)「勾」王本「够」。音義同じ。

(四)「就」、消本、王本無し。

(五)「畱」、消本、王本「留下」。

【注】

軍(車)從…車騎と從者。

『宋書』巻八十二周朗傳「然習慧者日替其修、束誠者月繁其過、遂至糜散錦帛、侈飾車從。」

汪道昆「落水悲」「遠看後車數十乘、從者數百人、想是帝子車從。」

安歇…休息する。

『拍案驚奇』巻三十「士眞既到、太守郊迎過、請在極大的一所公館裡安歇了。」

錢財…財産。

『警世通言』第二十四巻「趙昂一者貪皮氏之色、二者要騙他錢財、枕席之間、竭力奉承。」

能勾…出来る。

『拍案驚奇』巻十二「王生想道、『日間美人只在此中、怎能勾再得一見。』」

受用…いい目にあう。うまい思いをする。

『拍案驚奇』巻十四「(丁戊)『不想他果然爲盜、積得許多東西在此。造化落在我手裏、是我一場小富貴、也勾下半世受用了。……。』」

思量…思案する。

『水滸傳』第十五回「阮小五道、『我也常常這般思量。我弟兄三個的本事、又不是不如別人、誰是識我們的。』」

倘或…もしも。

『金瓶梅詞話』第一回「武松口中不言、心下驚恐、『天色已黑了、倘或又跳出一個大蟲來、我却怎生鬪得過他。』」

不見得…かもしれない。

『金瓶梅詞話』第六十二回「(西門慶)往後邊上房裏對月娘說、悉把祭燈不濟之事、告訴一遍、『剛纔我到他房中、我觀他說話兒還伶俐。天可憐、只怕還熬出來了、也不見得。』」

【訳】

孟清は、その車騎と従者とを率いて府役所にやって来て、賽児にお目見えしました。賽児は孟清を見るなり身内に会ったかのように思って、官邸に入らせて休ませました。孟清は董天然達が皆良い妻を持ち、その上財産を持っているのを見て思いました。「俺達は一緒に事を始めたのに、奴ら二人は付きがあってここに落ち着いていやがる。どうすれば俺も一緒にここに来て、いい目を見る事が出来るんだ。」そして、思案しました。「正寅が県役所でやっている事を一通り言ってやろうじゃないか。もし賽児が喜べば、官邸に留まる事が出来るかも知れんぞ。」

到晩、賽兒退了堂、來到衙裡。乘間叫過孟清、問正寅的事。孟清只不做聲。賽兒心疑、越問得緊、孟清越不做聲。問不過、只得哭將起來。賽兒就說道、「不要哭。必然在那里喫虧了。實對我說。我也不打發你去了。」孟清假意(一)口裡呪着道、「說也是死、不說也是死。爺爺在縣裡、每夜推去排門輪要兩个好婦人好女子、送在衙裡歇。標致得緊的、多歇幾日。少不中意的、一夜就打發出來。又娶了个賣唱的婦人李文雲。時常乘醉打死人、每日又要(二)輪坊的一百兩坐堂銀子。百(三)姓愁怨思亂、只怕奶奶這里不敢。(四)兩月前、蔣監生有个女子、果然生得美貌。爺爺要姦宿他、那女子不從、逼迫不過、自縊死了。小人說、『奶奶怎生看取我們。別得半年、做出這勾當來、這地方如何守得住。』怪小人說、將小人來吊起、打得幾死、半月扒不起來。」

【眉批】第一～二行

還能念之耶。

第三行

孟清亦狡甚。

第七～八行

毒甚。

【校勘】

(一)「假」消本、王本「留」。

(二)「要」消本、王本「取」。

(三)「愁」消本、王本「嗟」。

(四)「兩月前」、王本「又兩月前」。

【注】

乘間…機を捉える。

『三國演義』第三十四回「此時曹操正統兵北征、玄德乃往荊州、說劉表曰、『今曹操悉兵北征、許昌空虛、若以荆、襄之衆、乘間襲之、大事可就也。』」

得緊…ひどく。程度の甚だしい事を示す。

『古今小說』第七卷「次日、雪越下得緊、山中倣佛盈尺。」

問不過…尋ねられて耐えきれない。

『古今小說』第四卷「太尉便問、『有甚麼事惱心。』夫人見問不過、只得將情一一訴出。」

喫虧…ひどい目に遭う。

『水滸傳』第六十九回「吳用道、『……常言道娼妓之家、諱者扯丐漏走五箇字、得便熟閒、迎新送舊、陷了多少才人。更兼水性、無定准之意。總有恩情、也難出虔婆之手。此人今去、必然喫虧。』」

呪…悪口を言う。

『金瓶梅詞話』第三十一回「玉樓道、『六姐、你今日怎的下恁毒口呪他。』」

爺爺…年上の男性に対する尊称。

『水滸全傳』第九十三回「李逵笑道、『你那老兒、也不曉得黑爺爺。我是梁山泊黑旋風李逵、……。』」

捱…順番に。「挨」に同じ。

『拍案驚奇』卷二十六「一日、有一夥閒漢聚坐閒談、門子挨去聽着。內中一個擡眼看見了、魆魆對衆人道、『好個小官兒。』」

排門…一軒一軒。

『水滸傳』第三十一回「張靑知得、只得對武松說道、『二哥、不是我怕事不留你安身。如今官司搜捕得緊急、排門挨戶、只恐明日有些疏失、必須怨恨我夫妻兩個。……。』」

輪…順番にする。

『西遊記』第二十八回「那獃子走得辛苦、心内沈吟道、『當年行者在日、老和尚要的就有。今日輪到我的身上、誠所謂、當家纔知柴米價、養子方曉父娘恩、公道沒去化處。』」

賣唱…歌を歌って金をもらう。またその人。歌い姫。

『水滸傳』第三十九回「那婦人道、『……只有這個女兒、小字玉蓮。因爲家窘、他爹自敎得他幾曲兒、胡亂叫他來這琵琶亭上賣唱養口。……。』」

坐堂…役人が事務処理をする。

『水滸傳』第五十一回「忽一日本官知府正在廳上坐堂、朱仝在階侍立、知府喚朱仝上廳、問道、『你緣何放了雷橫、自遭配在這裏。』」

愁怨…悲しみ怨む。

『拍案驚奇』卷二十「先生微笑道、『……彼任事者只顧肥家、不存公道、大斗小秤、侵剝百端、以致小民愁怨。……。』」

思亂…反乱を思う。

『水滸全傳』第一百十回「因朱勔在吳中徵取花石綱、百姓大怨、人人思亂、……。」

監生…国子監の学生。

『明史』卷六十九選舉志「學校有二、曰國學、曰府、州、縣學。府、州、縣學諸生入國學者乃可得官、不入者不能得也。入國學者、通謂之監生。」

【訳】

夜になると、賽児は退廷して官邸にやって来ました。その機を捉えて、孟清を呼び付け正寅の事を尋ねました。孟清はただ黙っています。賽児が疑わしく思い、厳しく問い詰めれば問い詰めるほど、孟清はますます黙ったままでした。問い詰められて耐えきれず、やむなく泣き出しました。そこで賽児は「泣かないで。きっと向こうでひどい目に遭ったのね。本当の事を私にお話し。そうすれば私はお前を追い出したりはしないから。」と言いました。孟清はわざと口の中で悪口を言いました。「話しても死、話さなくても死です。旦那様は県役所で、毎晩一軒一軒順番に二人ばかりの美しい女や娘を求めて、官邸に届けさせて寝るのです。とびきりの美人だと何日も余分に泊めます。少しでも気に入らない者は、一晩で追い出してしまいます。その上、歌姫の李文雲《りぶんうん》を妻に迎えました。しょっちゅう酔いに任せて人を殴り殺し、毎日街ごとの事務費百両を要求します。民衆は悲しみ怨んで反乱を思うのですが、ただ奥様が恐ろしくて出来ないだけなのです。二箇月前の事、蒋《しょう》監生に娘がおりまして、果たして美貌の持ち主でした。旦那様は娘を姦通しようとしましたが、その娘は従わず、迫られて耐えきれなくなり、自ら首を吊って死にました。私は『奥様は私達をどう思うでしょう。別れて半年で、こんな事をするようになって、この地はどうやって守りおおせるのですか。』と言いました。（旦那様は）私の言う事を咎めて、私を吊るし上げ、死ぬほど殴りましたので、半月も這い上がれませんでした。」

【眉批】

（賽児は）なお彼（正寅）の事を気に掛けるのか。

孟清も甚だ狡猾である。

甚だ毒がある。

賽兒聽得說了、氣滿胸膛、頓着足說道、「這禽獸忘恩負義。定要殺這禽獸、纔出得這口氣。」董天然并夥婦人都來勸道、「奶奶息怒。只消取了老爺回來便罷。」何不以蕭韶遺興 賽兒說、「你們不曉得這般事。從來做事的人、一生嫌隙、不知夥(一)并了多少。如何好取他回來。」一夜睡不着。

【眉批】第一～二行
淫婦未有不妬者。何不以蕭韶一自反耶。
第三行
取回來、何處着蕭郎。

【夾批】
何不以蕭韶遺興。

【校勘】

（一）「夥」、章本「火」。音義同じ。

【注】

氣滿胸膛…怒りで胸が一杯になる。

『三國演義』第九十三回「王朗聽罷、氣滿胸膛、大叫一聲、撞死於馬下。」

頓着足…「頓足」は地団駄踏むこと。

『醒世恆言』第八巻「劉公又想起裴九老恁般恥辱、心中轉惱、頓足道、『都是孫家老乞婆、害我家壞了門戶、受這樣惡氣。……。』

忘恩負義…恩を忘れ義理に背く。

『水滸傳』第二十八回「武松道、『……我們並不肯害爲善的人、我不是忘恩負義的。你只顧吃酒、明日到孟州時、自有相謝。』」

定要…必ず～しなくてはならない。是非とも～しなければならない。

『水滸傳』第二回「牌頭與敎頭王進說道、『……高殿帥焦躁、那裏肯信、定要拿你、只道是敎頭詐病在家、敎頭只得去走一遭。……。』」

出得這口氣…「出気」は気持ちを晴ればれさせる。憂さを晴らす。

『古今小說』第一卷「薛婆情知自己不是、躲過一邊、並沒一人敢出頭說話。興哥見他如此、也出了這口氣。」

禽獸…けだもの。品行劣悪な人の喩え。

『拍案驚奇』卷二十九「仁卿道、『……你如此無行的禽獸、料也無功名之分、你罪非輕、自有官法、我也不私下打你。』」

只消…ただ～しさえすれば。

『水滸傳』第十六回「楊志道、『……只消一個人和小人去、却打扮做客人、悄悄連夜送上東京交付。恁地時方好。』」

老爺…旦那様。ご主人様。使用人の主人に対する呼称。

『警世通言』第二十二巻「衆人攛掇家主道、『宋金小厮家、在此寫算服事老爺、還該小心謙遜、他全不知禮。……。』」

嫌隙…不和。

『二刻拍案驚奇』巻三十一「世名雖不受他禮物、却也像毫無嫌隙的、照常往來。」

夥并…仲間同士で殺し合う。

『水滸傳』第四十七回「晁蓋道、『俺梁山泊好漢、自從夥併王倫之後、便以忠義爲主、全施仁德於民。……。』」

【訳】

賽児はそれを聞いて、怒りで胸が一杯になり、地団駄を踏んで「この獣《けだもの》の恩知らず。きっとこの獣を殺して、憂さを晴らすわ。」と言いました。董天然と女達がやって来て「奥様お怒りをお鎮め下さい。旦那様を呼び戻して来さえすればいいのです。」と諫めました。賽児は「お前達はこういう事を知らないの。従来事を為す人は、一度《ひとたび》不和を生じれば、どれだけ仲間同士殺し合うか分からないのよ。どうしてあの人を呼び戻したりするものですか。」と言い、一晩中寝付けませんでした。

【眉批】
淫婦で嫉妬しない者がいた事が無い。どうして蕭韶の事で一度自らを反省しないのか。
呼び戻して来れば、どこに蕭韶を置いておくのか。

【夾批】
どうして蕭韶で憂さを晴らさないのか。

次日來堂上(一)、趕(二)開人、與周經歷說、「正寅如此淫頑不法、全無仁義、要自領兵去殺他。」周經歷回話道、「不知這話從那里得來的。未知虛(三)實。倘或是反間、也不可知。地方重大、方纔取得、人心未固、如何輕易自相廝殺。不若待周雄同个奶奶的心腹去訪得的實、任憑奶奶裁處、也不遲。」賽兒道、「說得極是。就勞你一行。若訪得的實、就與我殺了那禽獸。」周經歷又說道、「還得幾个同去纔好。若周雄一个去時、也不濟事。」賽兒就(四)令王憲、董天然領一二十人去、又把一口刀與王憲、說、「若這話是實、你便就取了那禽獸的頭來。違悞者以軍法從事。」又與(五)鄭貫一角文書、「若殺了何正寅、你就權攝縣事。」一(六)行人辭別了賽兒、取路(七)望萊陽縣來。

【眉批】第二～三行

周經歷毎做假心腹、所以到底不疑。

第六行

賽兒利害。

第六～七行

如此、則正寅已無活法矣。

【校勘】

（一）「上」、消本、王本「坐」。

（二）「趕開人」、消本、王本「趕閒」。

（三）「虚」、消本「虗」。

（四）「就」、消本、王本「説」。

（五）「與」、李本「以」。

（六）「一行人」、王本「言畢一行人」。

（七）「望」、王本「往」。

【注】

趕開…追い払う。

『警世通言』第二十巻「說話的、當時不把女兒嫁與周三、只好休、也只被人笑得一場、兩下趕開去、却沒後面許多說話。」

淫頑…淫らで愚か。

輕易…たやすく。簡単に。みだりに。

『拍案驚奇』卷之十「韓子文跪到面前、太守道、『……你却如何輕聘了金家之女、今日又如何就肯輕易退婚。』」

訪…調べる。

『拍案驚奇』卷十二「老者見說得有因、密地叫人到王家去訪時、只見王郎好好的在家裏、竝無一些動靜。」

的實…確かだ。確実だ。

『古今小說』第十卷「原來那女子姓梅、父親也是個府學秀才。因幼年父母雙亡、在外婆身邊居住、年一十七歲、尚未許人。管莊的訪得的實了、就與那老婆婆說、……。」

任憑…～に任せる。～の好きにさせる。

『拍案驚奇』卷十四「盧疆道、『……他日死後、只要兄葬埋了我、餘多的東西、任憑兄取了罷。……。』」

裁處…裁断する。裁きをつける。

『金瓶梅詞話』第四十七回「夏提刑看了、便道、『任憑長官尊意裁處。』」

不濟事…役に立たない。事を成し遂げる事が出来ない。

『水滸傳』第十六回「楊志道、『恩相便差五百人去、也不濟事。這廝們一聲聽得强人來時、都是先走了的。』」

違悞…背き怠る。命令に違反する。

『水滸傳』第七十三回「二人問了備細、便叫、『太公放心、好歹要救女兒還你。我哥哥宋公明的將令、務要我兩箇尋將來、不敢違誤。』」

従事…処理する。

『三國演義』第一百七回「表略曰、『……臣輒敕主者及黄門令、罷爽、羲、訓吏兵、以侯就第、不得逗留、以稽車駕。敢有稽留、便以軍法從事。……。』」

權攝…職務を代行する。

『三國演義』第十三回「玄德曰、『陶使君新逝、無人管領徐州、因令備權攝州事。今幸將軍至此、合當相讓。』」

縣事…県令の職務。

『三國演義』第二回「玄德將兵散回鄉里、止帶親隨二十餘人、與關、張來安喜縣中到任。署縣事一月、與民秋毫無犯、民皆感化。」

【訳】

次の日役所に来ると人払いをして、「正寅はこんなにも淫蕩無法で、全く仁義が無いから、私が兵を率いて彼を殺すわ。」と周経歴に言いました。周経歴は「この話はどこから出たのでしょうか。まだ嘘か真か分かりません。もしかしたら攪乱かも知れません。土地は重要です。やっと手に入れたばかりで、人心は未だ安定していないのに、どうして軽々しくお互いに殺し合えましょう。周雄が奥方の腹心と一緒に調べに行って確かな事を掴んでから、奥方の裁量にお任せしても遅くはありません。」と答えました。賽児は「おっしゃることは至極ご尤もだわ。じゃあちょっとあなたを煩わせるわ。もし調べて確かなところを掴んだら、すぐに私に代わってあの獣を殺してしまうのよ。」と命じました。周経歴は更に「やはり何人かを連れて一緒に行かなければだめです。もし周雄一人で行った時には、事を仕損じるかも知れません。」と言いました。賽児はすぐに王憲と董天然に一、二十人ほど連れて行かせ、更に一振りの刀を王憲に与えて、「もしこの話が本当だったら、お前は直ちにあの獣の首を取って来るのよ。命令に背いた者は軍法によって裁くからね。」と言いました。また鄭貫に一通の文書を与え、「もし何正寅を殺したら、お前は県の職務を代行なさい。」と命じました。一行は賽児に別れを告げて、一路萊陽県へと向かいました。

【眉批】
周経歴はいつも腹心の振りをするから、結局疑われない。

賽児は容赦が無い。

こうして、正寅にはもう生きる道が無くなった。

周經歷在路上、還恐怕董天然是何道的人、假意與他說、「[一]何公是奶奶的心腹、若這事不眞、謝天地、我們都好了。若有這話、我們不下手時、奶奶要軍法從事。這事如何處。」董天然說、「我那老爺是个多心的人、性子又不好。若後日知道你我去訪他、他必仇恨。羹裡不着飯裡着、倒遭他毒手。若果有事、不若奉法行事、反無後患。」鄭貫打着竄皷兒、巴不得殺了何正寅、他要權攝縣事。周經歷見衆人都是爲賽兒的、不必疑了、又說、「我們先在外邊訪得的確、若要下手時、我撚鬚爲號、方可下手。」一行人入得城門、滿城人家都是(二)呪罵何正寅的。董天然說、「這話眞了。」

【眉批】第一～二行

周經歷精細甚。

第三～四行

天然亦如此、可知何道不善御入(三)、自送其死。

【校勘】

(一)「何公」、消本「同去」(「同」字は加筆)。

(二)「是」、消本「見」。

(三)「入」、李本「人」、是なり。

【注】

多心…疑り深い。

『金瓶梅詞話』第七回「薛嫂在傍插口說、『你老人家忒多心、那裏這等計較。我的大老爹不是那等人、自恁還要掇着盒兒認親。……。』」

性子又不好…「性子不好」は、気性が荒っぽい。

『水滸全傳』第一百十回「燕青道、『和你去不打緊、只吃你性子不好、必要惹出事來。……。』」

甕裡不着飯裡着…こちらで起こらなければ、あちらで事が起こる。どのみち事が起こる。『中華俗語源流大辭典』(［北京］中国工人出版社　一九九二年)には、「源出明凌濛初『初刻拍案驚奇』第三十一巻。」とある。

奉法…法を守る。

『三國演義』第九十六回「侍中費禕奏曰、『臣聞治國者、必以奉法爲重。……。』」

後患…後の災い。後難。

『三國演義』第四回「陳宮尋思、『我將謂曹操是好人、棄官跟他、原來是個狼心之徒。今日留之、必爲後患。』」

打着竄鼓兒…脇からたきつける。横で煽る。

『金瓶梅詞話』第三回「王婆一面打着攛鼓兒說、西門慶奬了一回。」

撚鬚爲號…鬚を捻って合図にする。

『水滸傳』第十九回「吳學究笑道、『……兄長身邊各藏了暗器、只看小生把手來撚鬚爲號、兄長便可協力。』」

呪罵…悪態をつく。

『金瓶梅詞話』第二十五回「婦人又道、『……你錯認了老娘、老娘不是個饒人的。明日我呪罵了樣兒與他聽、破着我一條性命、自恁尋不着主兒哩。』」


【訳】

周経歴は道中、まだ董天然は何道士の味方かもしれないと恐れていたので、わざと彼に「何殿は奥方の腹心だから、もしこれが本当でなかったら有り難い事で、我々は皆何事も無く済みます。もしこの話が本当なら、我々が手を下さない時には、奥方はきっと軍法で裁くでしょう。どうしたものでしょう。」と言いました。董天然は「内のあの主人は疑り深い人で、気性も荒っぽい。もしも後で、我々が調べに行ったと知れば、きっと恨むでしょう。どっちにしても、結局はあの人にひどい目に遭わされるんです。もしこの事が本当なら、命令通りにした方が、却って後の厄介が無いというものです。」と言いました。鄭貫は脇で煽って、是非とも何正寅を殺して、自分が県の職務を代行しようとします。周経歴は、一同が皆賽児の味方で疑う事は無いと見ると、「我々は先ず外で正確に調べておき、いざやる時には、私が鬚を捻るのを合図にやって下さい。」と言いました。一行が城門に入ると、城内の人々は皆何正寅の事を悪し様に罵っていました。董天然は「この話は本当だったのだ。」と言いました。

【眉批】

周経歴はとても用心深い。

天然さえもまたこのようであるという事から、何道士は上手に人を統御しなかったので、自らを死地に追いやったのだという事が分かる。

一行逕入縣裡來見何正寅。正寅大落落(一)坐着、不爲禮貌。看着董天然說、「拿得甚麼東西來看我。」董天然說、「來時慌忙、不曾備得、另差人送來。」又對周經歷說、「你們來我這縣裡來（二）何幹。」周經歷假小心、輕輕的說、「因（三）這縣裡有人來告奶奶、說大人不肯容縣裡女子出嫁、錢粮又比較得緊、因此奶奶着小官來禀上。」正寅聽得這話（四）、拍案高嗔（五）、大罵道、「潑賤婆娘。你虧我奪了許多地方、享用快活（六）。必然又《猜得着》搭上好的了、就這等無禮。你這起人不曉得事體、沒上下的。」王憲見不是頭、緊緊的幇着周經歷、走近前說、「息怒消停。取个長便、待小官好回話。」正寅又說道、「不取長便、終不成不去回話。」周經歷把鬚一撚、王憲就人嚷裡（七）拔出刀來、望何正寅項上一刀、早斫下頭來。提在手裡、說、「奶奶只叫我們殺何正寅一个、餘皆不問。」鄭貫就把權攝的文書來曉諭各人、就（八）把正寅先前强留在衙裡的婦人女子都發出、着娘家領回。輪坊銀子也革了。滿城百姓、無不歡喜。

【眉批】第八～九行

鄭貫着手了。

第九行

却也行得好事。

【夾批】

猜得着。

【校勘】

(一)「落落」、消本、王本「喇喇」。
(二)「來」、王本無し。
(三)「因」、王本「因爲」。
(四)「這話拍案」、消本「一時發怒」。
(五)「嗔」、消本、王本「聲」。
(六)「快活」、消本「富貴」(加筆)。
(七)「拔」、王本「撥」。
(八)「把」、消本、王本「何」。

【注】


大落落…横柄に。偉そうに。

『水滸傳』第三十三回「那婦人便說道、『你這廝在山上時、大落落的坐在中間交椅上、由我叫大王、那裏睬人。』」

不肯容…承知しない。受け入れない。

『金瓶梅詞話』第二十五回「金蓮道、『……好嬌態的奴才淫婦、我肯容他在那屋裏頭弄碍兒。就是我罷了、俺春梅那小肉兒、他也不肯容他。』」

比較…罰を与える。処罰する。官が納税や徴兵、犯人捕縛など期限付きで何かをさせる際、期限を過ぎても出来ない時に、罰として打つ。「批較」「比卯」とも言う。

『拍案驚奇』巻之二「(知縣)便對姚公說、『是你生得女兒不長進、況來蹤去跡、畢竟是你做爺的曉得、你推不得乾淨、要你跟尋出來、同緝捕人役五日一比較。』」

高嗔…声を荒げて激昂する。

潑賤…不埒な。下司な。

『醒世恒言』第三十巻「義士指着罵道、『你這潑賤狗婦。不勸丈夫爲善、反唆他傷害恩人、我且看你肺肝是怎樣生的。』」

搭上…肉体関係を持つ。くっつく。私通する。

『拍案驚奇』巻三十二「又遇狄氏搭上了胡生、終日攛掇他去出外取樂、狄氏自與胡生治酒歡會、珍饈備具、日費不貲。」

沒上下的…礼儀知らず。無礼者。目上と目下の区別が無いこと。

『醒世恒言』第三十四巻「愛大兒說、『……那様沒上下的人、怎生設個計策擺布死了、也省了後患。』」

不是頭…風向きが悪い。状況が良くない。

『拍案驚奇』巻之四「程元玉見不是頭、自道必不可脫。」

幇…くっつく。寄り添う。

消停…落ち着く。

『水滸傳』第十七回「曹正、楊志緊緊地幫着魯智深到階下。」

『西遊記』第二十四回「唐僧聽不過道、『仙童阿、你鬧的是甚麼。消停些兒、有話慢說不妨、不要胡說散道的。』」

長便…長久方便の策。良策。得策。

『水滸傳』第四十九回「孫新笑道、『你好粗鹵。我和你也要算個長便、劫了牢也要個去向。……。』」

小官…それがし。わたくしめ。官吏が己を指す卑称。

『水滸傳』第八十五回「歐陽侍郎至後堂、欠身與宋江道、『……歐某今奉大遼國主特遣小官賫勅命一道、封將軍爲遼邦鎭國大將軍、總領兵馬大元帥、……。』」

强留…強いて留める。

『古今小說』第三卷「吳山道、『我身子不快、不要點心。』金奴見吳山臉色不好、不敢强留。」

娘家…（嫁の）実家。

『拍案驚奇』卷之二「滴珠道、『胡說。我自是娘家去、如何是逃去。若我尋死路、何不投水。却過了渡去自盡不成。我又認得娘家路、沒得怕人拐我。』」

領回…受け取る。連れて帰る。

『拍案驚奇』卷之二「隔了一晩、次日李知縣升堂、正待把潘甲這宗文卷注銷立案、只見潘甲又來告道、『昨日領回去的、不是眞妻子。』」

革…改める。取り止める。

『古今小說』第十三卷「衆鄉民在白虎廟前、另創前殿三間、供養張眞人像。從此革了人祭之事。」

【訳】

一行は直ちに役所内に入って何正寅に会いました。正寅はふんぞり返って座ったままで、挨拶をしません。董天然を見ながら「どんな物を持ってわしに会いに来たのだ。」と言いました。董天然が「来る時慌ただしかったもので、まだ用意が出来ておりません。別に人を差し向けて届けさせます。」と言うと、今度は周経歴に向かって「お前達はわしのこの役所に何をしに来たのだ。」と言いました。周経歴はさも気が小さそうに小声で言いました。「この役所内のある者が奥方に知らせて、あなた様が県内の娘が嫁ぐのを承知せず、金と米も取り立てが厳しいと申したので、奥方が私に意見を申し上げに来させたのです。」何正寅はこの話を聞くなり、卓を叩いていきり立ち、「くそ婆あ。貴様はわしのお蔭でたんまり土地を奪って、面白おかしくやってるんだぞ。きっとまたいい野郎とくっついたもんだから、こんなに無礼なんだな。お前達は物を知らない、礼儀知らずどもだ。」と大声で罵りました。王憲は風向き悪しと見ると、周経歴にぴったり寄り添って前に進み出て、「お怒りを静めて落ち着き下さい。上策を考えますから、私に報告出来るようにさせて下さい。」と言いますと、正寅はなおも「上策を取らなくても、どうせ報告するんだろう。」と言いました。周経歴が鬚を一捻りすると、王憲が人々の喊声の中で刀を抜き放ち、何正寅の項《うなじ》めがけて一太刀振るうや、はや首を切り落としました。（それを）手に提げ「奥方は我々に何正寅一人を殺せとだけおっしゃったのだ。他の者は皆お構いなしだ。」と言いました。鄭貫は職務代行の文書を取り出して各人によく示し、正寅が先に無理やり官邸内に留め置いていた女や娘達を全員解放して、家の者に連れて帰らせました。街ごとの強要金も取り止めます。城中の人々は、誰も喜ばない者はいませんでした。

【眉批】
鄭貫はまんまとやった。

意外に良い事もしている。

【夾批】

当たり。

衙裡有的是金銀、任憑各人取了些、又拿幾車并（一）綾叚（二）、送到府裡來。周經歴一起人到府裡回了話。各人自去方便、不在話下。

【校勘】

（一）「并」、消本、王本「好」。

（二）「叚」、消本、王本「緞」。

【注】

有的是…~は幾らでもある。

『拍案驚奇』巻之十「到是子文勸他道、『……況且他有的是錢財、官府自然爲他的。小弟家貧、也那有閒錢與他打官司。……』」

綾叚…綸子と緞子（やや厚手の絹織物）。「綾」は模様織りの絹物。

『金瓶梅詞話』第三十四回「金蓮聽了、在轎子内半日沒言語、冷笑罵道、『……你脚踏千家門、萬家戸、那裏一個饞屄出來多少時兒的孩子、拏整綾段尺頭裁衣裳與他穿。……。』」

各人自去…各自それぞれに。めいめい。

『醒世恆言』第二卷「日夜在丈夫面前攛掇、『……依我說、不如早早分析、將財產三分撥開、各人自去營運、不好麼。』」

方便…好きなようにする。勝手にする。

『金瓶梅詞話』第二回「那人一面把手整頭巾、一面把腰曲着地還喏道、『不妨、娘子請方便。』」

【訳】

官邸の中には金銀は幾らでもあったので、各自に好きなように取らせる一方、車数台と絹織物を府に送りました。周経歴一行は役所に戻って報告をしました。（その後は）めいめい自由にしましたが、それはさて措きましょう。

說這山東巡按金御史（一）、因失了青州府、殺了温知府（二）、起本到朝廷。兵部尚書（三）按着這本、是地方重務、連忙轉奏朝廷。朝廷就差總兵官傅奇（四）充兵馬副元帥、兩个遊騎將軍黎曉、來道明充先鋒、領京軍一萬、協同山東巡撫都御史楊汝待、尅日進勦撲滅。錢粮兵馬、除本省外、河南、山西兩省任從調用。

【校勘】

(一)「按」、消本「案」。
(二)「府」、消本「縣」。
(三)「按」、消本、王本、章本「接」、是なり。
(四)「充」、消本、王本「統」。

【注】


廵按～御史…明代の官名。天子に代わって地方を巡行して、政情民風を視察する事を司る。

『明史』巻七十三職官志「都察院。……十三道監察御史、主察糾内外百司之官邪、或露章面劾、或封章奏劾。在内兩京刷卷、巡視京營、監臨郷、會試及武擧、巡視光祿、巡視倉場、巡視内庫、皇城、五城、輪値登聞鼓。……而巡按則代天子巡狩、所按藩服大臣、府州縣官諸考察、擧劾尤專、大事奏裁、小事立斷。」

『古今小説』第四十巻「未幾、又有江西巡按御史林潤、復奏嚴世蕃不赴軍伍、居家愈加暴横、强占民間田產、畜養奸人、私通倭虜、謀爲不軌。」

本…皇帝への上奏文。

『拍案驚奇』巻三十四「(聞人)進京會試、果然一擧成名、中了二甲。禮部觀政同年錄上、先刻了『聘楊氏』、就起一本、給假歸娶、奉　旨准給花紅表禮、以備喜筵。」

兵部尚書…兵部の長官。兵部は六部の一つで、軍務に関する全てを管轄した。

『醒世恆言』第三十六巻「話分兩頭、且說那時有個兵部尚書趙貴、當年未達時、住在淮安衛間壁、家道甚貧、勤苦讀書、夜夜直讀到鷄鳴方臥。」

重務…重要なこと。

『封神演義』第三十四回「韓榮忙答禮曰、『老將軍、此事皆係國家重務、亦非末將敢于自專。今老將軍如此、有何見諭。』」

轉奏…転送して上奏する。

『醒世恆言』第十三巻「韓夫人管待使臣、便道、『相煩内侍則個。氏兒病體只去得五分。全賴内侍轉奏、寬限進宮、實爲恩便。』」

總兵官…官名。将を遣わして出征する時に兵を率い鎮守に当たる官。明初では臨時の官だったが、後に定制化した。

『明史』巻七十六職官志「總兵官、副總兵、參將、游擊將軍、守備、把總、無品級、無定員。……凡總兵、副總兵、率以公、侯、伯、都督充之。」

『醒世恆言』第二十七巻「朝廷遣都指揮趙忠充總兵官、統領兵馬前去征討。趙忠知得李雄智勇相兼、特薦爲前部先鋒。」

兵馬副元帥…宋代の官名。全国の軍務を統括した兵馬大元帥の属官。

『明史』巻二百七十九呂大器傳「宗室朱容藩自稱天下兵馬副元帥、據虁州。大器檄占春、大海、雲鳳討殺容藩。」

遊騎將軍…官名。騎兵を司る指揮官。

『宋史』巻一百六十九職官志「武散官三十一。……寧遠將軍正五　游騎將軍從五上　游擊將軍從五　昭武校尉正六上　昭武副尉正六　振威校尉從六上……。」

先鋒…先鋒。戦闘や行軍の時の先頭部隊。また、先頭部隊の指揮官をも指す。

『三國演義』第四十回「操自領諸將爲第五隊。每隊各引兵十萬。又令許褚爲折衝將軍、引兵三千爲先鋒。」

京軍…都の守備を司る軍隊。

『明史』巻八十九兵志「京軍三大營、一日五軍、一日三千、一日神機。其制皆備於永樂時。」

巡撫都御史…明代の官名。有事の際に京官に命じて地方を視察させた臨時の官。後に定制化した。都御史或いは副僉都御史を兼ねるのが通例。

『明史』巻七十三職官志「都察院。……巡撫之名、起於懿文太子巡撫陝西。……初名巡撫、或名鎭守、後以鎭守侍郎與巡按御史不相統屬、文移窒礙、定爲都御史。……他如整飭、撫治、巡治、總理等項、皆因事特設。其以尙書、侍郎任總督軍務者、皆兼都御史、以便行事。」

『金瓶梅詞話』第六十五回「爲首就是山東巡撫都御史侯蒙、巡按監察御史宋喬年參見、大尉還依禮答之。」

尅日…吉日を選んで日を決める。

『三國演義』第四十八回「次日、水軍都督毛玠、于禁詣帳下請曰、『大小船隻、俱已配搭連鎖停當。旌旗戰具、一一齊備。請丞相調遣、剋日進兵。』」

勦…討伐する。

『水滸傳』第五十四回「天子聞奏大驚、隨卽降下聖旨、就委高太尉選將調兵、前去勦捕、務要掃淸水泊、殺絕種類。」

任従…〜の自由にさせる。
『水滸傳』第七十五回「天子隨卽降下聖旨、賜與金印兵符、拜東廳樞密使童貫爲大元帥、任從各處選調軍馬、前去勦捕梁山泊賊寇、揀日出師起行。」
調用…国などが物資や人員を調達して使用する。
『三國演義』第八十五回「此時張遼等一班舊將皆封列侯、俱在冀、徐、靑及合淝等處、據守關津隘口、故不復調用。」

【訳】

さて、この山東巡按の金《きん》御史は、青州府を失い温知府を殺されたため、上奏文を朝廷に起草しました。兵部尚書でこの文書を勘案すると、地方に関する一大事だったので、速やかに朝廷に転送して上奏しました。朝廷は直ちに総兵官の傅奇《ふき》を兵馬副軍師に任命して派遣し、遊騎将軍の黎暁《れいぎょう》、来道明《らいどうめい》の二人を先鋒に当て、京軍一万を率い、山東巡撫都御史楊汝待《ようじょたい》と協力して、日を決めて討伐に向かわせました。兵糧や戦費、兵馬は、本省のほか河南《かなん》、山西《さんせい》の二省からも自由に調達させました。

傅總兵帶領人馬、來到總督府(一)、與楊巡撫一班官軍說、「朝廷緊要擒拿唐賽兒」一節。楊巡撫說、「唐賽兒妖法通神、急難取勝。近日周經歷與滕縣許知縣、臨海衛戴指揮詐降、我們(二)去打他後面萊陽縣(三)、叫戴指揮、許知縣從那青州府後面殺出來、叫他首尾不能相顧、可獲全勝。」楊巡撫說、「此計大妙。」傅總兵就分五千人馬與黎曉充先鋒、來取萊陽縣。又調都指揮杜(四)總、吳(五)秀、指揮六員、高雄、趙貴、趙天漢、崔球、密(六)宣、郭謹、各領新調來二萬人馬、離萊陽縣二十里下寨、次日准備厮殺。

【校勘】

(一)「總」、消本、王本「都」。

(二)「我們」、章本「要我們」。

(三)「縣」、王本無し。

(四)「杜」、消本「付」。

(五)「吳」、消本、王本「兵」。

(六)「密」、消本、王本「宓」、是なり。

【注】

擒拿…捕まえる。とりこにする。捕縛する。

『水滸傳』第十三回「因那朱仝、雷横兩個、非是等閑人也、以此衆人保他兩個做了都頭、專管擒拿賊盜。」

通神…神の域に達する。能力が極めて高く、才能の非凡な事を形容する。

『三國演義』第一百七回「後人有詩讃管輅曰、傳得聖賢眞妙訣、平原管輅相通神。鬼幽鬼躁分何鄧、未喪先知是死人。」

急難取勝…早急には勝てない。

『三國演義』第六十七回「操曰、『吾料賊兵毎日提備、急難取勝。吾以退軍爲名、使賊懈而無備、然後分輕騎抄襲其後、必勝賊矣。』」

首尾不能相顧…首尾呼応出来ない。前後相助けられない。

『水滸傳』第八十四回「宋江等拜謝道、『請煩安撫相公鎭守檀州、小將等分兵攻取遼國緊要州郡、敎他首尾不能相顧。』」

下寨…駐屯する。宿営する。

『三國演義』第七十回「張飛離巖渠十里下寨、次日引兵搦戰。」

【訳】

傅総兵は軍隊を率いて総督府にやって来ると、楊巡撫の部隊の官軍達に「朝廷では唐賽児の捕縛を重大事としている。」という一件を話しました。楊巡撫は「唐賽児の妖術は神にも通じる程であり、早急には破り難いものがあります。先頃、周経歴が滕県の許知県や臨海衛の戴指揮と共に偽りの投降をしたので、我々は奴らの背後にある萊陽県に攻め寄せ、戴指揮、許知県には青州府の背後から攻め立てさせて、奴らに首尾相助け合う事が出来ないようにさせれば、完勝する事疑いございません。」と言い、「この計は非常に巧妙でございましょう。」と言いました。傅総兵はそこで五千の人馬を割いて黎暁に与えてこれを先鋒とし、萊陽県を奪取しようとしました。そしてまた、都指揮である杜総《とそう》と呉秀《ごしゅう》、及び指揮官六名、即ち高雄《こうゆう》、趙貴《ちょうき》、趙天漢《ちょうてんかん》、崔球《さいきゅう》、宓宣《ふくせん》、郭謹《かくきん》らに、新たに調達した二万の人馬を率いて、萊陽県から二十里の地に駐屯させ、翌日には殺し合いの準備をしました。

鄭貫得了這个消息、閉（一）上城門、連夜飛報到府裡來。賽兒接得這報子、就集各將官說、「如今傳總兵領大軍來征勦我們。我須親自領兵去殺退他。」着王憲、董天然守着這府、又調馬効良、戴德如各領人馬一萬、去滕縣、臨海衛三十里內、防備襲取的人馬。就是滕縣、臨海衛的人馬也不許放過來。周經歷暗地叫苦說、「這婦人這等利害。」賽兒又調方大領五千人馬先行、隨後賽兒自也領二萬人馬到萊陽縣來。離縣十里、就着（二）个大營、前、後、左、右、正中五寨、又置兩枝遊兵在中營、四下裡擺放鹿角、蒺藜、鈴索齊整。把轅門閉上、造飯喫了、將息一回、就有人馬來衝陣、也不許輕動。

【眉批】第三～四行

儘有兵機、非酒色自敗、勝之難矣。

【校勘】

（一）「閉」、王本「閼」。

（二）「着」、王本「紮」。

【注】

飛報…速報する。急報する。

『拍案驚奇』巻之五「越客大喜、寫了一書、差一個人飛報到州裏尚書家來。」

接得…受け取る。入手する。受領する。

『警世通言』第三十四巻「再説呉江闕大尹、接得南陽衞文書。拆開看時、深以爲奇、此事曠古未聞。」

報子…書き付け。通知。

『平妖傳』第三十回「看那店裏不見了和尚、溫殿直卽時教做公的、分投去趕。發報子到各門上去、如有和尚出門、便叫捉住。」

將官…軍官。

『醒世恆言』第十九巻「許多將官僚屬、參見已過、然後中軍官引各處差人進見、呈上書札禮物。」

遊兵…遊軍部隊。

『三國演義』第一百十回「儉提六萬兵、屯於項城。文欽領兵二萬、在外爲遊兵、往來接應。」

擺放…置く。備え付ける。設置する。

『金瓶梅詞話』第四十三回「那時陳經濟打醮去、吃了午齋回來了、和書童兒、玳安兒、又早在前廳擺放卓席齊整、請衆奶奶們遞酒上席。」

鹿角…鹿砦《ろくさい》。逆茂木《さかもぎ》。軍営の防御用具。枝の付いた木の先端を削ってとがらせ、駐屯地の周囲に埋めて敵を阻む物。

形状が鹿の角に似ているため、名付けられた。

『水滸傳』第六十三回「次日、李成引領正偏將、離城二十五里地名槐樹坡、下了寨柵。週圍密布鎗刀、四下深藏鹿角、三面掘下陷坑。」

蒺藜…ひし。古代に木や金属を用いて作られた、とげのある障害物。地面に並べて敵軍の進撃を阻む物。形状がハマビシの実と似ているため、名付けられた。

『水滸傳』第六十八回「吳用止住、便敎軍馬就此下寨、四面掘了濠塹、下了鐵蒺藜。傳令下去、敎五軍各自分投下寨、一般掘下濠塹、下了蒺藜。」

鈴索…鈴を付けた縄。外部からの闖入を知るための仕掛け。

『新編五代史平話』「晉史平話卷上」「契丹就晉安之南置營、長百餘里、厚五十里、軍中多設鈴索及吠犬、外人跬步不能過。」

將息…休む。休養する。

『醒世恆言』第三卷「不說秦重去了、且說美娘與秦重雖然沒點相干、見他一片誠心、去後好不過意。這一日因害酒、辭了客在家將息。」

衝陣…敵陣に突撃する。

『三國演義』第五回「八路諸侯、一齊上馬。軍分八隊、布在高崗。遙望呂布一簇軍馬繡旗招颭、先來衝陣。」

輕動…軽率に動く。軽挙妄動する。

『三國演義』第四十六回「操傳令曰、『重霧迷江、彼軍忽至、必有埋伏、切不可輕動。可撥水軍弓弩手亂箭射之。』

【訳】

鄭貫はこの情報を得ると、城門を閉ざし、その夜の内に急いで府役所へと知らせました。賽児はこの知らせを受け取ると、直ちに各将官を招集し、「今、傅総兵が大軍を擁して我々を討とうとやって来ます。私自ら兵を率いて彼を撃退せねばなりません。」と言いました。そこで王憲と董天然とをこの役所の守りに当て、また馬効良、戴徳如に各々人馬一万を率いさせ、滕県、臨海衛を去ること三十里内の地で、襲撃して来る人馬を防備させます。滕県、臨海衛の人馬ですら容易には入らせないという訳です。周経歴は心中密かに悲鳴を上げて「この女はかくもひどいのか。」と言いました。賽児はまた方大に五千の人馬を率いて先に行かせ、そのすぐ後に賽児自らも二万の人馬を引き連れて莱陽県へとやって来ました。県から十里の地に、直ちに大陣営を前、後、左、右、中央と五つ構え、また中陣営には二隊の遊軍を設け、周囲には逆茂木、ひし、鈴索をきっちりと並べ置きました。こうして正門を閉ざし、飯を作って食事をとり、暫く休んでいるところに、早くも軍勢が攻め寄せてきましたが、軽々しく動く事は許しませんでした。

【眉批】

極めて軍略があるので、酒色で自滅しなければ、勝ち難い。

且說黎先鋒領着（一）五千人馬、喊殺半日、不見賽兒營裡動靜。就着人來稟總兵、如此如此。傅總兵同楊巡撫領一班將官到陣前來、扒上雲梯。看賽兒營裡、布置整齊（二）、兵將猛勇、旗幟鮮明、戈戟光耀。褐羅傘下、坐着那个英雄美貌的女將。左右立着兩个年少標致的將軍、一个是蕭韶、一个是陳鸚兒、各拿一把小七星皁旗。又有兩个俊俏女子、都是戎裝。一个是蕭惜惜、捧着一口寶劍、一个是王嬌蓮、捧着一袋弓箭。營前樹着一面七星玄天上帝皁旗、飄揚飛繞。總兵看得呆了、走下雲梯來、令先鋒領(三)着高雄、趙貴(四)、趙天漢、崔球等一齊殺入去。且看賽兒如何。詩云、

劍光動處見玄霜、戰罷歸來意氣狂。
堪笑古今妖妄事、一場春夢到高唐。

賽兒就開了轅門、令方大領着人馬也殺出來、正好接着。兩員將鬪不到三合、賽兒不慌不忙、口裡念起呪來、兩面(五)小皁旗招動、那陣黒氣從(六)賽裡捲出來、把黎先鋒人馬罩得黒洞洞的、你我不看見。黎曉慌了手脚、被方大攔頭一方天戟打下馬來、腦漿奔流。高雄、趙天漢倶被拿了。傅總兵見(七)先鋒不利、就領着敗殘人馬回大營裡來納悶。

【眉批】第四行
好看。

【校勘】
（一）「領」、王本無し。

（二）「整齊」、王本「齊整」。
（三）「領着」、消本、王本無し。
（四）「趙貴」、消本、王本無し。
（五）「面」、王本「個」。
（六）「賽」、消本、王本、章本「寨」、是なり。
（七）「見」、李本無し。

【注】


雲梯…雲梯。攻城や敵情視察に用いる可動式の梯子。

『水滸傳』第八十七回「宋江聽的番將要鬬陣法、叫軍中竪起雲梯。宋江、吳用、朱武上雲梯、觀望了遼兵陣勢、三隊相連、左右相顧。」

布置…準備する。手はずを整える。

『水滸傳』第八十回「宋江、吳用已知備細、預先布置已定、單等官軍船隻到來。」

旗幟…旗。各種の旗の総称。

『三國演義』第二十五回「曹操指山下顏良排的陣勢、旗幟鮮明、鎗刀森布、嚴整有威、乃謂關公曰、『河北人馬如此雄壯。』」

戈戟…古代の兵器の総称。「戈」はかぎ矛、「戟」は両側に枝のある矛。

『三國演義』第九十一回「孔明辭了後主、旌旗蔽野、戈戟如林、率軍望漢中迤邐進發。」

羅傘…薄絹で出来た大型の傘。中でも褐色のものは高級で、四品以上の者のみが用いた。

『萬曆野獲編』卷十三「禮部」褐蓋「舊制、仕宦四品腰金以上、始得張褐蓋。未及四品者、惟狀元以曾經賜京兆尹鹵簿歸第、遂仍不改。他亦不爾也。」

『三國演義』第六十一回「操領百餘人、上山坡遙望戰船、各分隊伍、依次擺列、旗分五色、兵器鮮明。當中大船上青羅傘下、坐着孫權、左右文武侍立兩邊。」


戎裝…軍装のいでたちをする。軍衣をまとう。

『水滸傳』第七十二回「是夜雖無夜禁、各門頭目軍士、全付披掛、都是戎裝慣帶、弓弩上弦、刀劍出鞘、擺布得甚是嚴整。」


玄天上帝…北方七宿の代称である玄武が神格化されて生まれた神。明代では、靖難の役で神の助けがあったとされ、永楽年間に北京で多くの真武廟が建てられた。妖魔退治をする強い武神として広く信仰されている。

『二刻拍案驚奇』卷二十「功父伸一伸腰、掙一掙眼、叫聲『奇怪』、走下牀來。只見母妻兩人、正把玄天上帝畫像、挂在床邊、焚香禱請。」


飄揚…翻る。はためく。

『醒世恆言』第十二卷「且說起齋之日、主僧五鼓鳴鐘聚衆。其時香煙繚繞、燈燭煇煌、幡幢五采飄揚、樂器八音嘹喨、法事之盛、自不必說。」


看得呆…見て呆気にとられる。ぽかんと見とれる。

『拍案驚奇』卷之八「飯到、又吃了十來碗、陳大郎看得呆了、那人起身拱手道、『多謝兄長厚情、願聞姓名鄉貫。』」


玄霜…仙薬の名。不死の薬。

『漢武故事』「下車、上迎拜、延母坐、請不死之藥。母曰、『太上之藥、有中華紫蜜雲山朱蜜玉液金漿、其次藥有五雲之漿風實雲子玄霜絳雪、……。帝滯情不遣、慾心尚多、不死之藥、未可致也。』」

『傳奇』（『太平廣記』卷五十神仙・裴航）「夫人後使裊煙持詩一章曰、『一飲瓊漿百感生、玄霜搗盡見雲英。藍橋便是神仙窟、何必崎嶇上玉淸。』航覽之、空愧佩而已。」

『醒世恆言』第十三卷「玄霜着意擣初成、回首失雲英。但如醉如癡、如狂如舞、如夢如驚、香魂至今迷戀、問眞仙消息最分明。」


意氣…態度。様子。

『二刻拍案驚奇』卷十二「元卿意氣豪爽、見此佳麗聰明女子、十分趁懷、只恐不得他歡心。」


堪笑…甚だ笑うべきである。

蘇軾「送竹几與謝秀才」（『全宋詩』卷八百八）「堪笑荒唐玉川子、暮年家口若爲親。」

『拍案驚奇』卷二十七「堪笑聰明崔俊臣、也應落難一時渾。既然因畫能追盜、何不尋他題畫人。」


妖妄…怪しくまっとうでない。

『張太岳集』卷二十八「答山西崔巡撫計納叛招降之策」「何爲納此無用之人、聽其妖妄之說、而壞已成之功、失永久之利哉。」

『三國演義』第二十九回「策命將其屍號令於市、以正妖妄之罪。」


春夢…春の夜の夢。はかない夢。転じて、過去の短く素晴らしかった時期を指す。

『侯鯖錄』卷七「東坡老人在昌化。嘗負大瓢行歌於田間、有老婦年七十、謂坡云、『內翰昔日富貴、一場春夢。』坡然之。里人呼此媼爲春夢婆。」

『醒世恆言』第二十七卷「李雄部下雖然精勇、終是衆寡不敵。鏖戰到晩、全軍盡沒。可憐李雄蓋世英雄、到此一場春夢。」

高唐…戦国時代、楚の国の台観の名で、雲夢沢の中にある。楚の襄王が高唐に遊んだ際、夢で巫山の神女と出会い、これを寵愛して去った伝説がある。また、高唐の夢とは後世、男女の契りを指す。宋玉の「高唐賦」に詳しい。

『西廂記諸宮調』第六卷仙呂調「點絳脣纏令」「美滿生離、據鞍兀兀離腸痛。舊歡新寵、變作高唐夢。」

接着…出会う。出くわす。

『三國演義』第五十一回「周瑜驅兵星夜趕到南郡、正遇曹仁軍來救彝陵、兩軍接着、混戰一場。天色已晩、各自收兵。」

合…~回。交戦の回数を指す助数詞。

『三國演義』第十三回「張飛躍馬横鎗而來、大叫、『呂布、我和你併三百合。』」

不慌不忙…慌てず急がず。落ち着いて。

『警世通言』第一卷「伯牙起身整衣、向前施禮。那老者不慌不忙、將右手竹籃輕輕放下、雙手舉籐杖還禮、道、『先生有何見敎。』」

你我…お互い。彼我。

『古今小說』第三十八卷「將次午時、眞可作怪、一時間天昏地黑、日色無光、狂風大作、飛砂走石、播土揚泥、你我不能相顧。」

慌了手脚…慌てて手足を置く所が無い。どうしたらいいのか分からない。

『拍案驚奇』卷十四「于得水慌了手脚、附着耳朶連聲呼之、只是不應。也不管公堂之上、大聲痛哭。」

攔頭…出会い頭に。いきなり。

『水滸傳』第八十五回「花和尚輪起鐵禪杖、攔頭便打。武行者掣出雙戒刀、就便殺人。」

方天戟…昔の武器で戟の一種。正面、横いずれに対しても攻撃出来る。

『水滸傳』第七十七回「李明挺鎗向前、來鬪楊志、吳秉彝使方天戟、來戰史進。」

納悶…気分がうっとうしく憂鬱になる。気が塞ぐ。

『古今小説』第二十一巻「却説董昌攻打湖州不下、正在帳中納悶、又聽得『靈鳥』叫聲、『皇帝董、皇帝董。』」

【訳】

さて黎先鋒は五千の軍勢を率いて、半日鬨《とき》の声を上げましたが、賽児の陣営に動きは見られませんでした。そこで人をやって総兵にかくかくしかじかと申させます。傅総兵は楊巡撫と共に一群の将官達を引き連れて陣前までやって来ると、雲梯に登りました。賽児の陣営を窺うと、備えは万端、軍勢は勇猛、旗色鮮やか、武器はきらめくといった有様です。褐色の絹張りの傘の下には、かの雄々しくも眉目麗しき女大将が座っています。そして左右には二名の年若く美しい将軍が侍立していて、その一名は蕭韶、もう一名は陳鶚児、各々小ぶりの七星の黒旗を一本手にしていました。また二名の美しい娘もいて、いずれも軍装で身を固めていました。一名は蕭惜惜、宝剣一振りを捧げ持ち、もう一名は王嬌蓮、弓矢一組を捧げ持っていました。陣の前には一本の七星玄天上帝の黒旗が立てられ、はためき翻っていました。総兵はこれを見て呆気にとられ、雲梯を下りて来ると、黎先鋒に命じて高雄、趙貴、趙天漢、崔球らを率いて攻め込ませました。まあ暫し賽児がどのようなのか見てみましょう。詩で云えば、

剣光　動く処　玄霜　見《あらわ》れ

戦罷《や》み　帰り来たれば　意気　狂《たけ》し
笑うに堪えたり　古今　妖妄の事
一場の春夢は　高唐に到る

賽児は正門を開いて、方大にも軍勢を率いて撃って出させたところ、(黎先鋒の軍と)丁度ぶつかりました。両名の武将がやり合って三回も数えない内に、賽児は悠々然として口の中で呪文を唱え、二本の小さな黒旗を打ち振るや、一頻り黒い気が陣屋から立ち上って、黎先鋒の軍勢を真っ暗に覆い、お互いに見えなくなってしまいました。黎先鋒が慌てふためいていると、方大からいきなり方天戟を食らって馬から打ち落とされ、脳みそが迸り出ました。高雄、趙天漢は共に捕えられてしまいました。傅総兵は先鋒隊に利あらずと見るや、敗残兵を率いて大陣営まで帰って来て、鬱々と塞ぎ込みました。

【眉批】
綺麗なものだ。

方大押着、把高雄兩个解入寨裡見賽兒。賽兒、「監候在縣裡、我回軍時發落便了。」賽兒又與方大說、「今日雖贏得他一陣、他的大營人馬還不損折、明日又來厮殺。不若趂他喘息未定、衆人慌張之時、我們趕到、必獲全勝。」留方大守營。令康昭爲先鋒、賽兒自領一萬人馬、悄悄的趕到傅總兵營前、吶聲喊、一齊殺將入去。傅總兵只防賽兒夜裡來劫營、不防他日裡乗勢就來、都慌了手脚、斷殺不得。傅總兵、楊巡撫二人騎上馬、徃後逃命。二萬五千人、殺不得一二千人、都齊齊投降。又拿得千餘匹好馬、錢粮器械、盡數搬擄、自回到青州府去了。

【眉批】第二～三行
先發制人、卽襲縣之故智。

【校勘】
(一)「賽兒」、王本「賽兒命」、章本「賽兒道」。
(二)「不」、消本、王本「不曾」。
(三)「衆人慌張之時」、消本「衆人慌乄之時」、王本「衆慌之時」。
(四)「趕」、李本「退」。

【注】
解入…護送する。
『水滸傳』第五十七回「却說呼延灼活捉得孔明、解入城中來見慕容知府。」
監候…監禁する。

『醒世恆言』第十四卷「包大尹看了解狀、也理會不下。權將范二郎送獄司監候。」

發落…処置する。裁きをつける。

『拍案驚奇』巻十一「知縣錄了口詞、說道、『這人雖是他打死的、只是沒有屍親執命、未可成獄。且一面收監、待有了認屍的、定罪發落。』」

贏得…勝ち取る。勝ち得る。

『水滸傳』第三十四回「花榮笑道、『秦總管、你今日勞困了、我便贏得你也不爲强。你且回去、明日却來。』」

損折…（将兵を）損なう。

『三國演義』第八十二回「班曰、『孫桓雖然折了許多將士、朱然水軍現今結營江上、未曾損折。今日若去劫寨、倘水軍上岸斷我歸路、如之奈何。』」

喘息未定…呼吸がまだ定まらない。まだ一息ついていない。

『水滸傳』第七十七回「（童貫）方纔進步、喘息未定、只見前面塵起、叫殺連天、綠茸茸林子裏、又早飛出一彪人馬。」

慌張…慌てふためく。あたふたする。

『醒世恆言』第二十卷「那五個强盜見他進門、只道又來拷打、都慌張了。口中只是哀告。」

吶聲喊…どっと鬨の声を上げる。

『水滸傳』第四十一回「晁蓋、宋江等吶聲喊殺將入去、衆好漢亦各動手。」

劫營…敵陣を襲う。

『三國演義』第十五回「長史張昭曰、『彼軍被周瑜襲取曲阿、無戀戰之心、今夜正好劫營。』」

逃命…逃げる。命拾いする。

『古今小説』第二十一巻「(董昌)正在疑慮、只聽後面連珠砲響、兩路伏兵齊起、正不知多少人馬。越州兵爭先逃命、自相蹂踏、死者不計其數。」

齊齊…揃って。一斉に。

『拍案驚奇』巻二十「張老夫人、李尚書、裴夫人、俱各紅袍玉帶、率了鳳鳴小姐、齊齊拜倒在地、稱謝洪恩。」

器械…武器。

『拍案驚奇』巻十九「忽然一日、舟行至鄱陽湖口、遇着幾隻江洋大盜的船、各執器械、團團圍住。」

搬擄…運び去る。持ち去る。

『水滸傳』第七十八回「這十路軍馬各自都來下寨、近山砍伐木植、人家搬擄門窗、搭蓋窩鋪、十分害民。」


【訳】

方大が引っ立てて、高雄ら二人を陣屋まで護送し賽児に目通りしました。賽児は「役所内に監禁しておいて、私が軍を引き上げる際に始末すればいいわ。」と言い、また方大に「今日は彼との一戦に勝ったけれど、彼の大陣営にいる人馬は未だに無傷だから、明日また殺し合いにやって来るわ。彼がまだ一息ついていなくて、皆が慌てふためいている時に乗じて、我々が押し寄せれば、必ず完勝だわ。」と言って、方大を留めて陣営の守りに当てました。そして康昭を先鋒とし、賽児は自ら一万の軍勢を率いて、気付かれないように傅総兵の陣営前まで押し寄せると、どっと鬨の声を上げて、一斉になだれ込みました。傅総兵は賽児が夜討ちを掛けて来る事にだけ用心していたところへ、不意に昼日中に勢いに乗じてやって来たものですから、皆浮き足立ってしまい、殺し合いもままなりません。傅総兵と楊巡撫の二人は馬に乗って、背を向けて逃げ出しました。二万五千人の内、殺されずに残ったのは僅かに一、二千人で、それも皆投降しました。（賽児は）そこでまた千匹余りの良馬と、金銭や兵糧、兵器を手に入れると、悉く運び去って、青州府へと引き上げて行きました。

【眉批】
先んずれば人を制す、これ即ち県襲撃における古い手である。

軍官有逃得命的、跟着傅總兵到都堂府來商議。再欲起奏、另自添遣兵將。楊巡撫說、「沒了三四萬人馬、殺了許多軍官。朝廷得知、必然加罪我們。我曉得滕縣許知縣是个清廉能幹忠義的人、與周經歷、戴指揮委曲協同、要保這地方無事、都設計詐降。而今周經歷在賊中、不能得出。許、戴二人原在本地方、不若密密取他來、定有破敵良策。」傅總兵慌忙使人請許知縣、戴指揮到府、計議要破賽兒一事。許知縣近前、輕輕的與傅總兵、楊巡撫二人說、如此如此、「不出旬日、可破賽兒。」傅總兵說、「若得如此、我自當保奏陞賞。」許知縣辭了總制、回到縣裡、與戴指揮各備禮物、各差个的當心腹人來賀賽兒、就通消息與周經歷。却不知周經歷先有計了。

【校勘】

異同なし。

【注】

都堂…明代、各省庁の長官を堂官と称した。都察院の長官である都御史、副都御史、僉都御史、並びに他の部署に派遣されてこの職を兼任している総督や巡撫を等しく都堂と称した。

『警世通言』第二十四巻「父母不來、回書說、『敎他做官勤愼公廉、念你年長未娶、已聘劉都堂之女、不日送至任所成親。』」

起奏…皇帝に上奏する。

『醒世恆言』第三十六巻「朱源取名蔡續、特爲起奏一本、將蔡武被禍事情、備細達於聖聽。」

加罪…罰する。罪に問う。

『拍案驚奇』巻三十「太守道、『某本不才、幸得備員、叨守一郡。副大使車駕枉臨、下察弊政、寬不加罪、恩同天地了。……。』」

能幹…有能である。腕が立つ。

『水滸傳』第三十四回「原來這三位好漢、爲因不見宋江回來、差幾個能幹的小嘍囉下山、直來清風鎭上探聽、聞人說道、……。」

委曲…密かに手を尽くす。

『警世通言』第二巻「婆娘道、『你主人與先夫、原是生前空約、沒有北面聽敎的事、算不得師弟。……。你老人家是必委曲成就、敎你喫杯喜酒。』」

設計…はかりごとを設ける。

『三國演義』第四十五回「瑜思曰、『二人久居江東、諳絶水戰。吾必設計先除此二人、然後可以破曹。』」

保奏…皇帝に推薦し保証する。

『三國演義』第三十六回「操厚待之。因謂之曰、『……今煩老母作書、喚回許都、吾於天子之前保奏、必有重賞。』」

總制…官名。明代の軍務武官で、総督に同じ。

『醒世恆言』第三十六巻「後來朱源差滿回來、歴官至三邊總制。」

的當…妥当である。適切である。

『醒世恆言』第二十六巻「夫人知得有這個醫家、即差下的當人齎了禮物、星夜趕去請那李八百。」

【訳】

将校の内逃げおおせて命が助かった者は、傅総兵について巡撫の役所にやって来て協議を行いました。再び上奏文を提出して、別に軍勢を増派してもらおうとします。楊巡撫は「三、四万の人馬を失い、多数の将校を死なせてしまいました。朝廷が知れば、必ずや我々は罪に問われます。ところで、滕県の許知県は清廉且つ有能で、忠義心に富んだ人物であり、周経歴や戴指揮と裏で手を回して協力し、当地に事なきを得ようと、はかって偽りの投降をしているものと私は心得ております。ただ目下のところ、周経歴は賊軍におり、抜け出す事は叶いません。許、戴の両名は依然として元の地におりますので、秘密裏に彼らを呼び寄せる方が良く、きっと敵を破る良策が得られましょう。」と言いました。傅総兵は慌ただしく人を遣って許知県、戴指揮を役所へと招き、賽児を破るための手立てを講じます。許知県は前に進み出ると小声で傅総兵と楊巡撫の二人に、かくかくしかじか、「十日も経たぬ間に賽児を打ち破れましょう。」と言いました。傅総兵は「もしそのようになれば、わしは固より昇級と褒美とを奏上しようぞ。」と言います。許知県は総制（傅総兵）に別れを告げて県内に戻ると、戴指揮ともども贈り物を調え、それぞれ然るべき腹心の者を遣わして賽児の祝賀にやって来て、周経歴に情報を伝えました。しかし実は周経歴には元々ある計画があったのです。

元來周經歷見蕭韶甚得賽兒之寵(一)、又且乖覺聰明、時時結識他、做个心腹、着實奉承他。蕭韶不過意、說、「我原是治下子民、今日何當老爺如此看覷。」周經歷說、「你是奶奶心愛的人、怎敢怠慢。」蕭韶說道、「一家被害了、沒奈何偸生、甚麽心受(二)不心愛。」周經歷道、「不要如此說。你姐妹都在左右、也是難得的。」蕭韶說、「姐姐嫁了个響馬賊。我雖在被窩裡、也只是伴虎眠、有何心緒。妹妹只當得丫頭。我一家怨恨、在何處說。」周經歷見他如此說、又說、「既如此、何不乘機反邪歸正。朝廷必有酬報。不然、他日一敗、玉石俱焚。你是同衾共枕之人、一發有口難分了。不要說被害冤仇沒處可報。」蕭韶道、「我也曉得事體果然如此、只是沒个好計脫身。」周經歷說、「你在身伴(三)、只消如此如此、外邊接(四)應都在于我。」却(五)把許(六)、戴來的消息通知了他。蕭韶歡喜說、「我《有心人》且通知妹子做一路則个。」計議得熟了、只等中秋日起手、後半夜點天燈爲號。周經歷就通這个消息與許知縣、戴指揮。這是八月十二日的話。

【眉批】第一行
深心妙用。
第四～五行
蕭韶亦是有志之人、不爲色迷。

【夾批】
有心人。

【校勘】
(一)「寵」、消本判読不能（右横に「歓」字の加筆有り）、王本「意」。
(二)「受」、消本、王本、章本「愛」、是なり。
(三)「伴」、消本、王本「畔」。音義同じ。
(四)「接」、消本「按」。
(五)「却」、王本「一一悉」。
(六)「許」、消本「詐」。

【注】

結識…懇意になる。知己になる。交わりを求める。ここではこびへつらう、取り入るの意。

『拍案驚奇』巻三十二「(鐵生)從此愈加結識胡生、時時引他到家裡喫酒、連他妻子請將過來、叫狄氏陪着。外邊廣接名姬狎客、調笑戲謔。一來要奉承胡生喜歡、二來要引動門氏情性。」

不過意…気の毒に思う。済まなく思う。心苦しい。

『醒世恆言』第三卷「鴇兒見女兒如此做作、甚不過意。對秦重道、『小女平日慣了、他專會使性。今日他心中不知爲什麼有些不自在、却不干你事、休得見怪。』」

治下…統治下。治世下。

『水滸傳』第五回「那大王把手來扶道、『你是我的丈人、如何倒跪我。』太公道、『休說這話。老漢只是大王治下管的人戶。』」

子民…領民。民衆。

『醒世恆言』第一卷「(月香)說罷、即忙下跪。賈昌那裏肯要他拜、別轉了頭、忙教老婆扶起道、『小人是老相公的子民、這螻蟻之命、都出老相公所賜。就是這位養娘、小人也不敢怠慢、何況小姐。……。』」

當…受ける。蒙る。

『警世通言』第三十二卷「孫富便道、『風雪阻舟、乃天遣與尊兄相會、實小弟之幸也。舟次無聊、欲同尊兄上岸、就酒肆中一酌、少領清誨、萬望不拒。』公子道、『萍水相逢、何當厚擾。』孫富道、『說那里話。四海之內、皆兄弟也。』」

看覷…目を掛ける。面倒を見る。世話をする。

『水滸傳』第九回「又住了五七日、兩個公人催促要行、柴進又置席面相待送行、又寫兩封書、分付林冲道、『滄州大尹也與柴進好、牢城管營、差撥亦與柴進交厚。可將這兩封書去下、必然看覷敎頭。』

偸生…生を貪る。生きながらえる。

『拍案驚奇』巻之六「娘子道、『若要奴身不死、除非妖尼奸賊多死得在我眼裡、還可忍恥偸生。』」

心緒…気持ち。情緒。心境。

『拍案驚奇』巻二十七「王氏道、『承蒙相公夫人擡舉、人非木石、豈不知感。但重整雲鬟、再施鉛粉、丈夫已亡、有何心緒。……。』」

反邪歸正…邪を去って正に帰す。

『水滸全傳』第九十七回「宋江答拜不迭道、『將軍反邪歸正、與宋某同滅田虎、回朝報奏朝廷、自當錄用。』」

玉石俱焚…玉石共に焚く。良いものも悪いものも一緒に壊してしまう。

『三國演義』第四十一回「操乃召徐庶至、謂曰、『我本欲踏平樊城、奈憐衆百姓之命。公可往說劉備、如肯來降、免罪賜爵。若更執迷、軍民共戮、玉石俱焚。……。』」

同衾共枕…男女が衾を同じくし、枕を共にする。

『拍案驚奇』巻之九「劉氏子大笑道、『此乃吾妻也。我今夜還要與他同衾共枕、怎麼捨得負了出去。』」

有口難分…弁解のしようがない。弁解するのが難しい。

『醒世恆言』第二十卷「(趙昂) 思量要謀害他父子性命、獨竝王員外家私。只是有不便之處、乃與老婆商議。那老婆道、『不難。我有個妙策在此。敎他有口難分、死在獄底。』」

做一路…共謀する。ぐるになる。

『水滸傳』第六十一回「盧俊義道、『放屁。你這廝們都和那賊人做一路。』」

天燈…軒先或いは竿に吊す提灯。

『楊家將演義』第四十五回「眞人報寇準曰、『壇上天燈長明不滅、八殿下可保無虞。』」

【訳】

元々周経歴は、蕭韶がたいそう賽児の寵愛を受け、その上また賢く利口だったので、常々蕭韶に取り入って腹心となり、心から彼に仕えていました。蕭韶は済まなく思い、こう言いました。「私は元々（あなたの）統治下の民なのに、今どうしてあなた様にこんなに良くして頂く事が出来ましょうか。」周経歴は言います。「あなたは奥方の愛しい方です。どうしてなおざりに出来ましょう。」蕭韶は言いました。「一家が殺され、どうしようも無く生きながらえているだけで、愛しいも何もありません。」周経歴は言います。「そんな風に言ってはいけません。あなたのご姉妹も揃ってお側にいらっしゃいますが、これもめったに無い事ですよ。」蕭韶は言いました。「姉は追い剥ぎに嫁いだんです。私は一つ蒲団の中にいるとは言え、ただ虎に付き添って寝ているだけ、何の気持ちがありましょうか。妹はただの女中に過ぎません。我々一家の怨みは、一体どこで申し立てればいいのでしょうか。」周経歴は彼がそう言うのを見て、更に言います。「そうであれば、どうして機に乗じて邪から正に戻らないのですか。朝廷はきっと厚く報いるでしょう。そうでなければ、いつか敗れた日には、玉石共に焚かれてしまいます。あなたは（賽児と）衾《ふすま》を同じくし、枕を共にした人ですから、ますます弁解のしようがありません。殺された怨みを霽《は》らすべき所が無くなる事は言うまでもありません。」蕭韶は言いました。「私も事は果たしてその通りだと分かっているのですが、逃れる良い術が無いのです。」周経歴は言います。「あなたは（賽児の）側で、ただかくかくしかじかしさえすれば、外からの応援は全て私にお任せ下さい。」更に許知県、戴指揮からの情報を彼に知らせました。蕭韶は喜んで「妹にも知らせて仲間にしましょう。」と言いました。綿密に計を立てて、中秋の日を待って決起し、夜半過ぎに提灯に明かりを点すのを合図としました。周経歴はこの事を許知県と戴指揮に知らせます。これが八月十二日の事でした。

【眉批】
よくよく考え、(その計を)巧みに用いている。

蕭韶もまた志のある人で、色には惑わされない。

【夾批】
よく気が付く奴だ。

到十三日、許知縣、戴指揮各差能事兵快應捕、各帶土兵(一)、軍官三四十人(二)、預先去府裡四散埋伏、只聽炮响、策應周經歷拿賊。許知縣又密令親子許德、來約周經歷。十五夜放炮奪門的事、都得知了、不必說。且說蕭韶姐妹二人、(三)來對王嬌蓮、陳鸚兒通知外邉消息。他兩人原是戴家細作、自然留心。

【校勘】

(一)「土」、消本「主」、李本、章本「士」。

(二)「十」、消本、王本「百」。

(三)「來」、王本無し。

【注】

能事…能力がある。有能である。

『三國演義』第二十一回「玄德曰、『河北袁紹、四世三公、門多故吏。今虎踞冀州之地、部下能事者極多、可爲英雄。』」

應捕…捕り手の役人。

『拍案驚奇』巻之二「應捕明日竟到縣中出首。知縣添差應捕十來人、急命拘來。」

土兵…中央政府の兵隊に対して、地方政府の兵隊。

『金瓶梅詞話』第八回「王婆叫道、『大官人、娘子起來、匆匆有句話和你們說。如今如此如此、這般這般、武二差土兵寄了書來、他與哥哥說、他不久就到。……。』」

【訳】

十三日になると、許知県と戴指揮はそれぞれ腕利きの捕り手役人を遣わし、各々に地方兵と軍官三、四十人を率いて、前もって府内に行かせ四散して潜ませると、大砲の音と同時に周経歴に呼応して賊を捕えさせる事にしました。

許知県は更に密かに実の子の許徳《きょとく》に命令して、周経歴に約束をさせました。十五日の夜に大砲を打って門を占拠する事を、双方承知した事は言うまでもありません。さて蕭韶兄妹二人は、王嬌蓮、陳鸚児に外の様子を伝えます。彼ら二人は元々戴家の密偵ですので、勿論気を付けていました。

至十五日(一)晩上、賽兒就排筵宴來賞月。飲了一回、只見王嬌蓮來稟賽兒說、「今夜八月十五日、難得晴明、更兼破了傅總兵、得了若干錢粮人馬。我等蒙奶奶擡舉、無可報答、每人各要與奶奶上壽。」王嬌蓮手報(二)檀板、唱一歌。歌云、

　虎渡三江迅若風、龍争四海競長空。
　光揺劍術和星落、狐兎潛藏一戰功。

賽兒聽得好生歡喜、飲過三大杯。女人都依次奉酒、俱(三)是不會唱的、就是王嬌蓮代唱。衆人只要灌得賽兒醉了、好行事。陳鸚兒也要上壽、賽兒又說道、「我喫得多了。你們恁的好心、每一人只喫一杯罷。」又飲了二十餘杯、已自醉了。又復(四)歌舞起來、輪畨把盞。灌得賽兒爛(五)醉、賽兒就倒在位上。

【校勘】

(一)「日」、王本無し。
(二)「報」、消本、王本、章本「執」、是なり。
(三)「俱」、章本「但(俱)」。
(四)「復」、消本「有」。
(五)「爛」、消本「大」。

【注】

筵宴…宴会。
『三國演義』第十七回「呂布得勝、邀請雲長竝楊奉、韓暹等一行人馬到徐州、大排筵宴管待。軍士都有犒賞。」

若干…幾らか。不定量を表す。
『醒世恆言』第三卷「(王美娘)以後有客求見、欣然相接。覆帳之後、賓客如市。捱三頂五、不得空閒。聲價愈重。每一晚白銀十兩、兀自你爭我奪。王九媽賺了若干錢鈔、歡喜無限。」

報答…(実際の行動で)報いる。謝意を表する。
『警世通言』第二十一卷「京娘道、『……今日蒙恩人拔離苦海、千里步行相送、又爲妾報仇、絕其後患。此恩如重生父母、無可報答。……。』」

上壽…臣下が君主に対して、或いは目下が目上に対して酒を勧め贈り物を献上する。
『三國演義』第一百十三回「(孫綝)酒酣、乃謂布曰、『吾初廢會稽王時、人皆勸吾爲君。吾爲今上賢、故立之。今我上壽而見拒、是將我等閒相待。吾早晚教你看。』」

檀板…カスタネットのように用いる紫檀製の打楽器。紫檀で作った拍子木。

『金瓶梅詞話』第五十五回「西門慶就叫玳安裏邊討出菜蔬、嗄飯、點心、小酒、擺着八仙卓兒、就與諸人燕飲、就叫兩個歌童前來唱。只見捧着檀板、拽起歌喉、唱一個『新水令。』」


好生…甚だ。非常に。

『醒世恆言』第六卷「王媽媽聞的兒子忽歸家、好生歡喜。」


倶是…全て。「都是」に同じ。

『拍案驚奇』卷二十四「父母愛惜他、眞個如珠似玉。倏忽已是十九歳、父母倶是六十以上了、尚未許聘人家。」


灌…（液体を）口に流し込む。飲ませる。

『醒世恆言』第三卷「（金二員）請至舟中、三四個幫閒、倶是會中之人、猜拳行令、做好做歉、將美娘灌得爛醉如泥。」


輪番…順番に。代わる代わる。「輪流」に同じ。

『二刻拍案驚奇』卷三十四「一日、太尉召任生喫酒、直引至內書房中。歡飲多時、喚兩个歌姬出來唱曲、輪番勸酒。」


把盞…酒杯を取る。杯を手にする。酒を勧める。

『金瓶梅詞話』第三十二回「却說前邊各客都到齊了、西門慶冠冕着遞酒。衆人讓喬大戶爲首、先與西門慶把盞。」


爛醉…泥酔する。ぐでんぐでんに酔う。

『警世通言』第十三卷「當日天色已晚、押司道、『且安排幾盃酒來喫着、我今夜不睡、消遣這一夜。』三盃兩盞、不覺喫得爛醉。只見孫押司在校椅上、朦朧着醉眼、打瞌睡。」

【訳】

十五日の夜になると、賽児は宴席を設けて月見をしました。暫く飲んだところで、王嬌蓮が進み出て賽児に申し上げました。「今夜は八月十五日で、またとなく晴れ渡っておりますし、その上傅総兵を破って、若干の金や兵糧、人馬も手に入れました。私達は奥様のお引き立てを受けておりますが、感謝のしようもございませんので、それぞれで奥様にお祝いのお酒を奉りとうございます。」王嬌蓮は拍子木を手に取ると、歌を唱いました。その歌は、

虎　三江を渡りて　迅きこと風の若く
龍　四海を争いて　長空に競う
光　剣術に揺れ　星に和して落つれば
狐兎　潜蔵し　一戦にして功あり

賽児はそれを聞いて非常に喜び、三杯の大杯を飲み干しました。女達は皆次々と酒を勧めますが、皆歌えないので、王嬌蓮が代わりに歌いました。皆はただ賽児に酒を飲ませて酔わせ、事を起こし易くしようとしているに過ぎません。陳鸚児も祝いの酒を奉ろうとすると、賽児はこう言いました。「私は飲み過ぎたわ。だけど、お前達のこれほどの好意だから、一人につき一杯だけ飲む事にするわ。」更に二十数杯飲み、もはや酔っ払ってしまいました。再び歌や舞が始まり、（皆は）代わる代わる酒を勧めました。口に流し込まれて賽児はぐでんぐでんに酔っ払い、座に倒れてしまいました。

蕭韶說、「奶奶醉了、我們扶奶奶進房裡去罷。」蕭韶抱(一)住賽兒、衆人齊來相幇、擡(二)進房裡床上去。蕭韶打發衆人出來、就替賽兒脫了衣服、盖上被、拴上房門。衆人也自去睡、只有與謀知因的人都不睡、只等賽兒消息。

【校勘】

(一)「抱」、王本「拖」。

(二)「擡」、消本、王本「扶」。

【注】

與謀…はかりごとに加わる。

『三國演義』第四十九回「和抵賴不過、大叫曰、『汝家闞澤、甘寧亦曾與謀。』瑜曰、『此乃吾之所使也。』蔡和悔之無及。」

知因…訳を知る。

『二刻拍案驚奇』卷十七「從此撰之胸中痴痴裡想着、『聞俊卿有个姉姉、美貌巧藝、要得爲妻。』有了這个念頭、竝不與杜子中知道。因爲箭是他拾着的、今自己把做寶貝藏着、恐怕他知因、來要了去。」

【訳】

蕭韶が「奥方は酔ってしまわれたから、我々が支えてお部屋へお連れしよう。」と言いました。蕭韶が賽児を抱きかかえると、皆も揃って手助けをし、部屋へ担ぎ込んで寝台に上げました。蕭韶は皆を出て行かせると、賽児のために服を脱がせてやり、蒲団を掛けると、戸に閂を掛けました。皆も眠りに就きますが、はかりごとに加わり、訳を知っている者だけは誰も眠らず、ひたすら賽児についての知らせを待ちました。

蕭韶又恐假醉、把燈剔行(一)明亮、仍上床來、摟住(二)賽兒、扒在賽兒身上故意着實耍戲、賽兒那里知(三)得、被蕭韶舞弄得久了。料筭外邊人都睡靜了、自想道、「今不下手、更待何時。」起來慌忙再穿上衣服、床頭拔出那口寶刀來。輕輕的掀開被來、盡力朝着賽兒項上剁下一刀來、連肩斫做兩段。賽兒醉得究了、一動也動不得。

【眉批】第一～二行

有心人、亦是硬心人。

【校勘】

(一)「行」、消本、王本、章本「得」、是なり。

(二)「住」、消本「抱」(加筆)。

（三）「知得」、消本、王本「得知」。

【注】

剔…（灯心を）掻き立てる。
『水滸傳』第三十二回「約有二三更天氣、只見廳背後走出三五個小嘍囉來、叫道、『大王起來了。』便去把廳上燈燭剔得明亮、宋江偸眼看時、見那個出來的大王、頭上綰着鵝梨角兒、一條紅絹帕裹着、身上披着一領棗紅紵絲衲襖、便來坐在當中虎皮交椅上。」

扒…腹這いになる。跨る。「趴」に同じ。
『金瓶梅詞話』第五十一回「睡時沒半個時辰、婦人淫情未足、扒上身去、兩個又幹起來。」

舞弄…弄ぶ。
『拍案驚奇』巻三十二「胡生風流在行、放出手段、儘意舞弄。狄氏歡喜無盡、叮囑胡生、『不可洩漏。』」

料筭…見積もる。あらかじめ計算する。「筭」は「算」に同じ。
『醒世姻緣傳』第三十二回「却說晁夫人見這樣饑荒、心中十分不忍、把那節年積住的糧食、夜晚睡不着覺的時候、料算了一算、差不多有兩萬的光景。」

掀開…（閉じてある物や覆いなどを親指と人差し指で）開ける、めくる。
『金瓶梅詞話』第二十一回「金蓮就舒進手去、被窩裏摸見薰被的銀香球、說道、『李大姐生了彈這裏。』掀開被、見他一身白肉、那李瓶兒連忙穿衣不迭。」

剁…（刃物で）叩くようにして切る。切り砕く。

『水滸傳』第三十一回「武松趕入去、一刀先剁下頭來。蔣門神有力、掙得起來。」

硬心…私情をかなぐり捨てる。心をかたくなにする。

『金瓶梅詞話』第一回「那婦人時常把些言語來撥他、武松是個硬心的直漢。」

【訳】

蕭韶はそれでも酔った振りをしているのではないかと心配し、灯心を掻き立てて明るくすると、いつものように寝台に上がって賽児を抱きしめ、賽児の体にのしかかって、わざと何度もふざけますが、賽児が何で気付きましょう、蕭韶に暫く弄ばれたのでした。蕭韶は外の人々も皆寝静まった頃だと見計ると、「今手を下さないで、いつやるんだ。」と思います。起き上ると急いで再び服を着、枕元でかの宝刀を抜き出しました。そっと掛け蒲団をめくり、力一杯賽児の項めがけて一振りすると、肩までばっさり二つに切り裂きました。賽児はひどく酔っており、ぴくりともしませんでした。

【眉批】

気が利く上に、情を挟まない奴だ。

蕭韶慌忙走出房來、悄悄對妹妹、王嬌蓮、陳鸚兒說道、「賽兒被我殺了。」王嬌蓮說、「不要驚動董天然這兩个、就暗去襲(一)了他。」陳鸚兒道、「說得是。」拿着刀來敲董天然的房門、說道、「奶奶身子不好、你快起來。」董天然聽得這話、就磕(二)睡裡慌忙披着衣服、來開房門、不防備被陳鸚兒手(三)起刀落、斫倒在房門邉閙(四)命。又復(五)一刀、就放(六)了命。這王小玉也醉了、不省人事、衆人把來殺了。衆人說、「好到(七)好了、怎麼我們得出去。」蕭韶說、「不要慌、約定的。」就把天燈點起來、扯在燈竿上。

【校勘】

（一）「襲了」、消本、王本「先殺」。

（二）「磕」、消本、王本「渇」、李本、章本「瞌」。

（三）「手起刀落」、王本「着力一刀」。

（四）「閙」、章本「頻」。

（五）「復」、消本「伏」。

（六）「放」、消本、王本「絶」。

（七）「到」、章本「倒」。音義同じ。

【注】

手起刀落…人を殺す動作が速いこと。

『水滸傳』第三十一回「急待回身、武松隨在背後、手起刀落、早剁翻了一箇。」

放了命…「放命」は、絶命する。死ぬ。

『水滸傳』第二十五回「這婆子却看着那婦人道、『……他若放了命、便揭起被來、却將煮的抹布一揩、都沒了血跡、便入在棺材裏、扛出去燒了。有甚麼鳥事。』」

到…～ではあるが。譲歩を表す。「倒」に同じ。

『醒世恆言』第十巻「劉公已將店面關好、同媽媽向火。看見老軍出房、便叫道、『方長官、你若冷時、有火在此、烘一烘煖活也好。』老軍道、『好到好、只是奶奶在那裏、恐不穩便。』」

【訳】

蕭韶は急いで部屋から出ると、こっそり妹と王嬌蓮、陳鸚児に向かって言いました。「賽児は俺が殺《や》ったぞ。」王嬌蓮は「董天然ら二人に気付かれないように、こっそり奴らを襲いに行きましょう。」と言いました。陳鸚児は「そうだな。」と言い、刀を持って、董天然の部屋へやって来ると、戸を叩いて言いました。「奥様のお体の調子が良くありません、急いで起きて下さい。」董天然はそれを聞くと、寝ぼけたまま急いで服を羽織って戸を開けるや、無防備なところを陳鸚児にさっと刀を振り下ろされ、戸口の所で斬り倒されてぴくぴくと痙攣しました。（陳鸚児が）更に一振りすると、息絶えてしまいました。王小玉の方も酔って前後不覚でしたので、皆で引っ張り出して殺しました。皆は「うまく行ったのは行ったが、さてどうやれば出られるのだろうか。」と言うと、蕭韶は「慌てる事は無い、約束はしてあるから。」と言いました。そして提灯に明かりを点して、提灯竿の上に引き上げました。

不移時、周經歷領着十來名火夫、平日收留的好漢、敲開門、一齊湧（一）入衙裡來。蕭韶對周經歷說、「賽兒、董天然、王小玉都殺了。這衙裡人都是被害的、望老爺做主。」周經（二）歷道、「不須說。衙裡的金銀財（三）寶、各人盡力拿了些。其餘山（四）積的財物、都封鎖了入官。」周經歷又把三个人頭割下來、領着蕭韶一起、開了府門、放个銃。只見兵快應捕共有七八十人、齊來見周經歷說、「小人們是縣、衞兩處差來兵快、策應拿强盜的。」周經歷說、「强盜多拿了、殺的人頭在這里。都跟我來。」到得東門城邊、放三个炮。開得城門、許知縣、戴指揮各領五百人馬殺入城來。周經歷說、「不關百姓事。賽兒殺了、還有餘黨不曾勦滅、各人分投（五）去殺。」

【眉批】第二行

蕭韶有主意。

第三行

周經歷有膀（六）擡。

【校勘】

（一）「湧」、消本「俑」、王本「擁」。王本に音義同じ。

（二）「經歷」、章本「歷經」。

(三)「財寶」、王本「財物寶貝」。
(四)「山」、消本「所」。
(五)「投」、王本、章本「頭」。音義同じ。
(六)「劈」、李本「擘」、是なり。

【注】


不移時…程なく。

『水滸傳』第九回「柴進便喚莊客、叫將酒來。不移時、只見數個莊客托出一盤肉、一盤餅、溫一壺酒。」


火夫…市街を警備する人。

『萩園雜記』巻十一「唐兵制以十人爲火、五十人爲隊。火字之來久矣。今街市巡警鋪夫、率以十人爲甲、謂之火夫。蓋火伴之火、非水火之火也。」

『金瓶梅詞話』第九十三回「有當夜的過來、敎他頂火夫、打梆子搖鈴。」


収雷…受け入れる。手元に置いておく。

『三國演義』第十三回「玄德曰、『布乃當今英勇之士、可出迎之。』糜竺曰、『呂布乃虎狼之徒、不可收留、收則傷人矣。』」


湧(擁)入…どっと入る。

『拍案驚奇』巻十一「却說那王甲自從殺了李乙、自恃搽臉無人看破、揚揚得意、毫不隄防。不期一夥應捕擁入家來、正是疾雷不及掩耳、一時無處躲避。」

做主…采配を振るう。

『水滸傳』第二回「衆人道、『我等村農、只靠大郎做主。梆子響時、誰敢不來。』」

封鎖…錠を下ろして封をする。

『三國演義』第六十七回「張魯曰、『我向本欲歸命國家、而意未得達。今不得已而出奔、倉廩府庫國家之有、不可廢也。』遂盡封鎖。」

入官…没収して官有にする。

『警世通言』第三十三卷「當時安撫卽差吏去、打開喬俊家大門、將細軟錢物盡數入官。」

銃…鉄砲。

『大學衍義補』卷一百二十二「近世以火藥實銅鐵器中、亦謂之砲、又謂之銃。」

『金瓶梅詞話』第六十一回「婦人道、『……你這傻行貨子、是好四十里聽銃響罷了。』」

勦滅…討伐して討ち滅ぼす。

『封神演義』第八十九回「紂王聞奏大悦、『……務要用心料理、勦滅叛逆、另行分列茅土、朕不食言。欽哉。故諭。』」

分投…手分けする。

『水滸傳』第十二回「知縣道、『……今喚你等兩個、休辭辛苦、與我將帶本管士兵人等、一個出西門、一個出東門、分投巡捕。……。』」

劈（擘）擡…計画。企み。「擘劃」に同じ。

『二刻拍案驚奇』卷二十七「汪秀才眼看愛姬先去、難道就是這樣罷了。他是个有擘劃的人、卽忙着人四路找聽、……。」

【訳】

間もなく、周経歴は十数名の警備の者――平素手元に置いておいた好漢達ですが――を率いて門を叩いて開けさせ、一斉に役所になだれ込んで来ました。蕭韶は周経歴に向かって言いました。「賽児、董天然、王小玉らはいずれも殺しました。この役所の人間は皆被害者ですので、どうか旦那様に指揮を執って頂きたいと存じます。」周経歴は言いました。「言うまでも無い。役所の金銀財宝は、各自出来る限り持って行くが良い。その他の山積みになっている財物は、皆鍵を掛けてお上の物とする。」周経歴は更に三人の首を切り落とし、蕭韶の一団を率いて、府の門を開け、鉄砲を一発撃ちました。すると捕り手役人達が合わせて七、八十人、揃ってやって来て、周経歴に目通りして言いました。「私どもは滕県と臨海衛の二箇所が遣わした捕り手で、呼応して強盗を捕まえる者でございます。」周経歴は言いました。「強盗は全て捕らえた。殺した者の首はここにある。皆私に付いて来い。」東の城門の辺りに着くと、号砲を三発撃ちました。城門を開いて、許知県、戴指揮がそれぞれ五百の人馬を率いて城内に攻め込みました。周経歴は「民には関わりの無い事である。賽児は殺したが、まだ残党がいて討伐しておらぬ故、各自手分けして片付けて頂きたい。」と言いました。

【眉批】

蕭韶には考えがあった。

周経歴にはもくろみがあった。

且說王憲、方大、聽得炮響、都起來、不知道爲着甚麼。正沒做道理處、周經歷領的人馬早已殺入方大家裡來。方大正要問備細時、被側邉一鎗搠倒、就割了頭。戴指揮拿得馬効良、戴德如、陣上(一)許知縣殺死康昭、王憲一十四人。沈印時兩月前害疫病死了、不曾殺得。又恐軍中有變、急忙傳令、「只殺有職事的。小卒良民一槩不究。」多屬(二)周經歷招撫。

【眉批】第四行

得勝後要緊着。

【校勘】

(一)「陣上」、王本無し。

(二)「屬」、王本「囑」。

【注】

職事…官職。職務。

『水滸傳』第二回「後來沒半年之間、直擡舉高俅做到殿帥府太尉職事。」

不究…罪を追求しない。

『三國演義』第九回「卓曰、『布與我有父子之分、不便賜與。我只不究其罪。汝傳我意、以好言慰之可也。』」

屬…～される。

『水滸傳』第三十回「施恩看了、尋思道、『這張都監是我父親的上司官、屬他調遣。……。』」

招撫…投降帰順させる。

『水滸傳』第八十二回「天子命宣、『翰林學士與寡人親修丹詔、便差大臣前去招撫梁山泊宋江等歸還。』」

【訳】

さて、王憲、方大は砲声が轟くのを聞いて、いずれも起きたのですが、訳が分かりません。丁度どうする事も出来ないでいるところに、周経歴率いる人馬が早くも方大の屋敷へ攻め込んで来ました。方大は正に仔細を尋ねようとしたその時、脇から槍でぶすりと突き倒されて、首を落とされました。戴指揮は馬効良、戴徳如を捕らえ、戦場では許知県が康昭、王憲ら十四人を殺しました。沈印時は二箇月前に疫病にかかって死んでいましたから、殺す事が出来ませんでした。更に軍中に変事があるといけないので、「ただ官職のある者だけを殺せ。雑兵、良民は全てお構いなしだ。」と急いで伝令しました。皆は周経歴の元に帰順させられました。

【眉批】

勝利を手にした後は、これが肝心だ。

許知縣對衆人說、「這里與萊陽縣相(一)隔(二)四五十里、他那縣裡未便知得。兵貴神速、我與戴大人連夜去襲了那縣、雷周大人守着這府。」二人就領(三)五千人馬、殺奔萊陽縣來。假說道、「府裡調來的軍、去取傍(四)縣的。」城上逕放入縣裡來。鄭貫正坐在堂上、被許知縣領了兵齊搶入去、將鄭貫殺了。張天祿、祝洪等慌了、都來投降。把一千人犯解到府裡監禁、聽候發落。安了民、許知縣仍回到府裡、同周經歷、蕭韶一班解賽兒等首級來見傅總兵、楊巡撫、把賽兒事說一遍。傅總兵說、「足見各官神筭。」稱譽不已。就起奏捷本、一邉打點回京。

【眉批】第二～三行
　卽用賽兒襲青州故智。
　　第六行
揔兵、廵撫因人成事而已。

【校勘】
(一)「相」、消本、王本「只」。
(二)「四」、王本無し。

(三)「領」、王本「領了」。

(四)「傍」、章本「旁」。

【注】

殺奔…軍隊などが殺到する。

『水滸傳』第二十回「且說團練使黃安帶領人馬上船、搖旗吶喊、殺奔金沙灘來。」

放入…入れる。

『三國演義』第三十二回「尚令軍士堆積柴薪乾草、至夜焚燒爲號。遣主簿李孚扮作曹軍都督、直至城下、大叫、『開門。』審配認得是李孚聲音、放入城中。」

足見…よく分かる。

『警世通言』第二卷「莊生道、『足見娘子高志、我莊某死亦瞑目。』說罷、氣就絶了。」

神算…巧みな計画。予測出来ない妙策。

『三國演義』第九十八回「二人上關纔要卸甲、遙見關外塵頭大起、魏兵到來。二人相謂曰、『丞相神算、不可測度。』」

捷…戦いに勝利する。

『三國演義』第九十四回「孔明引三軍連夜投祁山大寨而來、命關興、張苞引軍先行、一面差人賫表奏報捷音。」

因人成事…人の力に頼って物事を成就させる。他力本願。

『史記』卷七十六平原君列傳「毛遂左手持槃血而右手招十九人曰、『公相與歃此血於堂下。公等錄錄、所謂因人成事者也。』」

【訳】

許知県は皆に向かって言いました。「ここと萊陽県は四、五十里離れており、彼《か》の県ではまだ知らぬだろう。兵は神速なるを尊ぶ故、私と戴殿が今夜の内に彼の県を襲撃に行く事とし、周殿には残ってこの府を守って頂く。」二人はすぐに五千の人馬を率いて、萊陽県へと押し寄せました。偽って「(我々は)府から遣わされた軍で、隣の県を取りに行く者である。」と言うと、城の者はそのまま県庁内へと入らせました。鄭貫は丁度役所に座っていたところでしたが、許知県に率いられた兵が一斉に踏み込み、鄭貫を殺しました。張天禄、祝洪らはうろたえてしまい、皆投降して来ました。犯人の一味を府に護送して監禁し、沙汰を待ちます。民心を落ち着かせると、許知県はまた府に戻り、周経歴、蕭韶らの一団と共に賽児達の首を運んで来て傅総兵、楊巡撫に目通りし、賽児の事を一通り話しました。傅総兵は「貴官達の妙計は、しかと分かった。」と言い、称賛してやみません。すぐに勝報を奏上し、一方で帰京の準備をしました。

【眉批】

つまり、賽児が青州を襲った時の古い手を用いたのである。

傅総兵と楊巡撫は人の力で事を成し遂げたに過ぎない。

朝廷陞周經歷做知州(一)、戴指揮陞都指揮、蕭韶、陳鸚兒各授个巡檢、許知縣陞兵備副使、各隨官職大小、賞給金花銀子表禮。王嬌蓮、蕭惜惜等俱着擇良人爲聘。其餘的在賽兒破敗之後投降的、不准投首、另行問罪。此可爲妖術殺身之監(二)。有詩爲証、

四海從(三)横殺氣冲、無端女冦犯山東。
吹簫一夕妖氛盡、月缺花殘送落風。

拍案驚奇卷三十一終

【眉批】第一行
兩个標致巡檢。

【校勘】
(一)「州」、王本「府」。
(二)「監」、王本、李本、章本「鑒」、是なり。
(三)「從」、消本、王本、章本「縱」。音義同じ。

【注】

知州…州の長官。州内の民事、訴訟、賦税などを司る。

『明史』巻七十五職官志「州。知州一人、従五品、……。知州掌一州之政。」

『拍案驚奇』巻二十「秀才聽罷、目睜口呆、懊悔不迭。後來果然舉了孝廉、只做到一個知州地位。」

巡檢…官名。州、県の兵の訓練や盗賊の逮捕の仕事を司る。

『明史』巻七十五職官志「巡檢司。巡檢、副巡檢、俱從九品、主緝捕盜賊、盤詰奸僞。凡在外各府州縣關津要害處俱設、俾率徭役弓兵警備不虞。」

『警世通言』第三十三巻「稍工答道、『是建康府周巡檢病故、今家小扶靈柩回山東去。這年小的婦人、乃是巡檢的小娘子。官人問他做甚。』」

兵備副使…官名。各省の軍事などを統轄する。

『明史』巻七十五職官志「提刑按察使司。按察使一人、正三品、副使、正四品、……。按察使掌一省刑名按劾之事。……副使、僉事、分道巡察、其兵備、提學、撫民、巡海、清軍、驛傳、水利、屯田、招練、監軍、各專事置、併分員巡備京畿。」

『金瓶梅詞話』第六十五回「其次就是山東左布政龔共、……兵備副使雷啓元等兩司官參見、太尉稍加優禮。」

投首…自首する。

『三國演義』第三十三回「操令本處百姓敲冰拽船、百姓聞令而逃。操大怒、欲捕斬之。百姓聞得、乃親往營中投首。」

月缺花殘…月が缺け、花が散り残ってしぼむ。

溫庭筠「和友人傷歌姬」（『全唐詩』巻五百七十八）「月缺花殘莫愴然、花須終發月終圓。」

【訳】

朝廷は、周経歴を知州に昇進させ、戴指揮を都指揮に昇進させ、蕭韶、陳鸚児にはそれぞれ巡検を授け、許知県は兵備副使に昇進させ、それぞれ官職の大小に従って、銀と反物を褒美として賜りました。王嬌蓮、蕭惜惜らにはいずれも良人を選んで嫁がせました。その他の、賽児が敗れてから後に投降した者は自首する事を許さず、改めて処罰しました。これは妖術が身を滅ぼす事の戒めとなりましょう。ここに証しとなる詩がございます。

四海　縦横に　殺気冲《つ》き
端無くも　女寇　山東を犯す
簫を吹きて　一夕　妖氛尽き
月缺け　花残《ち》りて　落風に送らる

【眉批】

二人の美しい巡検である。

拍案驚奇巻三十一終

解説

『拍案驚奇』巻三十一は、方術を身につけた者が天の意志に反して反乱を起こし、やがては悲惨な結末をたどる、という物語二篇から成る。入話は唐代小説を題材とし、正話は明代に実際に起きた反乱を題材とする。

○入話

〔あらすじ〕唐の乾符年間、上党銅鞮県に侯元という木こりがいた。ある時、山で神君と名乗る老人に出会い、方術の奥義を授けられる。術に習熟すると、神君の戒めを破って乱を起こす。しかし乱は失敗し、侯元は捕らえられる。一度は脱出して神君に詫びに行くが許されず、次第に方術の力は失われた。なおも手下と掠奪を働いていたが、最後は通りかかった并州の将校に包囲されて斬り殺された。

入話は唐・皇甫枚『三水小牘』(『太平広記』巻二百八十七・幻術四「侯元」所引)の物語に拠っている。

○正話

〔あらすじ〕明の永楽年間、山東青州府萊陽県に唐賽児という女性がいた。地元の王元椿と結婚したが暮らしが傾いたため、王元椿は追い剥ぎを働こうとして逆に殺される。夫を葬って帰る途中、賽児は墓場で『九天玄元混世真経』なる天書を手に入れる。

玄武廟の道士何正寅は、賽児が若くて美しい未亡人であることを知って、賽児に近づいて道ならぬ仲となり、二人は天書をもとに方術の稽古に励んで術を習得する。何正寅と唐賽児の関係に気付いたごろつきの馬綬一味が、このことをねたに一儲けしようと企む。しかし、逆に何正寅と唐賽児の妖術に弄ばれて失敗し、二人の密通及び妖術について役所に訴え出る。役所が遣わした捕り手役人を妖術で撃退した唐賽児は、遂に蜂起を決意して兵を募った。賽児の妖術の力を知った当地の豪傑や盗賊達が次々に帰順し、賽児一味は忽ち数千人の軍勢となって萊陽県を制圧し、青州府を攻め落とす。青州府の首領官周経歴、滕県の許知県、臨海衛の戴指揮は唐賽児に偽りの投降をし、反撃の機会を窺った。唐賽児と何正寅は、青州府と萊陽県とを別々に治めていたが、賽児は何正寅の淫乱ぶりを知らされ、怒りの余り部下に命じて何正寅を殺させる。一方朝廷は唐賽児らの反乱を知り、総兵官傅奇を遣わしたが、敗退させられる。そこで周経歴は賽児の寵愛を得ていた若者蕭韶を使って酔った賽児を殺させ、ここに事件は終息した。

一　唐賽児の乱について

正話は明の永楽十八年（一四二〇年）二月に山東で起きた唐賽児の乱を題材としている。乱の大要は、史書などの記述に拠れば次の通りである。①

唐賽児は、山東蒲台県に生まれた。同郷の林三の妻となるが、夫に先立たれる。亡夫を墓に埋葬した時、偶然土の中から石の箱に入った妖書と宝剣を手に入れた。それによって鬼神を操り、紙の人馬を戦わせることが出来るようになったという。やがて民衆を率い、永楽十八年二月、益都を拠点として挙兵し、乱は山東全域に及ぶ。三月、成祖永楽帝は青州衛指揮高鳳に益都を攻撃させるが、唐賽児軍の夜襲にあって敗走する。朝廷はついで総兵官柳升、副総兵劉忠を向かわせるが、不意打ちに遭い、劉忠は戦死。翌朝それに気づいた柳升は、乱に加わった民衆を捕らえたが、肝心の賽児の行方はわからなかった。都指揮衛青らが再び攻撃を加え、唐賽児軍を壊滅状態に追い込む。ここにおいて乱は実質的に終息した。逃亡した賽児が捕まらなかったため、尼となって身を隠しているのではないかとの疑いが持たれ、北京・山東一帯の尼及び女道士は悉く捕らえられた。しかし、結局賽児の行方は分からぬままであった。最終的に賊として処刑された人数は六千人以上、賽児に従った民衆は数万人と言われる大規模な反乱であった。

この唐賽児の乱は、白蓮教徒の乱として、また従った民衆が農民であったことから、農民反乱として広く知られている。②

二　『拍案驚奇』巻三十一における唐賽児について

凌濛初『拍案驚奇』は崇禎元年（一六二八年）の刊行とされる。唐賽児の乱の約二百年後にあたる。

『拍案驚奇』巻三十一は、唐賽児を主人公とし、墓地で石の箱、宝剣、甲冑を発見し、更に石の箱から天書を得て、それをもとに妖術を身につけ反乱を起こす、という点は上述の史書などの内容とほぼ同じであるが、物語の展開の多くは史実とは異なる。

例えば地名は「蒲台県」が「莱陽県」とされ、夫の名は「林三」から「王元椿」に変えられている。共謀者として道士何正寅が登場するが、これも史実にはない。最後に唐賽児が殺され、官軍が勝利するという結末も、唐賽児の行方がわからぬままという史実と異なるものである。

乱のきっかけは、何正寅と唐賽児が関係を持ち、ごろつき達がそれを金儲けのねたにしようとして騒ぎを起こし、逆にやっつけられて役所に駆け込んだことにある。最後は何正寅の淫行ぶりに腹を立てた唐賽児が部下に何正寅を殺させ、また賽児に偽の投降をした周経歴が唐賽児の寵愛を受けた蕭韶に唐賽児を殺させたことで乱は終息する。「何道士術に因りて姦を成し、周経歴姦に因りて賊を破る」という題の通り、男女の「姦」の関係が物語の軸となっているのが『拍案驚奇』巻三十一の特徴である。

三　唐賽児を描く他の作品

〈女仙外史〉

唐賽児をモデルとした文学作品として最もよく知られるのは、清・呂熊『女仙外史』である。これは、康熙四十三年（一七〇四年）頃著され、康熙五十年（一七一一年）頃上梓されたとされる。

内容は、明の燕王（永楽帝）が甥の建文帝の皇位を奪った後、唐賽児が建文帝に忠誠を誓う者達を率い、燕王の軍に反旗を翻すというものである。嫦娥の生まれ変わりである唐賽児の軍は、天狼星の生まれ変わりである燕王の軍と妖術を駆使して戦う。燕王は天誅によって命を落とし、唐賽児も天界に帰るべき時が来たことを鬼母天尊から告げられ、皆昇天する。賽児に従った者達は四散し、燕王の子である仁宗が即位して朝廷は平穏をとりもどす。亡命していた建文帝は宮中に迎えられて余生を送る、という物語である。

これは、唐賽児の乱と靖難の変とを合体させたものである。靖難の変とは、建文帝の即位後、叔父の燕王が蜂起して帝位を奪った事件で、この後建文帝の生死、行方は不明となった。これら二つの事件はもとより別の事件である上、建文帝が宮中に戻ったという記録はなく、やはり史実とは異なる筋立てである。

唐賽児を主人公とする物語としては、『拍案驚奇』巻三十一よりも、こちらの方が広く知られている。③

〈帰蓮夢〉

『女仙外史』の他に、唐賽児をモデルにしたと考えられるのが『帰蓮夢』である。これについては、明代の作という説と、清代の作とする説とがある。④

内容は、明末山東の白蓮岸という少女が父母を亡くし、出家して修行に励み、白猿から天書を手に入れ、変幻、用兵の術を身につける。やがて白蓮教を創始し、民衆を率いて挙兵し寨主と名乗るが、最終的には乱は失敗に終わる、というものである。

唐賽児の名は出てこないが、譚正璧は、「清・呂熊の『女仙外史』一百回は、青州の唐賽児の乱について述べ、結果も史実に背いておらず、『平妖伝』及び『帰蓮夢』の暗示を受けて作られているのだろう。」⑤と、『女仙外史』と『帰蓮夢』の関連を指摘している。この譚説を受けて、澤田瑞穂は『帰蓮夢』について「白蓮教の女教祖を主人公とする点では、永楽年代の唐賽児をモデルとすることは疑いない。清・呂熊の『女仙外史』一百回が、『平妖伝』ならびに『帰蓮夢』の暗示を受けたものだろうといっているのも首肯できることである。」⑥と述べる。また曹中孚も「本書は白蓮岸と王昌年との恋愛関係によって貫かれていることを除けば、物語の展開構成は唐賽児の事件と似ている」⑦としている。

〈平妖伝〉

唐賽児をモデルとしたわけではないが、唐賽児の影響が指摘されているのが『平妖伝』四十回本である。

『平妖伝』は、北宋の王則の反乱を題材とし、王則の一党が、名前に「遂」の字がつく三人に平定される物語であり、妖術や兵法を駆使した展開が特徴とされる。宋代あるいは元代に講釈師によって語られていたものが、羅貫中の名で二十回本としてまとめられたものを『三遂平妖伝』といい、それを明末の馮夢龍が補作し、四十回本としたものを『北宋三遂平妖伝』という。太田辰夫は、馮夢龍補作の四十回本が胡永児を悪者としたのは、唐賽児のことが影響しているのであろう、と述べている。[8]『拍案驚奇』巻三十一入話にも『平妖伝』を引用して妖術による謀反を戒めるべきことを述べており、その関連を窺わせる。また、譚正璧の見解は上述の通りである。

四　日本文学への影響

寛政元年（一七八九年）には、滄浪居主人（三宅嘯山）による『女仙外史』の翻訳本『通俗大明女仙伝』（十二巻各巻一冊）が京都で刊行された。[9]また、木村黙老（木村亘）翻案の『女仙外史』があったことも知られている。[10]曲亭馬琴の未完の作品『開巻驚奇侠客伝』（天保四年　一八三三年）は、『女仙外史』を始めとする複数の中国小説から発想を得たものとされる。[11]物語の内容は、足利時代を舞台にし、楠木正成の曾孫である姑摩姫が天書を手に入れて仙術を身につけ、それによって仇敵足利氏を討つというものである。

幸田露伴（一八六七〜一九四七）の小説『運命』（大正八年　一九一九年）は、『女仙外史』と同じく靖難の変を題材としたものである。作品中で唐賽児の乱に言及し、また馬琴の『侠客伝』と中国の小説『好逑伝』『女仙外史』の関係についても触れている。[12]

このように、唐賽児の物語は日本でも知られ、文学作品にも取り入れられてきたが、これらはいずれも『拍案驚奇』巻三十一の影響というよりも、『女仙外史』の影響を受けたものと考えられる。

① 唐賽児の乱については、『明太宗実録』巻二百二十二・二百二十三・二百二十五、『乾隆蒲台県志』巻四「仙

釈・妖婦唐賽児」、『万暦安邱県志』巻二十八「佩徳伝・趙琬伝」、『明史』巻七「成祖本紀」・巻一百五十四「柳升伝」・巻一百七十五「段民伝」・巻一百七十五「衛青伝」・巻一百四十九「夏元吉伝」・巻一百六十一「陳士啓伝」、『明史紀事本末』巻二十三、『明書』巻一百六十一、『罪惟録』巻三十一、『万暦野獲編』巻二十九、『九朝野記』巻二、『通俗編』巻三十七「唐賽児」等に関連する記載がある。

② 唐賽児の乱についてのまとまった研究としては、趙儷生「明初的唐賽児起義」(『中国農民戦争史論文集』新知識出版社、一九五四年)、山根幸夫「山東唐賽児起義について」(『明代史研究』、一九七四年)がある。

③ 『在園雑志』(清・劉廷)巻二、『通俗篇』(清・瞿灝)巻三十七「唐賽児」、『霞外捃屑』(清・平歩青)巻九「女仙外史」、蒋端藻編『小説考証』「女仙外史第一百四十二」([上海]商務印書館、一九三五年)、魯迅『小説旧聞鈔』「女仙外史」「雑説」(人民文学出版社「魯迅全集」第十巻、一九五六年)等に関連する記載がある。

④ 譚正璧は『中国小説発達史』(上海光明書局、一九三五年、三二二頁)で、『帰蓮夢』を明代の作としている。鄭振鐸のパリ国会図書館での調査記録に、明刊本、蘇庵主人編次『帰蓮夢』についての報告があり、これに拠れば明刊本となる。澤田瑞穂は「鄭氏の鑑識を信ずるならば、得月楼本また初刻ではあるまい。」とした上で「版刻の先後はともかくとして、この小説の記述はやはり明人の筆に成るもののようだ。第八回に見える明の王森の聞香教(後の大乗経)の創唱に関する記事のごとき、他書に見えない内容で、かなり古い伝承かと思われる。」(『宋明清小説叢考』(研文出版、一九九六年、二四五頁)と述べている。一方、孫楷第は『中国通俗小説書目』(作家出版社、一九五七年、一七七頁以下)で得月楼刊本を取り上げて、清の無名氏撰、蘇菴主人云々と記していること、日本の宝暦甲戌の『舶載書目』にこの著を著録することなどを根拠として、雍正乾隆年間の書であろうとしている。

⑤　譚正璧前掲書。
⑥　澤田瑞穂前掲書。
⑦　『帰蓮夢』前言。（《古本小説集成》編委員会編、上海古籍出版社、一九九〇年）
⑧　『平妖伝』解説。（平凡社「中国古典文学大系」第三十六巻、一九六九年）
⑨　『通俗大明女仙伝』（汲古書院「近世白話小説翻訳集」第三巻、一九八五年）参照。『通俗大明女仙外史』は原本一百回のうち、第三十回までしか収めていない。
⑩　桑山竜平「女仙外史について」。（『中文研究』九、一九六九年）
⑪　麻生磯次「侠客伝と支那小説」。（『国語と国文学』第八巻二号、一九三一年）
⑫　三木克己「『女仙外史』と幸田露伴の『運命』」。（『中国文学報』第三冊、一九五五年）

上記注以外の主要参考文献
・譚正璧『三言両拍資料』（上海古籍出版社、一九八〇年）
・胡士瑩『話本小説概論』（中華書局、一九八〇年）
・小川陽一『三言二拍本事論考集成』（新典社、一九八一年）

（二〇〇二年十一月　市瀬信子）

主な登場人物（登場順）

【入話】

侯元

入話の主人公。唐の上党郡銅鞮県（山西省）の木こり。大きな岩の横で一休みした時、洞穴の神君と出会って妖術の奥義を授けられる。神君の戒めを無視して妖術を駆使して挙兵するが敗れ、斬殺される。

神君

洞穴の世界に住む老人。妖術の奥義を侯元に授けたが、術を使って謀反を企ててはならぬと警告し、それを無視した侯元を見放して、いずれ処刑は免れないと予言する。

高公

上党の節度使。侯元の挙兵を鎮圧すべく潞州の兵を出兵し、侯元を捕らえさせる。

【正話】

唐賽児

正話の主人公。明の青州府萊陽県（山東省）の人。石麟街の王元椿に嫁ぐ。夫の埋葬後、或る古墓から偶然宝剣と天書を見つける。その後、巧みに誘惑する道士何正寅の情を受け入れ、方術を体得する。密通をかぎつけた馬綬達ごろつきを退治するが、その騒動が県に伝わって史知県の鎮圧を受け、これに反撃する。県政府の蔵を破って財宝や食料を民衆に与えて民意を得、呼応してきた策士の進言を受けて戦いを萊陽県から青州府に拡大し、遂には朝廷が派遣する軍勢と戦う。一方では、悪行を繰り返す何正寅を殺させ、代わりに若い男蕭韶を得る。勝利のたび部下に県や府の要職を与え力を広げるが、県や府からの偽りの投降や密偵により、遂には周到な包囲網を築かれてしまう。それに気づかず戦勝の酒に泥酔し、寵愛していた蕭韶に斬殺される。

王元椿

唐賽児の夫。裕福であったが、唐賽児を妻に迎えてからはその魅力に溺れ、生活が窮乏する。唐賽児の勧めで、商売をするために梨園を売却して購入した馬に乗って出かける途中、棗林で旅人の一団に遭遇し、銭を奪略しようとするが、反対に顔面を射抜かれて絶命する。

賈包

石麟街の財産家。王元椿、唐賽児夫婦が困窮した時、梨園を買い取ったり、唐賽児の住家を抵当に米と銀を都合してやる。

孟徳

王元椿に襲われた旅人の一団の一人。王元椿の矢に反撃する際、わざと弓を素引きして弓術が下手だと思わせ、油断したすきに後頭部から突き抜けるほど矢を射抜いて、王元椿を殺す。

沈印時（沈老児、沈公）

唐賽児の隣家の豆腐売りの老人。賽児の親代わりとなって賽児を支え、賽児と道士何正寅の仲を取り持つ。

沈婆
沈印時の妻。

史知県（知県、知県相公、相公）
莱陽県の知県（正七品）。賽児から夫が殺害されたとの訴えを聞いて温情あふれる助言をするが、何正寅と姦通した賽児が妖術を使って騒乱を起こしたのを知り、二人を捕らえようとする。しかし反対に捕らえられて賽児の言いなりに公文書を書かせられ、役所に軟禁される。後、釈放されて家族とともに郷里に帰る。

道士
唐賽児の夢に現れた道士。唐賽児の将来を予言する。

何正寅（何道士、何道、何師傅、何公）
莱陽県の玄武廟の道士。未亡人となった唐賽児の美貌に惹かれてよこしまな考えを起こし、取り入って唐賽児の心を掴む。唐賽児に妖術を体得させ、二人でごろつきや県の鎮圧軍を翻弄し、莱陽県を支配下に入れる。唐賽児から莱陽県の治政を任されるが、金銭の強制的取り立てや姦通といった悪行の限りを尽くし、終には唐賽児の部下に殺される。

董天然
何正寅の弟子。史知県に捕らえられるが釈放され、再び賽児の元へ戻る。唐賽児から青州府の知府の愛妾である紫蘭を妻にあてがわれる。何正寅に反感を抱き、何正寅殺害に一役買う。最後には酌夫頭の陳鸚児に斬り殺される。

姚虚玉
何正寅の弟子。唐賽児と何正寅が術を使って捕り手役人と戦った時に、黒旗を振って手助けする。

孟清（孟靖）
何正寅の召使いの少年。何正寅の淫行を諌めて死ぬほど打たれて恨みを抱く。唐賽児にそれを訴えたことが、唐賽児が何正寅を殺す原因となる。

王小玉
何正寅の召使いの少年。董天然と行動を共にし、最後は陳鸜児らに斬り殺される。

馬綬
ごろつきの頭目。唐賽児と何正寅の姦通の現場を押さえて一儲けを企むが、賽児の妖術にしてやられる。

福興
ごろつきの一味。頭目の馬綬と共に行動する。

牛小春（小牛）
ごろつきの一味。頭目の馬綬と共に行動する。

陳林
唐賽児の家の近くに住む石麟街の住民。ごろつきの馬綬一味の行動に協力して、何正寅と唐賽児の姦通現場を押さえる手助けをするが、賽児の妖術に翻弄される。

銭氏
陳林の妻。夫の陳林と共に唐賽児の姦通現場を押さえる手助けをするが、妖術に翻弄されて、引き倒されるわ平手打ちを喰って血を流すわ、住民に石を投げられるわで、散々な目に遭う。

石丟児

馬綏達ごろつき一味に誘われて、唐賽児と何正寅の姦通現場を押さえに行く、別の一派のごろつき。酒を飲もうとするが、姿が見えない唐賽児に邪魔をされたり、鶏を煮る竈の火を消されたり、不思議な目に遭う。

安不着

石丟児一味の一人。唐賽児の妖術に翻弄される。

褚偏嘴

石丟児一味の一人。唐賽児の妖術に翻弄される。

朱百簡

石丟児一味の一人。唐賽児の妖術に翻弄される。

呂山

萊陽県の役人。捕り手頭。馬綏、石丟児一味と共に千人の手下を連れて、唐賽児と何正寅を捕まえに乗り込むが、紙の人馬を変身させる賽児の術に遭って、手当たりしだいに殺され、這這の体で退散する。

夏盛

萊陽県の役人。捕り手頭。呂山と同じ目に遭う。

方大

地方の豪傑。唐賽児が政府と戦うために兵を募った時、康昭、馬効良、戴徳如と共に、応募して官軍との戦闘に参加する。唐賽児より三千、或いは五千の人馬を与えられて勇猛に戦い、温知府と黎先鋒を斬り殺す。自らは後に周経歴の軍に槍で刺され、首を落とされて死ぬ。

康昭

地方の豪傑。方大、馬効良、戴徳如と共に、唐賽児の募兵に応じて官軍との戦闘に参加する。唐賽児が青州府に攻め込んだ時、人質八人を捕らえ、傅総兵と戦った時は、先鋒に任命されて官軍の陣営に攻め込むが、後の戦いで許知県に殺される。

馬効良

地方の豪傑。方大、康昭、戴徳如と共に、唐賽児の募兵に応じて官軍との戦闘に参加する。唐賽児から一万の人馬を与えられ、官軍の攻撃に備えて守りを固める。後の敗色濃い戦闘の中で、戴指揮に捕らえられる。

戴徳如

地方の豪傑。方大、康昭、馬効良と共に、唐賽児の募兵に応じて官軍との戦闘に参加する。馬効良と同じ役割を果たし、同じ結末をたどる。

徐典史

県衙に攻め込んで来た唐賽児に捕らえられるが、家族と共に釈放される。

鄭貫

元の生業は盗賊。王憲、張天禄、祝洪と共に、妖術を使う唐賽児に帰順。武芸に秀でている上に策士。唐賽児に官軍を倒す策を進言する。何正寅の殺害に加担し、何正寅死後はその職務を代行し、官邸内の女を解放する。最後の戦いで、許知県が率いる兵に殺される。

王憲

元の生業は盗賊。鄭貫、張天禄、祝洪と共に、妖術を使う唐賽児に帰順。街の糸屋から連れてきた美男子蕭韶を唐賽児に献上し、自分はその姉を妻にあてがわれる。何正寅の首を切り落として殺害するが、最後の戦いで許知県に殺される。

張天禄

元の生業は盗賊。鄭貫、王憲、祝洪と共に、妖術を使う唐賽児に帰順。鄭貫が許知県の兵に殺されたのを見てうろたえ、許知県に投降する。

祝洪

元の生業は盗賊。鄭貫、王憲、張天禄と共に、妖術を使う唐賽児に帰順。鄭貫が許知県の兵に殺されたのを見てうろたえ、許知県に投降する。

温章（温知府）

青州府の知府。唐賽児が史知県に書かせた偽の文書を信じて、唐賽児の軍に府内に入られる。唐賽児の勇将である方大に頭を切り落とされて殺害される。

蕭春芳

孝順街の糸屋の娘。蕭惜惜、蕭韶の姉。蕭一家を殺害した王憲の妻にさせられる。

蕭惜惜

孝順街の糸屋の娘。蕭春芳、蕭韶の妹。王憲によって唐賽児に差し出され、その身辺で仕える。軍装して賽児軍のために働かされるが、戦いの後は朝廷から良人を選んでもらい嫁いで行く。

蕭韶
孝順街の糸屋の息子。蕭春芳の弟、蕭惜惜の兄。十八、九歳。王憲によって唐賽児に差し出され、男盛りの身体で唐賽児に奉仕する。後、周経歴に説得されて唐賽児を倒すために働き、泥酔して寝た唐賽児を斬り殺す。戦いの後は、朝廷から巡検の官職を与えられる。

紫蘭
青州府の役所に居た温知府の愛妾。唐賽児によって董天然にあてがわれる。

香嬌
青州府の役所に居た温知府の愛妾。唐賽児によって王小玉にあてがわれる。

周雄（周経歴）
青州府の首領官。唐賽児によって青州府内に軟禁される。唐賽児に帰順した振りをして、滕県と臨海衛を奪う策を授けて自ら動き、裏では唐賽児を討つために周到に画策して、唐賽児討伐を成功させる。

許知県
滕県の知県。青州府の周経歴の従兄弟。周経歴の提言を受けて臨海衛の戴指揮と共に、唐賽児への投降計画に参加して唐賽児を信用させておき、官軍の唐賽児攻撃を手引きする。唐賽児側の康昭、王憲、鄭貫を殺し、張天禄、祝洪を投降させる。唐賽児討伐後は、兵備副使に昇格する。

戴指揮
臨海衛の指揮官。周経歴の提言を受けて許知県と共に、偽って唐賽児に投降する。唐賽児討伐に際して、政府軍の傅総兵と呼応して唐賽児の背後から攻撃し、馬効良、戴徳如を捕らえる。戦いの後は、地方の指揮官から、朝廷の都指揮に昇格する。

王嬌蓮

臨海衛の下女。戴指揮の意を受けて密偵となり、唐賽児に仕える振りをして情報を探る。唐賽児が傅総兵を破った後の宴席では、上機嫌の唐賽児に酒を勧めて酔わせ、寝込ませる。

陳鸚児

臨海衛の酌夫頭。王嬌蓮と共に、戴指揮の意を受けて密偵となり、唐賽児に仕える振りをして情報を探る。自らは唐賽児の部下である董天然を斬り殺し、政府から巡検の官職を与えられる。

李文雲

歌い姫。何正寅によって無理やり妻にさせられる。

蒋監生

国子監の老学生。何正寅に姦通を迫られ首を吊って死んだ娘の父親。

金御史

朝廷から派遣されて山東全体を巡察する官吏。

傅奇（傅総兵、総兵）

朝廷から兵馬副軍帥として派遣された総兵官。唐賽児を莱陽県に攻めるが、妖術に遇って敗走する。最後には地方官の許知県や周経歴の働きを得て、唐賽児討伐を成功させる。

黎暁（黎先鋒、先鋒）

朝廷から派遣された遊騎将軍。傅総兵から五千の兵を与えられて唐賽児を莱陽県に攻めるが、妖術に遇ってあわてふためく内に、唐賽児側の方大の戟をくらって戦死する。

来道明

黎暁と共に朝廷から派遣された遊騎将軍。唐賽児討伐の先鋒を務める。

楊汝待

山東巡撫都御史。朝廷軍の傅総兵に協力して、唐賽児討伐に向かう。

杜総

朝廷から派遣された都指揮使。傅総兵の下で、部下の指揮官六名と二万の人馬を率いて唐賽児討伐に当たる。

呉秀

朝廷から派遣された都指揮使。杜総と共に傅総兵の下で、部下の指揮官六名と二万の人馬を率いて唐賽児討伐に当たる。

高雄

朝廷から派遣されて都指揮使の下で戦闘に参加する指揮官六名の内の一人。唐賽児の妖術に遇い、捕らえられて唐賽児の前に引っ立てられる。

趙貴

朝廷から派遣されて都指揮使の下で戦闘に参加する指揮官六名の内の一人。唐賽児の妖術に翻弄される。

趙天漢

朝廷から派遣されて都指揮使の下で戦闘に参加する指揮官六名の内の一人。唐賽児の妖術に遇い、高雄と共に捕らえられて唐賽児の前に引っ立てられる。

主な登場人物

崔球
朝廷から派遣されて都指揮使の下で戦闘に参加する指揮官六名の内の一人。唐賽児の妖術に翻弄される。

宓宣
朝廷から派遣されて都指揮使の下で戦闘に参加する指揮官六名の内の一人。唐賽児の妖術に翻弄される。

郭謹
朝廷から派遣されて都指揮使の下で戦闘に参加する指揮官六名の内の一人。唐賽児の妖術に翻弄される。

許徳
滕県を治める許知県の実子。父の命令で、大砲の合図で攻め込む事を周経歴に伝えに行く。

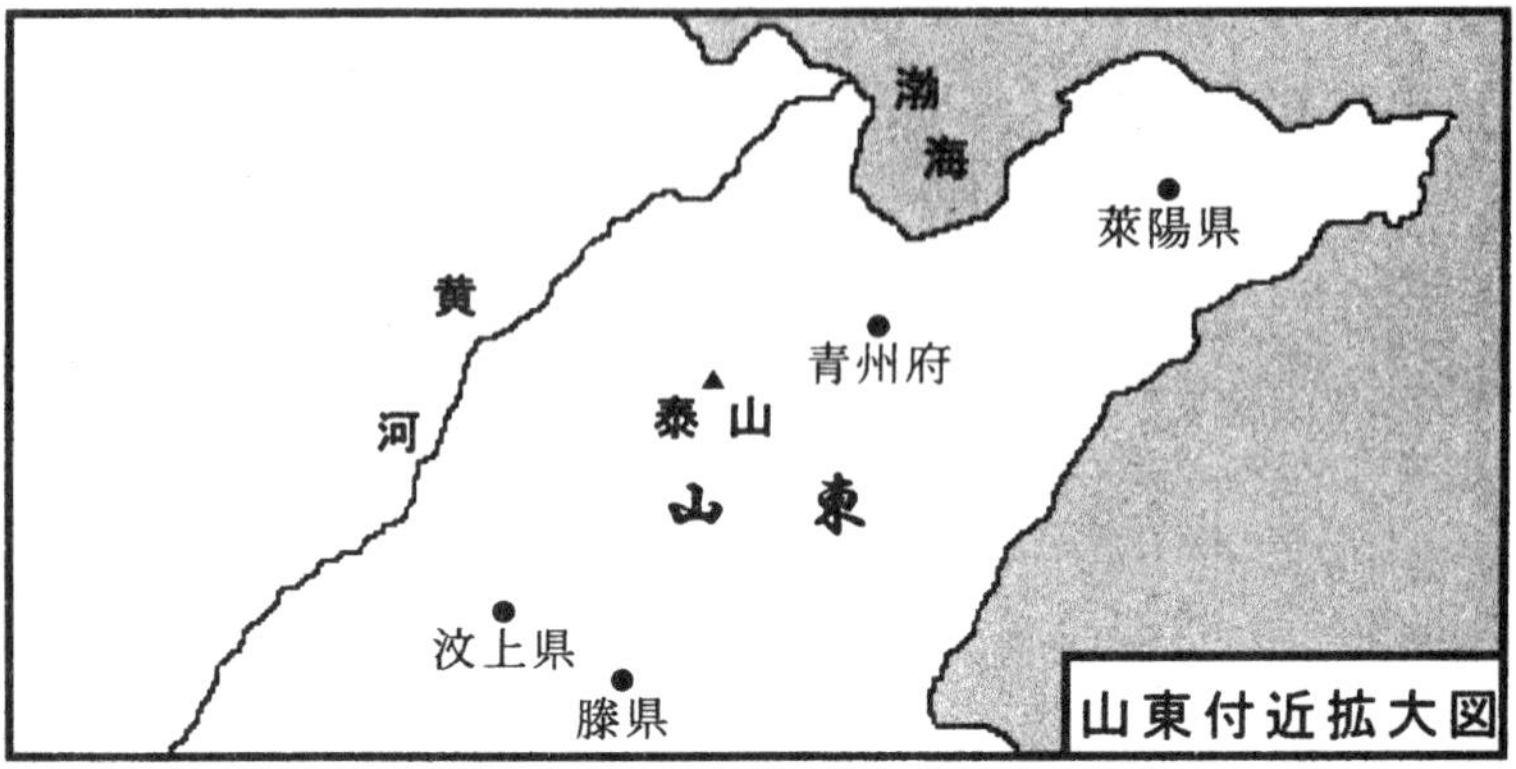
渤
海
萊陽県
黄
河
青州府
泰山
山　東
汶上県
滕県
山東付近拡大図

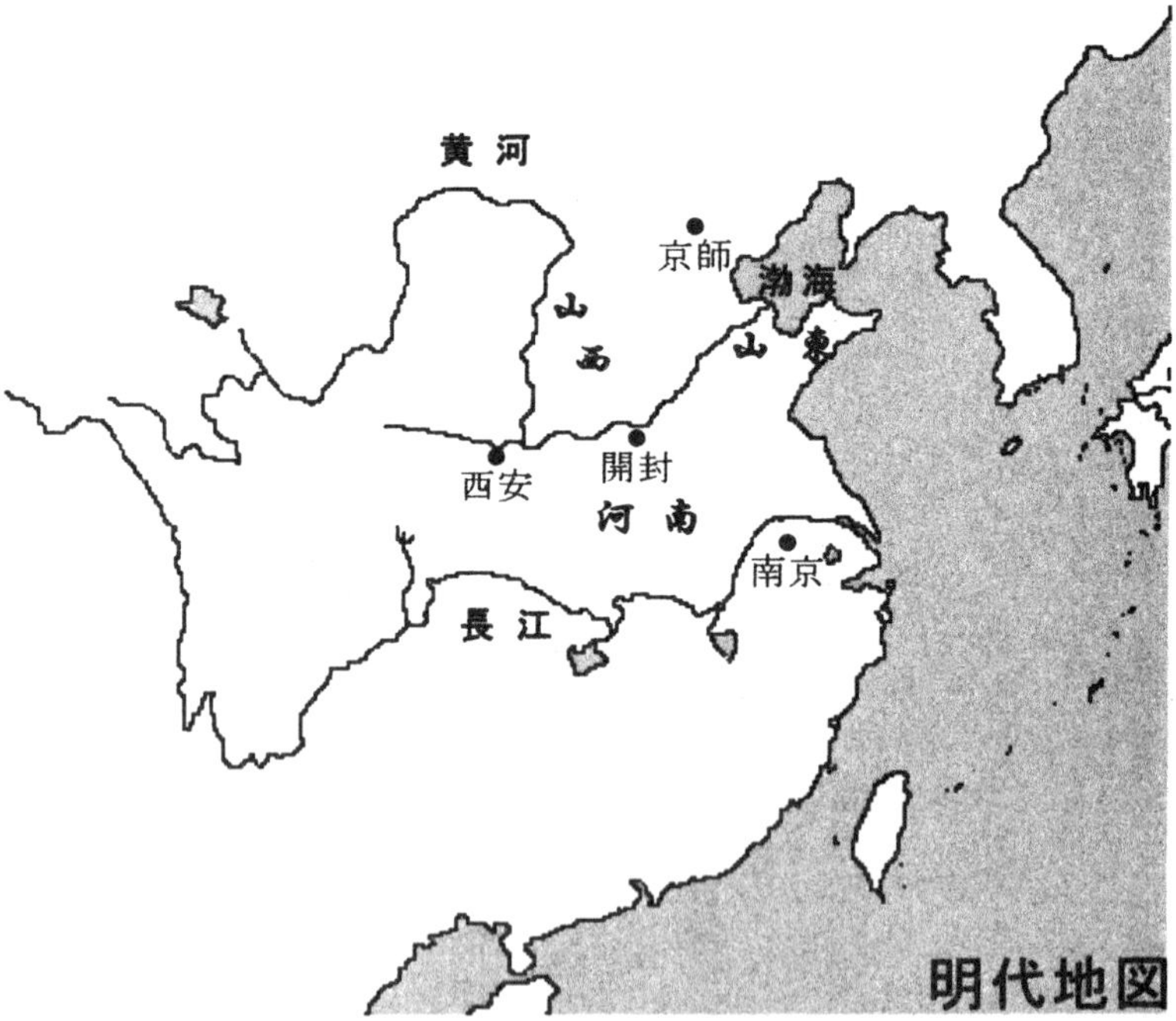
黄河
京師
渤海
山
西
山
東
西安
開封
河南
南京
長江
明代地図

引用書目一覧

『客座贅語』 中華書局 一九八七
『漢書』 中華書局 一九六二
『官場現形記』 北京寶文堂書店 一九五四
『玉臺新詠箋注』 中華書局 一九八五
『儀禮』 北京大學出版社（十三經注疏 整理本） 二〇〇〇
『金瓶梅詞話校注』 岳麓書社 一九九五
『舊唐書』 中華書局 一九七五
『元曲選』 中華書局 一九五八
『侯鯖錄』 上海古籍出版社（宋元筆記小説大觀） 二〇〇一
『紅樓夢八十回校本』 人民文學出版社 一九五八
（『紅樓夢后部四十回』）
『後漢書』 中華書局 一九六五
『古今小説』 人民文學出版社 一九五八
『古小説鉤沈』 人民文學出版社 一九五一
『西遊記』 上海古籍出版社 一九九四

『三俠五義』 海南出版社 一九九二
『三國演義』 上海古籍出版社 一九八九
『三才圖會』 上海古籍出版社 一九八八
『史記』 中華書局 一九五九
『兒女英雄傳』 上海古籍出版社 一九九一
『四書評』 上海人民出版社 一九七五
『十二樓』 上海古籍出版社 一九九二
『菽園雜記』 中華書局 一九八五
『新刊全相唐薛仁貴跨海征遼故事』 中州古籍出版社（明成化説唱詞話叢刊） 一九九七
『清史稿』 中華書局 一九七七
『晉書』 中華書局 一九七四
『新唐書』 中華書局 一九七五
『新評警世通言』 上海古籍出版社 一九九二
『新編五代史平話』 中華書局 一九五九
『水滸全傳』 上海古籍出版社 一九七六
『水滸傳』 上海古籍出版社 一九八八
『西湖二集』 江蘇古籍出版社 一九九四
『西廂記』 上海古籍出版社 一九八七

『醒世姻緣傳』	〔香港〕中華書局	一九五九
『醒世恆言』	人民文學出版社	一九五六
『清平山堂話本』	上海古籍出版社	一九八七
『盛明雜劇』	北京中國戲劇出版社	一九五八
『說唐』	上海古籍出版社	一九七八
『全上古三代秦漢三國六朝文』	中華書局	一九五八
『全宋詩』	北京大學出版社	一九九一
『全宋文』	巴蜀書社	一九八八
『全唐詩』	中華書局	一九六〇
『宋史』	中華書局	一九八五
『莊子集釋』	中華書局	一九六一
『宋書』	中華書局	一九七四
『大學衍義補』	臺灣商務印書館（四庫全書珍本二集）	一九七一
『太平廣記』	中華書局	一九六一
『大明會典』	江蘇廣陵古籍刻印社	一九八九
『張太岳集』	上海古籍出版社	一九八四
『董解元西廂記諸宮調研究』	汲古書院	一九九八
『南村輟耕錄』	中華書局	一九五九

『肉蒲團』 汲古書院（中國祕籍叢刊） 一九八七
『二刻拍案驚奇』 〔香港〕友聯出版社有限公司 一九八〇
『拍案驚奇』 〔香港〕友聯出版社有限公司 一九六七
『萬曆野獲編』 中華書局 一九五九
『平妖傳』 江蘇古籍出版社 一九九六
『封神演義』 人民文學出版社 一九七三
『北齊書』 中華書局 一九七二
『牡丹亭』 人民文學出版社 一九六三
『明史』 中華書局 一九七四
『文選』 中華書局 一九八六
『楊家將演義』 江蘇古籍出版社 一九九六
『禮記』 北京大學出版社（十三經注疏 整理本） 二〇〇〇
『六韜』 臺灣商務印書館（四部叢刊正編） 一九七九
『梁書』 中華書局 一九七三
『老子校釋』 中華書局 一九八四

あとがき（研究会の歩み）

はじめに

この研究会の始まりは、広島大学文学部中国語学中国文学研究室が所蔵する『初刻拍案驚奇』と関係がある。三十九巻本の『初刻拍案驚奇』は、世界広しと言えど現在では日本の広島大学にのみ所蔵される孤本で、この貴重な版本をもとに『拍案驚奇』を読んで行こうというのがそもそもの始まりであった。読み進めれば、版本の真相が明らかになるし、何よりも読解の力を付ける訓練の場となるではないか、という思いがあった。その思いは古田敬一によって温められ、一九八五年十月の日本中国学会（於京都大学）での談笑の中で語られることによって、自然と方向が定まった。その時居たのが、楊啓樵、狩野充徳（共に広島大学、当時。以下同）、久保卓哉（福山大学）であった。

会の発足

何かの会が発足する時は、いくつかの必然といくつかの偶然が出合う。この研究会にもそれがあった。『水滸伝』の研究（特に諸本の研究）で知られる白木直也が広島大学を退官（一九七二年）して以来、明清小説の研究者が出なかったこともあって、広島大学による『拍案驚奇』研究は休止状態であった。そんな時、一九八〇年に広島大学を訪れた章培恒（復旦大学）が『初刻拍案驚奇』を写真に収めて帰った。章培恒は一九八二年に活字校点本『拍案驚奇』

上下（上海古籍出版社）を出版し、三年後の一九八五年には広島大学所蔵三十九巻本『初刻拍案驚奇』の影印本を上海古籍出版社から出版した。影印本上梓に至る経緯については、章培恒「影印『拍案驚奇』序」（一九八一年十月十九日記）に詳しい。その影印本が章培恒から古田敬一に送られて来たのは一九八六年で、それは当時の新聞にニュースとなって掲載された（『中国新聞』文化欄一九八六年十二月九日）。そうした背景の中で一九八六年は、古田敬一が退官後一年、狩野充徳と久保卓哉も新任地で一年を過ぎたばかりで、読書会を発足する機は熟していたと言える。

第一回目は一九八七年二月、上記四名の他に市瀬信子（広島大学）の参加を得て、古田敬一の自宅で行われた。以来、現在に至るまで、毎月一度同じ場所を会場とする研究会が、一度も途切れることなく続いている。

『拍案驚奇』の訳注

『拍案驚奇』は全四十巻のうち第一巻から第三十巻までは、辛島驍訳注があり（『全訳中国文学大系』東京・東洋文化協会、一九五八年）、第一、十一、十八、二十、二十二、二十七、三十五、三十八巻は『今古奇観』に採録されて千田九一、駒田信二、立間祥介の訳があり（中国古典文学大系、平凡社、一九七〇年、その他）、第二、十二巻は『宋・元・明通俗小説選』に収められて松枝茂夫、入矢義高、今西凱夫の訳（中国古典文学大系、平凡社、一九七〇年）がある。まずは日本語訳の有る第一巻を読むことによって、中国白話小説の文学性と語彙語法に慣れ、順次、日本語訳の無い三十一巻以降を読むというのが大まかな方針であった。

第一巻

第一巻は日本語訳が有るからこの上ない味方なのだが、実際に読んでみると『拍案驚奇』は難しかった。これは私の体験だが「那里是我做得着的生意?」を「そこが私にできる商売だって?」と訳した途端、楊啓樵に「白話小説では那と哪は区別しないので、前後で判断する必要があります。ここは哪里です。」と指摘されて大いに恥を掻いたことがあった。明清小説を読む上での基本から学んだというわけである。

第三十一巻

一年をかけて第一巻を読み終えた後、第三十一巻に取り掛かったのは、一九八八年二月だった。いよいよ本邦初訳の領域に踏み込む事に意気が上がった。第三十一巻は一九九〇年十二月に読み終えるまで、二年十か月、都合三十四回を要したが、これには理由があった。明清小説を読むには様々な辞書を引くことになるが、当時参照できる辞書は少なく読解に手間取ったことが一つ。もう一つは出版することは念頭に無く、純粋に『拍案驚奇』を勉強する事が目的で、慎重に討論を重ねたからであった。読書会は正午から午後六時までの六時間だが、当番の発表、誤読の指摘、新資料の提示等、討論が続き、行き詰まると全員で手分けして、例えば『三国志演義』や『三才図会』を繰ったりして、僅か五行しか進まないことが一度ならずあったためである。

当時参照する事が出来た辞書には、国外出版物では『小説詞語匯釈』(陸澹安編著、北京、中華書局、一九六四年。台北、台湾中華書局、一九六八年。上海、上海古籍出版社、一九七九年。等)、『詩詞曲語辞匯釈』(張相著、北京、

中華書局、一九五三年。香港、中華書局、一九六二年。等)、『詩詞曲語辞例釈』(王鍈著、北京、中華書局、一九八〇年。増訂本、一九八六年)、『戯曲詞語匯釈』(陸澹安編著、上海、上海古籍出版社、一九八一年)、『中国古典小説用語辞典』(田宗堯編著、台北、聯経出版事業公司、一九八五年。台北、新文豊出版公司、一九八五年)、『宋元語言詞典』(龍潜庵編著、上海、上海辞書出版社、一九八五年)等が、国内では『中日大辞典』(愛知大学中日大辞典編纂処編、豊橋、中日大辞典刊行会、一九六八年。同増訂版、愛知大学中日大辞典編纂処編、東京、大修館書店、一九八六年。等)があるのみであった。列記すると沢山あるように見えるが、いずれも特徴的な語彙を取り上げるに止まり、一気に疑問が氷解する程の助けとはならなかった。そのたび、先人の辛島驍や千田九一、松枝茂夫等の苦労に思いを馳せた。

第三十一巻からの読書会に参加した者に、氏永和哉と葛城明子(共に広島大学大学院)がいる。そしてこの時から発表者は、日本語の訳文、辞書で調べた語釈と参照辞書名、そして尚友堂本と李田意輯校、章培恒整理の活字校点本との校勘を、手書き或いはワープロで作成することになった。校勘表の作成は、葛城明子の提言で始まった。こうした規準はその後順次修正されて行くことになるが、一九九〇年まではこの形式が続いた。また、田宗堯編著『中国古典小説用語辞典』は、他書には無い語彙、語釈、用例が有って大いに参考になったが、検字索引は画数のみで検索に不便を感じたために、久保卓哉と葛城明子は拼音で引く拼音検字索引を作成し、油印製本した。

第三十二巻

続く第三十二巻は、一九九一年一月から読み始め、一九九四年四月に読み終えた。新たに参加した者に、張建明、船越達志、新枝奈苗（共に広島大学大学院）がいる。巻三十二巻は読み終えるまで三年三か月、都合三十九回を要した。かくも長い時間を要したのには、やはり理由がある。

これまでは少なかった明清小説に関する工具文献が、八七年以降中国で蝉聯と出版され、わが国にも入って来た。例えば、『紅楼夢辞典』（周汝昌主編、広東人民出版社、一九八七年）、『金瓶梅詞典』（王利器主編、長春、吉林文史出版社、一九八八年）、『水滸詞典』（胡竹安編著、上海、漢語大詞典出版社、一九八九年）、『三国演義辞典』（沈伯俊、譚良嘯編著、成都、巴蜀書社、一九八九年）、『紅楼夢大辞典』（馮其庸、李希凡主編、北京、文化芸術出版社、一九九〇年）、『金瓶梅詞典』（白維国編、北京、中華書局、一九九一年）、『金瓶梅大辞典』（黄霖主編、成都、巴蜀書社出版、一九九一年）、『聊斎志異辞典』（朱一玄、耿廉楓、盛偉編、天津、天津古籍出版社、一九九一年）、『金瓶梅方言俗語滙釈』（李申著、北京、北京師範学院出版社、一九九二年）等である。

読書会にとって感謝すべきは、古田敬一が、こうした明清小説に関するあらゆる出版物を、迅速に且つ網羅的に購入して書棚に並べ、私達学徒に供してくれたことである。それは明清小説のみならず、服飾、色彩、葬礼、建築、武器、武具、庭園、城郭などの図鑑から、出土文物の資料に至る基礎資料文献にまで及んだ。これによって大学の研究室よりも豊富な文献が揃い、会場の一室は、さながら明清小説研究所の様相を呈した。

当番となった者はこれらの文献を参照せずに発表することが出来なくなり、提出資料は緻密なものに改善されて来た。しかし、それでも見落としが有った場合は、全員で手分けして書棚の文献を繰って典拠を探すことになる。その作業は各人の着想のぶつけ合いによって飛躍を生み、なかなか楽しいものであった。典拠が見つからず途方に暮れていると、決まって古田敬一が、古典文学を研究する上での基本文献の存在を、さりげなく示唆してくれた。

この頃もまだ成果を出版することは念頭に無く、『拍案驚奇』を勉強する事を目的としていたのだが、その内容に少し変化が見えて来た。それは、明清小説全体についての知識が増す事によって文学史観が養われ、各人に文献を扱う上で正確さが増した事である。従って、調べる事に費やす時間がそれに比例して長くなり、読み進む進度は遅くならざるを得なかった。第三十二巻に三年を要した理由はここに有る。

第三十二巻からは、校勘する対象として木版の消閑居本（東京大学東洋文化研究所双紅堂文庫所蔵高崎藩大河内家旧蔵本）が追加された。これは新枝奈苗の提言による。また、用語の注釈には、語の意味に加えて用例を挙げる事が始まった。用例は『拍案驚奇』と同時代かそれより古い白話小説から探す事を最善として（『水滸伝』『三国志演義』『平妖伝』『西遊記』『金瓶梅』『古今小説』『警世通言』『醒世恒言』『二刻拍案驚奇』等）、見つからない時は清代小説、戯曲の用例を挙げる事を次善とした（『紅楼夢』『児女英雄伝』『十二楼』『儒林外史』『聊斎志異』『桃花扇』等）。これは船越達志の提言による。

第三十三巻

第三十三巻を読んだのは一九九四年五月から一九九六年七月までで、新しく川島優子（広島大学大学院）が加わった。

『拍案驚奇』に限った事ではないが、白話小説で初めての作品を読む時、大意が分かっても一節一節を日本語に訳すとなると、大きな困難を伴い、自らの能力の無さに暗澹となる。そんな時頼りになるのは、明清小説の語彙を沢山集めた辞書である。『漢語大詞典』と『中国語大辞典』は、そう言った意味で頼りになった。一九八六年に第一巻の刊行が始まった『漢語大詞典』（漢語大詞典編輯委員会、漢語大詞典編纂処編纂、上海、漢語大詞典出版社）は、一九九三年に完結し、第三十三巻を読み始めた頃には漸く全巻を利用することが出来るようになっていた。また、『中国語大辞典』（大東文化大学中国語大辞典編纂室編、東京、角川書店、一九九四年）も新しく登場し、金瓶梅の専門家、白維国によって高く評価されていた（『東方』一九九八年二〇七号）。中国と日本で出版された二つの総合辞書は、大いに私達の読解を助けてくれた。

第三十二巻を読んだ一九九一年から一九九四年は、インターネットは私達にはまだ無縁の物であった。閲覧ソフトのネットスケープが登場したのが一九九四年、日本でインターネットの専門雑誌が登場したのが一九九四年、インターネットエクスプローラの登場が一九九五年である。従って、第三十三巻を読んだ一九九四年から一九九六年の間は、パソコンを持っている人が少ないだけでなく、好奇心で人の肩越しにインターネットを覗いた事はあっても、情報を得るために検索してみた人はもっと少なかった。だから、今日では簡単に手に入る漢籍の電子文献などは、夢のまた夢の事であった。しかしそれがあれば用例の検索に絶大の威力を発揮する事は分かっていた。だから、せめて『拍案驚奇』だけでも自分たちの手で入力すればよいのだが、と話し合ったが、実行には至らなかった。大阪外国語大学では王蒙や茅盾の短編小説を電子化する作業を進めていた（一九九三年）。インターネットや電子データに関して、この時期はそういう段階であった。

第三十三巻を読みながら、私達は何某かの無力感に襲われていた。『拍案驚奇』を読み始めて十年になるが、月に一度一室に集まって勉強しているだけで、成果は目に見える形で残っていなかった。しかし、成果をまとめる方法と体裁は熟知していた。その体内アンバランスが原因であった。

この時から私達は、まだ日本語に訳された事の無い第三十一巻を手始めに、『拍案驚奇』の訳注を順次出版して行くことに方針を転換した。これは狩野充徳の提言である。私達は明確な目標を得て活気付いた。

出版へ向けて

再び第三十一巻に立ち戻って日本語訳を見直し、校勘、語注、用例、眉批、夾批を見直し、出版に向けて原稿を作成する事が始まった。この作業は、一九九七年三月から二〇〇二年九月まで続いた。かくも長い年月を要したのは、私達の力不足のせいもあるが、慎重に討論を重ねたためでもある。

新しく加わった者に、樋渡比呂子、川口秀樹、森中美樹、盧秀滿、角谷聰（共に広島大学大学院）と、王枝忠（福州大学、岡山大学）がいる。

王枝忠が加わった二〇〇〇年七月から二〇〇二年三月までの二年間は圧巻であった。『聊斎志異』の専門家で三国演義学会の理事を務める王枝忠は、該博で深淵な学識を遺憾なく発揮して私達の力となってくれた。以下にその一端を紹介しておく。

「劍光動處見玄霜」の玄霜は辞書に仙薬とあるが、どうして剣光動く処に仙薬が現れるのか結び付きがよく分からない、と玄霜の意味を掴みかねていた時である。その言葉は『伝奇』の「裴航」にあります。「一飲瓊漿百感生、玄霜搗盡見雲英」とあるはずです。玄霜とは仙薬のことで、雲英という仙女と共に常用される言葉です。と言った。出典とその原文まで頭の中に入っている上に、明清小説に頻出する古典的な典故から出た言葉であると関連付ける素養の深さに、私達は単純に驚くと共に、玄霜という言葉に内包される女性の影を知ってこそ、『拍案驚奇』の詩の意味が深部にまで鮮明となる事を知って、私達はもっと驚いた。文学を読む真髄を教えられたわけである。

尚友堂本の「按着」と消閑居本、王古魯校本、章培恒校本の「接着」が校勘に挙がっているのを見て。明清小説の「按着」は近代の「接着」の意味です。従って「按着這本」は、この文書を勘案するではなく、文書を受け取る、と訳すべきです。

尚友堂本の「密宣」と消閑居本、王古魯校本の「宓宣」が校勘に挙がっているのを見て。人名で「密」という姓は無いように思い、『百家姓』『千家姓』を調べたが有りません。尚友堂本が「密」となっているのは、恐らく刻工が誤って下に「山」を加えたのでしょう。

「曠」の語に「夫がいなくて独りでいる」と注を付けているのを見て。夫婦很長時間不在一起の事を言います。独身の男女では使いません。『孟子』に「内無怨女、外無曠夫」とあります。

「盈盈」の語に「水が澄んでいるさま。目が澄んで美しいさま」と注を付けているの見て。満的様子です。水が満ちるように美しいことです。

「坐定」の語に「腰をおろす」と注を付けているのを見て。坐好です。腰を落ち着ける、腰をすえるです。

「委曲協同」の「委曲」は、辞書に「やんわりと。婉曲である。遠回しに。」とあるが『拍案驚奇』のここでは意味が通らないとの討論を聞いて。「委曲」とは、暗地裡想辦法です。こっそりと、もごもごとすること。「委曲」は、隠晦曲折です。暗くはっきりせず曲折あること、を言います。

これらはその一部だが、王枝忠は、校勘の意味、刻工の存在、用語の歴史的変遷、日本語の曖昧さ等を次々と提言してくれた。

第三十一巻を再検討した一九九七年から二〇〇二年は、また、インターネットと漢籍電子文献が世界的に発展した時期でもあった。私達はその恩恵を大いに被った。中国が正式にインターネットに接続したのは一九九七年で（千田大介「中文電子テキストの黎明」漢字文献情報処理研究会メールマガジン、創刊号、二〇〇二年一月十五日）、一九九九年以降になると明清小説の電子文献が簡単に手に入るようになった。これは用例を見つける上で非常に役に立った。

いま研究会の歩みを振り返ると、私達はワープロ、パソコンの発展と共に歩み、インターネット、電子文献の歴史と共に歩んで来た事が分かる。また、『水滸詞典』や『金瓶梅詞典』『紅楼夢大辞典』等、明清小説研究に益する夥しい数の出版物の歴史と共に歩んで来た事も分かる。それらはまた、中国経済の成長の歴史とも一致して、甚だ興味深い。私達は『拍案驚奇』を通して、古典文学のみならず現在の社会を見てきた事になる。

他にこの会に出席して貴重な意見を提示してくれた人に柴田清継（武庫川女子大学）がいる事と、語注索引は角谷聰が作成した事を付記しておく。

古田敬一先生

この会を語る時、古田敬一先生への敬意と謝意を表さずに語ることはできない。

一九八七年二月の第一回から数えると百八十七回に及ぶ読書会の間、私達は毎月先生の自宅を訪問した。十二時から午後六時までの読書会は、時として八時に及ぶ事もあったが、先生はその全ての時間を共に座っていてくれた。討論が飛躍して紛糾すると、いつの間にか席を立って核心の文献を手にして机の上に置く。文献は、線装本の時もあり、研究雑誌の時もあり、旧刊の書物の時もある。瞬時の内に核心の文献が目の前に現れるのは、魔法を見ている様であった。私達の紛糾は、持ち込まれた文献によって立ち所に解決して行く。会が終ると、何時も玄関に先生の見送りを受ける。辞する私達は門の外で再び挨拶を交わすのだが、お互いの顔に充足感が表れていない時は無かった。

この充足感は様々な理由から生まれている。三時になるとティーブレイクが始まり、季節の和洋菓子と香り高い珈琲が振る舞われる。飲み、食べながらの座談は最も楽しいひとときである。広いテーブルを囲んで座るあちこちから、興味深い話題が遠慮なく出される。特に、八月と十二月の年二回は最も期待される。勉強は一時間ほど早めに切り上げて終わり、その後食事が振る舞われるからである。市中の高級レストランの予約席に、普段味わえない料理が並ぶ。美味しい料理を前にすると私達の雑談は更に声高になる。お酒とワインが喉を通り始めると、もう制止が効かない。上田宗箇流の茶道の師でもある奥様の話が始まると、少しは静かになるのだが。

先生は若手の研究者の提言に、殊の外よく耳を傾ける。だから若い学徒は居心地が良く、その充足感は耳目の間に長く留まる事になるのである。

今後の事

私達は、続いて第三十二巻の検討に入る。そこでは新しく加わる林怡（福州大学、岡山大学）と共に、息の抜けない六時間が展開される筈である。読書会は厳しさが充足感を生む。いずれ、会を通して更に充実した成果をお目に掛けたい。

（二〇〇二年十一月　久保卓哉）

訳注者一覧

古《ふる》田《た》敬《けい》一《いち》　広島大学名誉教授

狩《か》野《のう》充《みつ》德《のり》　広島大学大学院文学研究科教授

久《く》保《ぼ》卓《たく》哉《や》　福山大学人間文化学部教授

市《いち》瀬《のせ》信《のぶ》子《こ》　福山平成大学経営学部助教授

船《ふな》越《こし》達《さと》志《し》　名古屋外国語大学外国語学部専任講師

森《もり》中《なか》美《み》樹《き》　広島大学大学院博士課程後期

川《かわ》島《しま》優《ゆう》子《こ》　広島大学大学院博士課程後期

角《かく》谷《たに》聰《さとし》　広島大学大学院博士課程後期

拍案驚奇訳注　第一冊

二〇〇三年三月七日　発行

編　者　広島明清小説研究会
代表　古田敬一

発行者　石　坂　叡　志

印　刷　株式会社　栄　光

発　行　汲　古　書　院

〒102-0072　東京都千代田区飯田橋二―五―四
電　話　〇三(三二六五)九七六四
FAX　〇三(三二二二)一八四五

ISBN4-7629-2725-2　C3397

語注索引

[凡例]

1．本索引は、本書における語注語彙を、ローマ字拼音の順に排列し、該当するページ数を示したものである。
2．同音の字は「ISO 10646」（所謂ユニ・コード）順に排列し、同字が続く場合は二字目以下の拼音を勘案した。
3．字体は原則として注の見出し語に従い、本書において底本の字が誤りであると判断したものについては、（　）内の字に改めて表示、排列を行った。

M

N

P

Q